YARGO

JACQUELINE SUSANN

YARGO

Traduit de l'américain par Anne Villelaur

Ce livre a été publié sous le titre original
YARGO
par Bantam

ISBN 2-245-01450-2

Sélectionné par le C.P.V.

Yargo « *reflète fidèlement le romantisme de la jeune Susann et est écrit dans le style inimitable qui est le sien ». Ainsi parlait Marc Jaffe, président et directeur littéraire de Bantam, à propos de ce roman que Jacqueline Susann conçut au début des années 50. Et il ajoutait : « On y sent une innocence et un idéalisme, en même temps qu'un message d'espoir dans la force de l'amour humain, qui toucheront et séduiront nombre de lecteurs. »*

Irving Mansfield, son mari, se souvient que c'est en 1953 que sa femme lui montra le premier jet de Yargo. *« Elle avait découvert Ray Bradbury, et le manuscrit qu'elle me fit lire était une sorte d'histoire d'amour de science-fiction. Pour le protagoniste masculin, son modèle avait été Yul Brynner qui venait brusquement d'atteindre la célébrité comme vedette de* le Roi et Moi. *Puis en 1956, elle emporta le manuscrit lors d'un voyage en Europe et y apporta des modifications. Nous sommes revenus sur le* Liberty *où nous avons rencontré Georges Chasin qui représentait la M.C.A. Jackie lui confia le manuscrit qu'il envoya en vain à plusieurs studios de cinéma, l'intérêt porté aux projets de films de science-fiction étant alors en déclin. Le manuscrit resta entre les mains de Chasin jusqu'au mois de novembre 1977, date à laquelle il le redécouvrit par hasard en rangeant un classeur dont il se servait rarement. »*

Dès que Susann se mit à écrire des livres, elle oublia complètement Yargo *— d'après ce qu'on en sait du moins — à l'exception d'une brève période où elle envisagea d'en utiliser un épisode pour le dernier chapitre de* Once Is Not Enough. *Oscar Dystel, président et administrateur des Editions Bantam, se souvient de cet événement : « Lorsque j'ai lu* Yargo, *j'étais obsédé par le sentiment de le connaître déjà. Finalement, je me suis* *souvenu d'un long après-midi passé, longtemps auparavant, à travailler avec Jackie dans son appartement. Elle m'exposa dans ses grandes lignes l'histoire de son prochain roman qui allait devenir* Once Is Not Enough. *Mais la fin qu'elle imaginait me troubla. Elle voulait que son héroïne s'élevât dans l'espace pour rejoindre une lointaine planète où elle rencontrerait le parfait amour. Sur le moment, je fus sceptique. Le fantastique de l'espace n'avait jamais été dans la manière de Jackie. De plus ce n'était pas nécessaire à l'histoire. Je l'encourageai à laisser, à la fin, son héroïne à sa solitude. Or, ayant lu* Yargo, *je me rendis compte de l'étonnante similitude qui existait entre cette histoire et celle dont elle m'avait parlé en ce lointain après-midi. »*

« Il y a une certaine ironie, dit Mansfield, dans le fait qu'aujourd'hui, plus de vingt-cinq ans après sa conception, le Yargo *de Jackie ait enfin atteint son public. Elle en serait profondément émue. »*

Chapitre 1

C'était donc ça une salle d'attente de psychiatre.

Je regardai autour de moi.

Il ne différait guère de celui d'un dentiste. Mêmes meubles modernes, peu nombreux et bon marché. Une table à thé presque nue sur laquelle trônait une boîte à cigarettes tarabiscotée mais vide. Quelques-uns des derniers numéros de *Time* et de *Life.* Je les avais tous lus chez le dentiste.

J'ai passé beaucoup de temps chez le dentiste. Une fille qui va se marier veut être impeccable. Elle sent qu'elle doit s'occuper de tout ce qu'elle a négligé jusque-là. Vous voyez le genre : régler les factures en retard dans les grands magasins, se débarrasser de ces jupes et de ces chaussures qu'on ne porte jamais mais qu'on n'en continue pas moins à ranger dans une armoire. Et puis, enfin, rendre visite au dentiste.

C'est, de tous, l'acte le plus héroïque, car on sait qu'on a les dents en parfait état, mais on y va quand même pour les faire examiner et détartrer. Le mariage, c'est vraiment commencer une nouvelle vie. Alors, comme tous les dentistes, il trouve trois petites caries. Elles pourraient attendre. Elles ne sont pas de celles qu'on peut sentir avec la langue ou en buvant un verre d'eau froide. Personne ne sait qu'elles sont là. A l'exception du dentiste, et encore pour les trouver, lui faut-il un certain nombre d'instruments pointus et même des radiographies. Oui, elles pourraient attendre. Mais, comme vous vous sentez dotée de toutes les vertus, vous vous les faites soigner. Vous tenez à ce que tout soit parfait. Vous allez vous marier !

Je consultai ma montre, n'oubliant pas mon rendez-vous avec David. Encore cinq minutes à attendre. Parfois, je pense qu'être trop ponctuel ne vaut pas mieux qu'être en retard. Cela vous laisse trop de temps pour réfléchir, et réfléchir à une décision capitale, c'est un peu comme écouter une histoire drôle. La première fois que vous l'entendez, vous riez à gorge déployée.

La deuxième fois, vous avez le sourire du connaisseur. La troisième fois, elle vous ennuie. Et la quatrième fois, vous commencez à vous demander si elle a jamais été drôle.

J'en étais maintenant au stade où l'on se pose la question. J'étais arrivée en avance à ce rendez-vous. Peut-être était-ce le destin qui me donnait une chance de changer d'avis.

J'ai toujours été fataliste. Si je crois avoir oublié d'éteindre une lampe et si je reviens sur mes pas pour m'en assurer (découvrant invariablement que tout est en ordre), je me console en me disant qu'il devait sans doute en être ainsi. Peut-être qu'en rebroussant chemin, j'ai échappé à quelque chose que le destin n'avait pas prévu pour moi. Cela m'a probablement même sauvé la vie. Si je m'étais trouvée sur le trottoir à ce moment-là, peut-être qu'une voiture y serait montée et m'aurait renversée. Un pot de fleurs aurait pu me tomber sur la tête. Il est possible qu'un certain nombre d'événements désastreux m'aient été épargnés parce que j'étais retournée sur mes pas. On lit tous les jours dans les journaux des histoires de ce genre.

Allons, lève-toi et va-t-en !

Et alors ? Alors, ce sera encore une nuit passée à allumer des cigarettes, les unes derrière les autres. Encore une nuit d'insomnie et de migraine, jusqu'à ce que je cède au Seconal et à quelques heures de sommeil agité.

De violents pincements se déclenchèrent dans ma nuque. Je passai les mains dans mes cheveux pour soulager la pression sanguine, puis je m'arrêtai brusquement. Je n'avais pas mal à la tête. C'était simplement nerveux. Cela ne servait à rien, sinon à gâcher la belle ordonnance de ma nouvelle coiffure à l'italienne.

Je me levai. En fait, j'allai même jusqu'au cendrier qui était près de la porte pour y écraser ma cigarette. Je me regardai dans le miroir et vis une fille bizarre et calme. Eh bien, c'en était la preuve.

Une expression de douceur peut cacher n'importe quoi. C'était, en tout cas, une chose que j'avais apprise : cette impassibilité presque orientale. Elle cachait tout ce que je voulais dissimuler. Jusqu'à présent. A présent où j'allais m'en débarrasser en l'examinant avec le Dr Galens.

Je me regardai de nouveau dans le miroir. J'étais très bien. Même ma coiffure à l'italienne demeurait impeccable. Plus elle était en désordre, et plus elle avait d'allure. En fait, je m'amusai même à y passer les mains une fois encore pour faire bonne mesure. Mais je changeai d'avis. Après tout, je n'avais jamais rencontré le Dr Galens. Il valait mieux, au début du moins, avoir un air soigné. Encore que les psychiatres ne fussent pas censés être sensibles à l'apparence de leurs patients, non ? Chaque cas était supposé être purement clinique. Il existait un grand article sur l'analyse d'Ava Gardner. Je l'avais lu quelque part. Je suis sûre que le psychiatre n'avait certainement pas été indifférent au physique de Mlle Gardner. Sinon, alors, c'était *lui* qui avait besoin d'un psychiatre.

A vrai dire, je ne suis pas exactement Ava Gardner, mais le docteur Galens allait incontestablement réagir lorsque je commencerais à parler. Je tapotai mes cheveux pour les remettre en ordre. Oui, vraiment, il fallait absolument que j'entre dans son cabinet en ayant l'air saine d'esprit.

Je me remis du rouge à lèvres. Je paraissais tout à fait équilibrée et banale. Le genre de fille dont la vie est réglée comme du papier à musique, le genre de fille qu'on rencontre dans toutes les rues de la ville — qui travaille dans un bureau, se fait elle-même les mains, porte des bas sans couture, et lit *Vogue* avec attention pour se faire une petite idée de la mode.

J'étais une fille de ce genre. Seulement il s'était passé des choses et c'était là l'ennui. Plus rien, désormais, ne serait comme avant. Il fallait que je voie le Dr Galens et que je lui dise tout. Je le devais à David. Pauvre David, fiancé à une inadaptée de mon espèce.

La voix super-modulée de l'infirmière interrompit brutalement mes agaçantes réflexions.

— Le Dr Galens vous recevra dans quelques instants, mademoiselle Cooper.

Qu'est-ce que c'était, des instants ? Peut-être une sorte de croisement entre une seconde et une minute, quelque chose comme une demi-minute. Mais on ne pouvait dire : « Le Dr Galens vous recevra dans quelques demi-minutes. » Je poserai la question au Dr Galens. Les psychiatres sont censés tout savoir. Oui, c'est ça ! Ce serait un bon début. Vingt-cinq dollars de l'heure et j'entre pour demander ce que signifient des instants. Le Dr Galens sera on ne peut plus coopératif. Il se mettra à faire des mots croisés ou à feuilleter un journal et me dira de poursuivre.

Je fis un effort pour me concentrer sur le Dr Galens. Au moins, c'était une pensée positive. Le Dr Galens m'aiderait. Il le devait. C'était bizarre, cet espoir que je plaçais en un homme que je n'avais jamais vu. Dans quelques minutes — non, quelques instants j'allais tout lui dire. J'allais me confier à un inconnu.

Je ne pus réprimer un sourire intérieur en pensant à la façon détournée dont je m'y étais prise pour découvrir le docteur Galens. Quelques questions judicieuses à David, une remarque innocente à mon dentiste, une autre au médecin de famille. Toutes questions qui commençaient de la même façon :

— J'ai une amie qui ne sait vraiment plus où elle en est. En fait, elle risque de gâcher sa vie. Croyez-vous qu'un psychiatre pourrait l'aider ?

Je me demande si quelqu'un a été dupe, à l'exception de David. Jamais il n'aurait pu imaginer que cette amie qui perdait la tête était sa future femme en qui il avait une telle confiance. Je pense que tout le monde use des mêmes méthodes. C'est toujours pour un ami, jamais pour soi. Mais il était réconfortant que les questions, quelles qu'elles fussent, eussent toutes conduit droit au docteur Galens. Tout le monde me l'avait recommandé pour ma malheureuse amie.

Mais que se passerait-il s'il ne m'était d'aucun secours ? Parfois, il faut des années aux psychiatres pour vous aider à trouver une solution. J'avais si longtemps atermoyé. Et maintenant, il ne restait plus que trois jours. Trois jours jusqu'au moment où David et moi...

L'infirmière réapparut. Son sourire radieux m'indiqua que le grand moment était arrivé. Je me levai et suivis l'uniforme empesé, me demandant soudain si toutes les infirmières avaient mal aux pieds ou si elles aimaient vraiment ces affreuses grosses chaussures blanches. J'entrai dans le cabinet juste à temps pour voir l'éclat d'un chapeau rouge disparaître par la porte de sortie. C'était donc ainsi que cela se passait. Un malade entrait en douce tandis qu'un autre sortait en douce. Pourquoi se sentait-on marqué au fer rouge lorsqu'on consultait un psychiatre ? On va chez un dentiste si nos dents ont besoin d'être soignées. On va chez un médecin si notre corps a besoin d'être soigné. Alors qu'y a-t-il de mal à ce que notre tête ait besoin de quelques soins ?

Mais ce n'était pas mon cerveau qui avait besoin d'être soigné. C'était une solution à des problèmes très réels que j'exigeais.

Cet homme trouverait-il vraiment les réponses ? Après tout, ce n'était qu'un médecin, pas un magicien ni un dieu.

Je m'enfonçai presque avec gratitude dans le confortable fauteuil de cuir qui faisait face à son bureau. Je croisai les jambes et attendis. Il ne me gratifia même pas d'un regard. Toute son attention semblait concentrée sur le travail de routine qui consistait à prendre une chemise et à la remplir de feuilles de papier. Puis il se mit à ranger sur son bureau ses crayons fraîchement taillés. Et enfin, il leva les yeux et m'octroya une pâle imitation de sourire. Je pris le parti de le détester.

Parfait ! Ça commençait bien. Cela allait me coûter vingt-cinq dollars et je le détestais. Je pouvais m'offrir deux paires de chaussures pour vingt-cinq dollars, peut-être même une très jolie robe de sport. Si je me levais d'un bond en disant que je me sentais très bien et que tout cela était une regrettable erreur, sans doute pourrais-je encore m'en tirer à bon compte. Ou en mettant les choses au pis, transiger à douze dollars et demi. Ce serait plus que raisonnable.

Allons, c'est un raisonnement enfantin, me dis-je. Je suis ici, assise dans un fauteuil, en face du docteur Galens, et il va m'aider. Je lui savais gré de m'avoir offert un fauteuil. S'il avait simplement désigné d'un coup d'œil le canapé, je l'aurais assassiné. Je parcourus la pièce du regard pour voir s'il y avait un canapé. Il y en avait bien un, mais il n'avait pas l'air très confortable.

L'infirmière inscrivit mon nom sur une fiche. Je murmurai mon adresse et mon numéro de téléphone. Seul le grattement de son stylo sur le papier brisait le silence. Elle tendit la fiche au docteur Galens qui l'étudia comme s'il s'agissait d'un amendement à la Constitution. Il fit un signe de tête, et l'infirmière sortit. Je me livrai alors à une inspection complète de tout ce qu'il y avait dans la pièce. A l'exception du docteur Galens.

Pendant quelques secondes, il n'y eut que le silence. Le genre de silence qui amplifie le tic-tac d'une pendule et le grincement du parquet sous un pas dans une pièce éloignée.

Le docteur Galens me demanda de commencer.

Et soudain, je ne sus par où aborder le sujet.

— Pourquoi ne commencez-vous pas tout simplement en me parlant ? me suggéra-t-il doucement.

— Oui, mais de quoi ? Voulez-vous que je vous dise tout sur moi ou que j'en vienne directement au moment où mes ennuis ont commencé ?

— Mademoiselle Cooper (son regard était impersonnel, mais on y sentait le désir d'être utile), je vois, d'après mon carnet de rendez-vous, que vous n'êtes pas venue me voir pour subir une analyse, mais plutôt en vue d'une psychothérapie susceptible d'éclairer un problème particulier.

J'approuvai de la tête.

— Oui, je l'ai dit à votre infirmière en prenant rendez-vous. Vous comprenez, j'ai si peu de temps.

Il soupira.

— C'est l'éternelle histoire. Si peu de temps ! Eh bien, essayons. Parfois, nous pouvons aider nos patients à surmonter un obstacle d'ordre émotionnel, mais il est nécessaire que nous sachions quelque chose sur vous.

— Il y a si peu de choses me concernant personnellement qui pourraient vous intéresser. Je veux dire comme individu. Quant au problème, à ce qui m'est arrivé... Vous comprenez, il ne s'était jamais rien passé dans ma vie avant ça.

Il jeta un coup d'œil à sa pendule de bureau.

— Vous êtes ma dernière malade de l'après-midi, alors si vous débordez sur le temps prévu, ça n'a pas d'importance. Pourquoi ne commencez-vous pas tout simplement par le commencement ?

Le commencement. Je pris quelques secondes pour y réfléchir. Où était le commencement ? Je décidai de commencer par mes débuts. Mes tout débuts.

Chapitre 2

David.

C'étaient mes débuts dans la vie. Rien d'important ne s'était jamais produit auparavant. Mon enfance s'étendait derrière moi comme un dédale d'années banales, dénuées d'événements marquants, mais qui n'avaient pas été malheureuses. Un été passé à camper et une saison à l'école d'art dramatique en étaient les éléments les plus spectaculaires. Ah oui ! et le concours de beauté que j'avais gagné à Atlantic City !

Ce n'avait pas été un vrai concours. Pas du genre de ceux où les juges prennent vos mensurations. Quand même pas. C'était un concours organisé par l'hôtel. Et j'avais gagné. J'avais une écharpe de satin et une coupe qui attestaient cette victoire. Alors, même si ma mère affirme que je suis jolie mais pas extraordinaire, je n'en ai pas moins gagné un concours de beauté !

Je comprends ce que veut ma mère. Je n'ai pas de complexes à avoir à ce sujet. Ma grand-mère était une authentique quaker, une enragée, et, même si Maman n'a jamais suivi à la lettre ses préceptes rigides, elle n'en est pas pour autant ce qu'on pourrait qualifier de follement libérale. Mère croit qu'il est de son devoir de briser la fausse vanité et d'obliger les autres à compter sur leurs véritables mérites, à savoir leur intelligence et leur pouvoir créatif. Dieu vient en aide à ceux qui n'ont pas reçu ces qualités fondamentales. Mère n'a pas de temps à leur consacrer.

Mais, puisque j'étais sa fille, il fallait qu'elle ait du temps à me consacrer, même si je n'étais pas douée. Elle semblait convaincue que j'étais brillante. Je n'utilisais pas au maximum toutes mes possibilités, point final.

Etant une fille qui ne reculait devant rien pour éviter une discussion ou n'importe quelle sorte d'ennuis, je suppose que lorsque j'étais jeune, je me suis mise à me réfugier dans un monde de rêve typique de l'adolescence. C'était plus facile ainsi. Je remettais à ma mère mon livret scolaire et, tandis qu'elle tempêtait et pestait contre la médiocrité de mes notes en histoire, je rêvais que j'étais Vivien Leigh et que j'assistais à une première de gala avec Clark Gable. Vous seriez surpris de savoir que cela marchait comme sur des roulettes. Puis, lorsqu'elle avait fini, je redevenais Janet Cooper et mangeais avec plaisir un morceau de gâteau au chocolat accompagné d'un verre de lait, tous deux bien réels. Mais souvent, même quand tout allait bien pour moi, je rêvais de devenir une grande vedette de cinéma. C'était la seule chose qui me semblait vraiment importante.

Je devais avoir seize ans lorsque j'ai abandonné cet espoir chimérique. Je ne l'ai pas vraiment abandonné. Je me rendais ridicule, et pas seulement aux yeux de ma mère. A ceux de mes amis aussi. Personne ne devenait jamais réellement actrice de cinéma. En tout cas, pas lorsqu'on sortait de ma ville natale. Je soutenais qu'après tout les actrices devaient bien venir de quelque part. Elles avaient dû être auparavant des personnes ordinaires. Mais je me heurtais à une opposition générale. Quiconque, passé seize ans, pensait devenir une vedette de cinéma était un peu déséquilibré. Avant seize ans, on pouvait rêver d'être quelqu'un. Toutes les filles passaient par là. Comme les petits garçons voulaient être pompiers ou cowboys.

Après mon diplôme, en ayant terminé avec l'école secondaire, et également avec mes rêvasseries secrètes, j'affrontai la réalité d'une école de commerce et les mystères de la sténo et de la dactylographie.

Ma vie devint ensuite terriblement routinière. Une routine agréable, mais sans plus. Un travail de secrétariat auquel manquait le « jeune patron », beau et romantique, que j'avais vu dans tant de films. Mon patron était une jeune femme éclatante de santé qui portait des robes noires toutes simples rehaussées d'un collier de perles, et qui se dessinait un grain de beauté sur la joue.

Le seul avantage de ce travail était qu'on disposait de deux heures pour déjeuner, parce que la jeune et vigoureuse patronne passait ces deux heures à déjeuner avec un agent de publicité — beau mais marié — dans un restaurant discret d'une petite rue transversale.

Ces déjeuners étaient le grand sujet de conversation de mes collègues et de moi-même. J'aimais beaucoup ces petites réunions. Surtout le vendredi, parce qu'on savourait d'avance le week-end et qu'on en parlait. Je prenais part à toutes les discussions, donnais mon avis, partageais le martyre de plusieurs cœurs brisés, apportais la sagesse du spectateur, sans jamais sortir de ce rôle. Oui, je demeurais spectatrice. Jamais je ne participais activement.

C'était presque comme si je piétinais, attendant, aux aguets, un rendez-vous dont je ne savais rien mais que je considérais comme inéluctable.

Et, j'ai rencontré David.

David n'est pas arrivé en caracolant sur le proverbial cheval blanc, mais il avait une Oldsmobile étincelante et répondait sur bien des points à ce que l'on attend d'un prince. Qui mieux est, c'était un avocat jouissant d'une excellente réputation et même d'un salaire lui permettant de vivre.

Notre admiration fut immédiate et réciproque, et j'ai cru mourir d'émotion le jour où il me fit cadeau d'un diamant, petit mais parfait. Il me dit qu'il était intégralement payé. Il aurait pu en avoir un deux fois plus gros pour le même prix, mais la couleur n'en était pas belle. Celui-ci était d'un blanc bleuté, même au soleil, expliqua-t-il, et c'était très important.

— C'est ainsi que je veux que soit notre vie, mon petit chou, m'avait-il dit. Aussi pure et parfaite que cette pierre. Rien d'ostentatoire — simplement la tranquillité, le bon goût, la perfection.

Je m'étais pelotonnée contre lui et j'avais exprimé mon accord par un sourire. J'avais très envie qu'il m'appelât « chérie » au lieu de « mon petit chou », et qu'il me dît « je t'aime » d'une façon romantique au lieu de me le prouver par des actes. Je n'avais vraiment pas à me plaindre. C'était un beau sentiment, et le diamant n'était pas si petit que ça. De plus, j'avais l'intention d'agrémenter le tout d'une alliance en diamants. Je ferais part de ce désir à David petit à petit, espérant qu'il n'en possédait pas une vieille en or que son arrière-grand-mère avait portée aux temps héroïques de la conquête de l'Ouest.

J'avais donc dit adieu au bureau, aux gens avec qui je déjeunais, à la jeune patronne éclatante de santé qui avait pris un air ennuyé, mais envieux, et je m'étais mise à faire tout ce que sont censées faire les jeunes filles qui vont se marier.

L'été venu, l'appartement était choisi, ma robe de mariée pendue dans le placard, et il ne restait plus qu'à attendre — attendre durant six longues semaines insupportables — que vînt septembre.

L'attente était encore plus pénible quand David n'était pas là. Il était obligé de faire de nombreux voyages pour sa société.

Je le plaignais car, quel que fût l'objet de ces déplacements, ils l'entraînaient toujours dans des endroits comme Pottsville en Pennsylvanie, ou Colombus dans l'Ohio. Je m'ennuyais tellement quand il était absent que, vers la fin, j'avais vraiment envie de l'accompagner. Et rien de tout ceci ne serait arrivé — c'est du moins ce que je crois — n'aurait pu arriver, s'il m'avait emmenée avec lui à Chicago.

Oui, ce voyage à Chicago est à l'origine de tous mes ennuis. En tout cas, c'est là que ça a commencé. Il venait de rentrer de Norristown en Pennsylvanie. Il avait à peine défait ses bagages que M. Finley, le principal associé, lui téléphona pour lui parler de l'affaire de Chicago.

Nous avions rendez-vous ce soir-là. J'étais allée le chercher à la gare et nous nous étions rendus directement chez lui afin qu'il y déposât ses bagages. La soirée était chaude, et je portais une vieille robe en tissu imprimé. C'était tout ce que j'avais à me mettre, ces derniers temps, mes vêtements neufs devant constituer mon trousseau. J'avais dit à ma mère que tout ça, c'était bien joli, à condition qu'en attendant je ne perde pas mon fiancé. J'en avais même fait part à David, ce soir-là, m'excusant d'être si mal fagotée.

— Oh ! c'est très bien, mon petit chou, dit-il, en mettant son costume froissé sur un cintre. De toute façon, je ne fais jamais attention à ce que tu portes. C'est la fille que j'épouse, pas les vêtements.

Rassurant, mais totalement dénué de romantisme. David était bon — presque trop bon pour une fille aussi écervelée et banale que moi. Je regardais les muscles solides de son dos et de ses épaules qui se dessinaient sous sa chemise blanche humide. Il faisait, ce soir-là, une chaleur insupportable. Il n'y avait pas un souffle d'air dans la pièce. Des cartons étaient entassés les uns sur les autres, et les tablettes avaient l'air étrangement vides. David aussi attendait, impatient d'abandonner son appartement de célibataire, impatient d'emménager dans notre nouvelle maison, claire et accueillante.

Ce fut alors que le téléphone sonna.

A Chicago ! Tout de suite ! Le lendemain matin, pour être plus précis. Et ce n'était pas non plus un voyage éclair. Il fallait y rester dix jours. Je l'écoutais parler et le regardais prendre des notes. Je ne comprenais pas très bien comment il avait pu hériter de cette affaire passionnante. C'était le spécialiste des villes moyennes. Les principaux associés se réservaient eux les voyages prestigieux. L'un d'eux était sur la côte Ouest, et M. Finley avait une affaire qui passait devant le tribunal le lendemain matin. C'était ainsi qu'on avait choisi David.

J'attaquai à l'instant même où il raccrocha. Qu'attendions-nous ? C'était formidable ! Nous pouvions filer en douce, et Chicago verrait notre lune de miel. Pourquoi attendre septembre ? Juillet valait bien septembre pour se marier.

David refusa. La date du mariage était fixée. Sa tante Evelyn qui avait été une vraie mère pour lui venait de Californie pour célébrer l'événement. Son compagnon de chambre à Dartmouth comptait être son garçon d'honneur. Oh non, mon petit chou, tout était arrangé pour septembre.

C'était vraiment une soirée décevante. Il n'y eut pas un seul moment d'agréable détente. David ne cessa de dire à quel point il était enthousiasmé par le voyage qu'on lui avait proposé, et sa joie croissait à la vitesse grand V.

Ce n'était pas le voyage en soi, expliqua-t-il. C'était la confiance que lui accordait la société en le chargeant de cette affaire. Ce fut une bonne soirée pour David. Pour moi, ce ne fut qu'une soirée d'une chaleur poisseuse qui se termina par une bière fade prise sous les charmilles en bas de la rue.

Je l'accompagnai à la gare le lendemain matin et le priai de m'emmener avec lui à l'instant même où il monta dans le train. A ce moment-là, je voulais même l'accompagner par plaisir, en célibataires. Que pouvait-il y avoir de mal à ça ? Deux bons amis voyageant ensemble. Cela se faisait tous les jours et je n'étais jamais allée à Chicago. On disait que Marshall Fields était un magasin divin, et il y avait aussi le Pump Room et Chez Paree. Mais, bien sûr, David ne voulait pas en entendre parler. De quoi cela aurait-il l'air, il voudrait bien le savoir. M. Finley n'aimerait pas ça. Enfin, voyons, Mme Finley n'accompagnait jamais son mari lorsqu'il était en voyage d'affaires, et ils étaient mariés depuis seize ans.

C'est avec une grande tendresse qu'il m'embrassa pour me dire au revoir. Il promit de m'écrire tous les jours et, bien entendu, je promis d'en faire autant. Il me promit aussi qu'après notre mariage nous irions partout ensemble. Et puis, il partit. Je restai là à regarder le train s'éloigner, ce train merveilleux qui se dirigeait vers Marshall Fields et Chez Paree.

Le lendemain, j'errais dans la maison d'un air si lugubre que ma mère me suggéra de prendre de courtes vacances. Nous pourrions aller toutes les deux à Boston rendre visite à tante Isabel.

Des vacances pouvaient, évidemment, m'être de quelque secours. Mais tante Isabel n'était incontestablement pas la bonne solution, et il n'aurait rimé à rien de rejoindre une quelconque de mes amies dans les lieux de villégiature où elles se trouvaient. Elles faisaient encore la « chasse » au mari. Et moi, j'avais déjà David.

Mais, en attendant, je n'avais nulle part où aller. Pas d'endroit où aller et dix jours de désœuvrement en perspective.

Alors, brusquement, j'ai pensé à Avalon.

J'y avais campé quand j'étais gosse. C'était une petite station balnéaire, et l'été que j'y avais passé restait dans mon souvenir, le plus merveilleux de ma vie. Je ne me suis pas laissée démonter par les objections de ma mère. Je lui ai concédé que c'était peut-être un caprice bêtement sentimental. Mais je voulais y aller — et seule ! Toutes les filles ont le droit de passer un certain temps en tête à tête avec leurs souvenirs.

J'imagine que l'humidité du temps vint à mon secours. Soudain, ma mère cessa de faire preuve de son énergie habituelle alors que nous débattions la question, et j'eus gain de cause. Je partis donc pour Avalon, mes souvenirs, et les dunes.

Pour ne pas changer, ma mère avait raison. Avalon lui-même m'accueillit froidement et sans aucune affection. Comme tous les voyages qu'on entreprend dans le passé, celui-ci fut une complète déception.

Le camp avait disparu et, avec lui, toute l'animation que la ville avait jadis connue. Avalon n'était plus aujourd'hui qu'un petit village de pêcheurs pratiquement désert, et la pêche, plutôt qu'un sport, constituait l'essentiel des moyens de subsistance d'une misérable commune.

Même l'auberge avait disparu. Quelques planches carbonisées et des fenêtres brisées évoquaient un incendie et les sirènes des pompiers dont les habitants se souvenaient à peine. Seules demeuraient quelques-unes des planches inégales qui formaient un trottoir sur la plage. Les gens du pays parlaient d'un ton morne de l'ouragan, bref mais violent, qui avait démoli la digue et une bonne partie de ces planches. Les dunes elles-mêmes semblaient plus arides et plus austères. L'herbe poussait à l'état sauvage sur leurs versants, et l'océan était froid et vous incitait peu à la baignade.

Je déambulais sur les planches pendant la journée, et passais la ville au peigne fin pour y découvrir un visage ou un bâtiment familier. Je ne trouvai rien, si ce n'est quelques antiquités hors de prix que j'aurais pu mettre dans mon nouveau logement. Je me demandai qui les achèterait dans la mesure où, à chaque instant, la ville tout entière semblait sur le point d'être vendue à l'encan. Non, je ne trouvai rien à Avalon qui pût nourrir mes souvenirs sentimentaux. A la fin de la semaine, j'abandonnai et me préparai à rentrer chez moi.

Mais j'étais bien décidée à ne jamais admettre qu'Avalon n'avait pas tenu ses promesses. Oh non ! Je rentrerais en disant merveille du temps magnifique, des paysages pittoresques, de la cocasserie des gens. Je donnerais l'impression que c'était merveilleux. Pas *trop* merveilleux, parce que David pourrait suggérer que nous y passions notre lune de miel. En fait, je décidai soudain de ne parler d'Avalon à personne d'autre qu'à ma mère. Jamais je ne lui donnerais l'occasion de s'exclamer : « Je te l'avais bien dit ! »

Ils sont bizarres, mes rapports avec ma mère. Je l'aime plus que tout au monde — à l'exception de David bien entendu — mais nous ne voyons jamais les choses de la même façon. Sauf en ce qui concerne David. Nous sommes immédiatement tombées d'accord à son sujet. Lorsque j'ai suggéré pour la première fois à Mère qu'il était possible que David et moi fussions amoureux — ou bien... Mère m'a-t-elle suggéré que David et moi pouvions être amoureux ? Ma foi, quelle différence cela faisait-il ? J'allais épouser David et, dieu merci, Mère approuvait ce mariage.

Mais cela me tracassait. Ma mère m'avait-elle insidieusement implanté dans l'esprit l'idée d'épouser David ? Etait-ce bien moi qui avais choisi David ? Oh ! bien sûr, je l'avais choisi ! Et, en outre, qu'est-ce que cela faisait si c'était ma mère qui l'avait choisi ? C'est à cela que servent les mères, non ? A vous aider à faire le choix le plus sage. Ma mère était simplement trop loyale et trop bonne — comme David. Je me souviens du jour où j'avais le grand rôle dans le spectacle de la vente de charité. Toute la ville était là, et les applaudissements qui m'avaient saluée au baisser de rideau étaient vraiment assourdissants. J'avais un succès fou — du moins, je le pensais — jusqu'à ce que je visse Mère et David. Mère expliquait à quel point j'évoluais mal sur une scène — on aurait dit une vache plutôt qu'une comtesse. David avait ajouté : « Le simple fait de vouloir être une actrice ne fait pas pour autant de toi une actrice, mon petit chou. Je n'ai pas cru en toi une seconde. Tu n'étais que ma petite Janet qui jouait à faire semblant. »

Oui, Mère et David avaient raison. Ils avaient toujours raison — même à propos d'Avalon. Mais au moins, j'avais gagné. J'étais venue seule à Avalon.

D'une certaine façon, cette pensée ne provoquait pas,

comme elle l'aurait dû, une joie délirante. J'arpentais les planches, passant insidieusement d'une humeur à une autre. J'avais appris quelque chose. Désormais, je cesserais de vivre dans le passé, je vivrais chaque instant pour ce qu'il était, car cet instant ne reviendrait jamais.

Avalon, mon bien-aimé Avalon. Les tentes qu'on avait dressées sur les dunes, les merveilleux samedis où l'on s'amusait sur le quai en se goinfrant de sucreries et de bonbons à deux sous, les films romantiques avec Lana Turner et Hedy Lamarr, délicieusement belles, emmitouflées dans leur renard bleu, telles que nous serions en devenant de grandes personnes. A présent, il ne restait plus que des fantômes. Des fantômes et des pêcheurs fatigués.

En cette dernière soirée, je marchais dans la ville, ne me sentant pas moi-même très différente d'un fantôme. Je me revoyais, adolescente efflanquée, avec mes cheveux que l'humidité et le vent faisaient pendre mollement, campant sur les dunes.

Je ne fus donc pas surprise de m'apercevoir que j'abandonnais les planches pour me diriger d'un air décidé vers ces dunes, bien que je n'eusse en fait aucun but précis en tête. Je me plantais sur le plus haut des monticules, scrutant le ciel comme si j'en attendais une réponse.

Nous avions l'habitude de nous étendre, le soir, six ou sept petites filles qui gloussaient, empaquetées dans leurs couvertures, se faisant part de leurs rêves et échangeant des confidences. Et quelles confidences ! L'une allait épouser un milliardaire, et aurait cinq domestiques et une femme de chambre pour elle toute seule. Une autre allait devenir une infirmière célèbre. Une troisième — nous l'appelions toujours « l'idiote » — eh bien l'idiote n'avait aucune imagination. Elle se contenterait d'avoir des tas d'enfants. En fait, dans ses plans, il n'y avait même pas de mari qui entrait en ligne de compte. Un foyer et des enfants, point final. Mais c'était mon rêve qui avait produit la plus forte impression. Mon nom brillerait sous les projecteurs de Broadway. Des milliers de gens célèbres m'adoreraient. Et puis, l'homme le plus extraordinaire du monde se fraierait un chemin au milieu de milliers d'autres soupirants et me demanderait d'être sa femme.

Il n'avait pas de visage, cet homme extraordinaire. Pas de visage, mais superbe avec son habit à queue, sa cravate blanche et son élégance irréprochable. Et, maintenant, il s'était enfin matérialisé — sous la forme de David.

Je restai là, sur les dunes, laissant glisser du sable à travers mes doigts et, comme dans une vision, je voyais cette image de rêve avec le visage de David. Ça allait, oui, ça allait bien !

J'enlevai mon manteau et je l'étalai sur le sable, puis je m'allongeai dessus et contemplai le ciel.

Tout d'abord, mes yeux ne discernèrent que l'immensité d'un noir d'encre, puis, peu à peu, le firmament prit forme et je repérai la Grande Ourse et une étoile brillante dont on m'avait dit une fois que c'était Vénus. Mais là s'arrêtaient net mes connaissances en astronomie.

Soudain, j'aperçus une étoile filante. Elle traversa le ciel comme une flèche, sa lumière éblouissante déclinant comme un pétard qui vient d'éclater. Ma patience fut récompensée par le passage de deux autres étoiles filantes. Je me demandai pourquoi toutes les étoiles ne disparaissaient pas, en fin de compte, dans le néant avec autant de précipitation que celles-là.

Mais la nuit était trop tranquille pour qu'on se tracassât à propos de choses aussi prosaïques. Je décrétai donc que la nature devait prendre soin d'elle-même et je trouvai plus agréable de faire des vœux exaltés et romantiques devant chaque étoile filante. Au bout d'un certain temps, je fus à cours de vœux. Rien, pas même cela, n'était comparable à ce qui avait été.

Je me levai et commençai à épousseter le sable collé sur mes jambes lorsque je vis la chose.

Suspendue dans le ciel, et ne ressemblant en rien à tout ce que j'avais jamais vu !

Chapitre 3

Ça ne pouvait être réel !

Ce n'était pas une étoile, et c'était trop parfaitement rond et bien trop grand pour être la lumière d'un avion. Cela grossissait et dégageait trois fois plus de lumière que la lune.

Cela traversa le ciel à la vitesse d'une comète, revint à son point de départ et demeura dans une immobilité presque totale.

Une foule de pensées contradictoires me traversèrent l'esprit comme un éclair. Je m'efforçai de respirer régulièrement bien que mon cœur se fût soudain mis à battre à grands coups. Je voulais rester calme et démêler la réalité de la fiction. Voyons, qu'avais-je entendu dire et qu'avais-je lu ? Qu'était-ce exactement ? Ou qu'était-ce censé être ? Des engins secrets sur lesquels travaillaient nos forces armées ? Des missiles téléguidés ? Des ballons météorologiques ? Des vaisseaux venus d'une autre planète ? Une hallucination collective ?

J'avais lu beaucoup de choses sur ce sujet et pourtant j'en avais tiré une conclusion plutôt vague. Chaque article n'était parvenu qu'à rendre mes idées plus confuses encore. Certains démentaient les rapports, d'autres les confirmaient.

Qu'en avait conclu le gouvernement ? Chacun des comptes rendus que j'avais lus avait été ouvertement contredit dans un nouvel article paru le lendemain. *Look* contredisait *Life*. *Life* contredisait le *Time*. Le *Time* se contredisait lui-même.

Je luttais pour mettre de l'ordre dans mes pensées. Ce n'était pas une hallucination. Et puis, sans avertissement, la chose disparut aussi soudainement qu'elle était apparue.

Alors, quoi ?

Eh bien, il existait des organismes spécialisés à qui on faisait des rapports sur ce genre de phénomènes.

Oui, oui ! Et ensuite, vous étiez définitivement catalogué comme cinglé et tout le monde vous traitait comme si vous aviez été gravement malade.

Mais je l'*avais* vu !

Et comme ceux qui avaient déjà été témoins de tels phénomènes, j'avais été à ce point fascinée que je m'étais contentée de regarder avec un mélange d'émerveillement et d'incrédulité. Comment pouvait-on espérer que je répondrais aux questions techniques dont on me bombarderait sans doute ? Je veux dire, si je relatais ce que j'avais vu — ce que, bien sûr, je ne ferais pas — quelles questions me poserait-on ? A quelle vitesse l'objet semblait-il se déplacer ? Allait-il d'est en ouest — ou du nord au sud ? Etais-je bien certaine de l'avoir vu ?

Eh bien, si j'étais sûre de quelque chose, c'était que j'allais décamper de cette plage, et en vitesse. Soudain, cet endroit me parut froid et humide, et l'éclat des étoiles se ternit comme dans un ciel d'hiver. J'éprouvais alors un tel sentiment de solitude que j'en fus effrayée.

Mes chaussures pleines de sable me faisaient trébucher, je dévalai la dune à quatre pattes. Je me mis à respirer péniblement, par à-coups. Mon visage était fouetté par le vent de l'océan, et mes chaussures devenaient de plomb.

Et, soudain, la chose réapparut. Cette fois, elle était largement aussi grosse que la lune.

Je restai parfaitement immobile, comme si je ne voulais pas la déranger. Naturellement, cette chose — à des kilomètres de là — ne pouvait pas me voir, mais je ne voulais pas courir de risques. On aurait presque dit que ce disque lumineux me tenait en son pouvoir.

Je pris brusquement conscience qu'il s'était immobilisé et qu'il restait suspendu, aussi silencieux que la lune et tout aussi voilé de mystère. Qu'est-ce que c'était ? Ni une étoile filante ni un avion ne pouvaient rester immobiles, et la lune ne pouvait se déplacer ainsi. Je fis un effort pour résister à une soudaine vague de panique — cette peur irraisonnée que provoque toujours l'inconnu. C'était ridicule. Il ne pouvait rien m'arriver. La chose était tout là-haut, et moi j'étais ici, en bas. Et, en outre, me disje, c'est une vision vraiment merveilleuse. Dans le monde entier, il existait sur ce sujet des documents dans les archives de données scientifiques. Peut-être qu'en cet instant même, quelque part, des hommes se penchaient sur des télescopes, espérant précisément être témoins d'un tel spectacle. Et la chose était ici, s'offrant au public le moins connaisseur qu'elle pût trouver.

Je restai donc là, baignant dans la lueur rouge de ce clair de lune artificiel. Le seul bruit perceptible à ce moment-là était celui des battements de mon cœur qui semblaient atteindre un tel crescendo qu'ils dominaient le mugissement de l'océan.

Puis, une fois encore, la chose traversa le ciel comme une flèche pour disparaître dans le néant.

Je savais qu'elle reviendrait, et je voulais rester pour la revoir. Et, qui plus est, je déclarerais l'avoir vue. Personne ne parlerait plus jamais de moi en disant : cette Janet Cooper, gentille mais si banale. Désormais, je serais quelqu'un. J'aurais peut-être même ma photo dans le journal. Certes, j'avais terriblement peur. Il aurait été facile de courir, et sans doute cela aurait-il été plus prudent. Mais, tout d'un coup, j'en avais assez de me satisfaire de ma prudence.

Oui, concluai-je, j'étais bien décidée à attendre le retour de la chose, et à garder mon calme. J'essayai de respirer profondément et de me détendre. Il fallait que je jouisse de toutes mes facultés. Je devais me souvenir de tout. Je regrettais de n'avoir pas prêté plus d'attention à l'astronomie lorsque j'étais à l'école — ou bien était-ce la physique qui m'aurait été utile maintenant ? Je ne voulais pas avoir l'air trop bête lorsqu'on me poserait certaines questions, essentielles pour les statistiques, auxquelles les gens de l'armée de l'air voulaient qu'on répondît.

Je m'assis sur le sable et vidai mes chaussures. Je me félicitais de prendre en main cette affaire avec une telle efficacité.

Je me voyais descendre Main Street en voiture découverte, tandis que les foules m'acclamaient et me jetaient des confetti. Non, c'était peut-être aller trop loin. Ma foi... je donnerais plutôt une conférence de presse. Oui, c'est ça. Une conférence de presse avec un tas de journalistes impatients se pressant autour de moi et me posant des questions courtoises, auxquelles je répondrais avec une intelligence ingénue, tandis qu'ils feraient des photos de moi — me bombardant de leurs flashes comme des fous — et murmureraient avec un respect que l'on sentirait suinter de leur voix :

— Vraiment, mademoiselle Cooper, et vous êtes restée si calme... Toute seule sur cette plage obscure, mademoiselle Cooper...

Mais, supposons qu'ils ne me posent pas ces questions gentilles. Supposons qu'ils m'envoient promener en disant : « Tiens, voilà encore une cinglée ! » Je voyais d'ici la tête de David. Une semaine seule à Avalon, et la voilà qui revient avec une pareille histoire !

Et ma mère ! Oh ! je savais ce que dirait Mère.

— Janet a toujours eu une imagination très vive. Franchement, quand elle était petite, je ne compte pas le nombre de fois où j'ai carrément dû lui donner une fessée pour l'empêcher de raconter des histoires à dormir debout. Janet, est-il possible que tu n'aies pas changé ? Essaie de te souvenir pour raconter comment les choses se sont exactement passées.

Je me levai et me préparai à partir. La chose revint.

Cette fois, ce n'était plus un objet qui ressemblait à une lune fantôme. Il avait l'air plus proche et dansait presque en traversant le ciel à une vitesse inimaginable. Puis il décrivit un arc fantastique et changea de direction pour réapparaître dans mon champ de vision. Ce n'était pas un ballon météorologique.

Il se livra à plusieurs gracieuses pirouettes, revenant chaque fois à sa position initiale, juste au-dessus de moi. Qu'il se laissât dériver très loin ou qu'il s'élevât très haut dans le ciel, il revenait toujours et restait un instant stationnaire comme pour dire : « Alors, qu'est-ce que vous en dites ? » J'avais presque l'impression qu'il s'attendait à ce que j'applaudisse.

Lorsqu'il partit de nouveau en direction de la mer, je m'éloignai de la plage. Assez, c'est assez. J'avais perdu tout désir d'être le seul public de cet étrange artiste. J'avançai en trébuchant dans le sable, jetant, de temps en temps, un coup d'œil par-dessus mon épaule pour m'assurer que mon visiteur poursuivait bien sa route. J'étais pratiquement arrivée à l'escalier qui menait aux planches lorsque je sus, sans même me retourner, qu'il était de retour.

Les marches me semblèrent soudain à des kilomètres et l'objet était exactement à la verticale au-dessus de moi. Oh, mon dieu ! suppliai-je. Si seulement je pouvais atteindre les planches ! Je me mis à courir, totalement affolée et presque aveuglée par la lumière qui se dégageait du disque. Je luttai pour me persuader qu'il était stupide d'avoir peur. C'était à des kilomètres de moi. C'était probablement aveugle. J'étais si petite, et la plage était si sombre.

Il y eut soudain une autre source de lumière — celle d'un projecteur ! Les habitants de la ville, naturellement ! Ça devait être ça. Ils avaient vu le disque, eux aussi, et ils venaient me sauver !

Je fis demi-tour et entendis un cri ! Il me fallut quelques secondes pour comprendre qu'il sortait de ma propre gorge et que je ne pouvais le refréner. Il me déchirait les poumons et s'achevait en un gémissement étranglé.

Il y avait bien une autre lumière, mais elle venait de cette chose fantomatique, et elle était braquée sur moi !

Chapitre 4

Tout d'abord, je me demandai si c'était la lumière qui me paralysait ou une véritable terreur qui tétanisait mon corps. Tout ce que je savais, c'était que je restais là, impuissante à bouger d'un centimètre, baignée par cette lumière intense venue de si loin. Les planches n'étaient qu'à quelques mètres. Les lueurs de la ville si proches de l'endroit où je me tenais, clouée au sol par cette autre lumière. Tout ce qui m'entourait semblait s'immobiliser. Le mouvement même des vagues paraissait diminuer d'amplitude, et la marée clapotait en silence sur la plage.

Puis je sentis la brise marine. Chaude et douce comme la caresse d'un amant, elle m'enveloppa.

Malgré mon effroi, ce n'était pas une sensation désagréable. J'avais l'impression de me trouver sous l'effet d'un puissant anesthésique. Je sentis mon corps se détendre contre ma volonté, et je me mis à osciller légèrement. Je vis le sol se creuser sous mes pieds, et en un instant épouvantable, je compris que le sol était demeuré à sa place, mais pas moi. J'étais soulevée par la lumière et par cette brise chaude qui, maintenant, tournoyait autour de moi comme un tourbillon allant à l'inverse des aiguilles d'une montre.

Je montais... montais... montais... dans le rayon de lumière. Montais... montais... montais... puis j'ai dû éprouver un malaise qui m'a fait perdre momentanément connaissance.

Lorsque j'ai ouvert les yeux, j'ai vu un plafond gris clair en forme de dôme. Je me suis alors souvenue du disque argenté et du rayon de lumière. J'ai refermé les yeux.

Ce n'était pas un cauchemar dont on sortait pour retrouver la paisible réalité et un environnement familier. C'était un cauchemar dont on s'éveillait pour se retrouver en train de regarder un plafond gris en forme de dôme.

Tout en gardant les yeux fermés, je laissai ma main tâtonner autour de moi. Je ne savais pas sur quoi j'étais étendue, mais c'était une surface solide, et j'avais vu un plafond. C'était déjà une consolation. Du moins, je savais que je ne flottais plus dans l'air, soulevée par la seule force de la lumière. Cela me donna le courage de rouvrir lentement les yeux. Pendant un moment, je regardai fixement le dôme gris comme si je pouvais, par la force de ma volonté, le faire disparaître et le remplacer par le plafond blanc et plat de ma chambre à coucher. Cet adorable plafond blanc avec son lustre où manquait une ampoule.

Le plafond demeurait gris.

Je m'armai d'un peu plus de courage et je tournai la tête. Je me trouvais dans une petite pièce, absolument nue, à l'exception de l'étroite couchette que j'occupais. L'éclairage était doux. Toute la pièce semblait lumineuse, bien que je ne visse aucune source particulière de lumière. En fait, cette lueur semblait si peu appartenir à ce monde que, pendant une fraction de seconde, je me demandai sérieusement si je n'étais pas morte et si tout cela n'était pas... eh bien... l'endroit où l'on se retrouve après.

Je me levai. Assez curieusement, je me sentais absolument indemne. Pour une fille dont l'expérience en matière de vol se limitait à un tour sur la grande roue d'une fête foraine, je m'étais fort bien débrouillée ! Avoir plané comme un aigle dans les airs sur une chose aussi diaphane qu'un rayon de lumière, c'était un véritable exploit, même pour un aigle. J'en venais à me sentir très satisfaite de moi-même.

Puis, je vis la fenêtre, le hublot plutôt, devrais-je dire. Je ne l'avais pas remarqué la première fois car il se trouvait carrément derrière moi et très haut sur le mur. Il me fallut monter sur ma couchette pour regarder dehors.

Je ne vis rien, n'était le ciel, le ciel à l'infini. Je retombai sur la couchette, stupéfiée. Je volais vraiment dans l'espace !

Mais vers quoi ??? Mon attention fut brusquement attirée de l'autre côté de la pièce. A mon grand étonnement, je vis le mur s'ouvrir sur toute sa largeur.

J'étreignis les flancs de la couchette pour me réconforter. Quelqu'un allait entrer. Mais qui ? Ou quoi ???

Oh ! mon dieu ! suppliai-je. Si c'est quelque chose qui vient de Mars, faites que ça ne soit pas rampant. Ça m'est égal que ça ait trois yeux ou deux têtes, mais faites que ça ne soit pas visqueux et que ça ne rampe pas. Je pris mon courage à deux mains, m'appuyai contre le mur et attendis.

Chapitre 5

Il ressemblait à un être humain. J'étais positivement certaine que c'était l'être humain le plus séduisant avec qui je me fusse jamais trouvée nez à nez.

Cependant, comme on ne pouvait pas dire que je m'étais précisément trouvée nez à nez avec lui, je me sentis libre de l'examiner avec un intérêt non dissimulé.

Il était très grand, dépassant largement un mètre quatre-vingt-cinq, et était vêtu d'une salopette qui ressemblait assez à celles que portent les mécaniciens dans les garages.

Ce furent ses yeux qui retinrent mon attention. Ils étaient grands, d'un vert émeraude, en forme d'amandes, et si beaux qu'ils semblaient presque artificiels. Puis, je remarquai ses cheveux, je veux dire leur absence. Il se rasait la tête ! Même ainsi, il était encore incroyablement beau, plus attirant physiquement qu'un acteur d'Hollywood.

De son côté, il m'examinait aussi. Avec attention, mais comme si c'était simple politesse de sa part. Il s'appuya négligemment contre le mur (qui avait alors repris sa position initiale) et me regarda fixement.

Je le dévisageais aussi, et, comme j'étais une fille à l'esprit extrêmement pratique, je me dis que ce n'était vraiment pas le moment de lui reprocher vertement de m'avoir kidnappée. Non, il fallait que je fisse preuve d'une curiosité courtoise à propos de toute cette affaire, que je demandasse gentiment mais fermement à être ramenée où l'on m'avait trouvée, mais, par-dessus tout, que je prisse un ton amical.

Bien qu'il n'eût pas prononcé un mot, j'étais certaine qu'il n'était pas américain. C'était mon instinct qui me le disait car rien, dans son apparence, ne le laissait deviner, à l'exception, peut-être, de ses yeux. En tout cas, il ne pouvait venir de Mars. Il avait vraiment l'air d'un être humain. Et, en vérité, d'un être humain fascinant.

Mais, puisque nous allions traiter amicalement cette affaire (je l'espérais), je souris. Après tout, un sourire était censé être un témoignage universel de paix et de bonne volonté. Il devait le comprendre.

Il dut le comprendre. Il me rendit mon sourire.

Il était encore plus attirant lorsqu'il souriait. Je me sentis mieux. Au moins, pour le moment, j'étais saine et sauve. Tout de même, on ne coupe pas la tête de quelqu'un lorsqu'on lui sourit. Ou bien le fait-on ? De toute façon, j'espérais qu'il n'en serait rien. Quelqu'un d'aussi beau ne pouvait être mauvais. Il continuait à sourire, découvrant des dents blanches. Attendez un peu que je parle de lui aux filles du bureau, pensai-je. Je me mis même à me demander s'il était marié. Il conviendrait merveilleusement bien à Catherine. Elle faisait un mètre soixante-dix-sept en ballerines... eh bien, elle pourrait porter des talons aiguilles avec ce M. Yeux Verts.

Ma bouche commençait à se crisper et mon visage à se figer, mais je parvins à conserver mon sourire tout en réfléchissant à ce que j'allais faire après. Il fallait que je fisse quelque chose. Nous ne pouvions rester éternellement à nous sourire d'un air crispé. Non que cela me dérangeât beaucoup. De tous les gens que je connaissais, il était celui dont le sourire me procurait le plus de plaisir, mais il y avait David, et, soudain, je me souvins que j'étais très loin de chez moi. Je lui tendis donc la main.

Il ne comprit pas. Il regarda ma main avec un grand intérêt et, n'y trouvant que le nombre habituel de doigts, il reporta son attention sur mon visage et continua à sourire.

Alors, avec un courage dont je ne soupçonnais même pas l'existence en moi, je m'écartai de la couchette et m'approchai de lui. Je lui tendis la main, pris la sienne, la serrai, sans cesser un instant de sourire de toutes mes dents.

Cette fois, il comprit. Son sourire se fit plus chaleureux et il me rendit ma poignée de main. Je retournai alors à ma couchette et m'y laissai tomber, épuisée. Et alors ?

Je lui demandai où je me trouvais et où nous allions.

Pas de réponse.

Ma foi, je n'avais pas eu grand espoir qu'il répondît. A présent, il n'y avait aucun doute : il n'était pas américain.

Bon, alors qu'est-ce qu'il était ? Les Russes ne se rasent pas le crâne et il fait trop froid dans leur pays pour qu'ils se baladent comme ça. Il pouvait venir d'Extrême-Orient, mais il y avait la couleur de ses yeux... Peut-être d'une région d'Extrême-Orient dont nous ne connaissions pas l'existence, de ces montagnes, par exemple, que personne n'avait explorées, ou d'une tribu inconnue.

Cela n'avait pas grand sens. Je soupirai et cependant je me mis soudain à m'émerveiller de cette bravoure nouvelle qui me permettait en cet instant de classer mes idées et d'organiser rationnellement chaque événement. Je me sentis brusquement envahie par une vague de respect envers moi-même. Je me précipitais vers dieu sait quoi avec un géant aux yeux verts qui ne cessait de me dévisager, et pourtant je restais assise, examinant la situation avec autant de calme que si je m'étais trouvée dans ma propre chambre, essayant de me rappeler le nom d'une personne rencontrée à une soirée. La panique aurait dû me rendre hystérique, alors qu'au contraire, je me sentais exceptionnellement sereine. Pour m'en assurer, je m'allongeai sur la couchette, bras et jambes étendus. Mon bras gauche était engourdi, et j'avais une légère marque sur la veine à la saignée du coude.

Le respect que j'éprouvais pour moi-même fondit. Je ne pouvais plus m'attribuer le mérite de ce calme. On m'avait administré un quelconque sédatif. Je ne pourrais pas me vanter de mon intrépidité. Mais auprès de qui ? De ma mère ? De David ? On pouvait parier, sans crainte de se tromper, que ce vol n'allait pas s'achever dans la cour de ma maison.

Il était possible que je ne revisse jamais ni David ni ma mère. Où allais-je ? Et pourquoi moi ? Je me dis que je ferais mieux d'aborder carrément la question et de voir le responsable avant que cessât l'effet du sédatif et que je défaillisse de peur. Mais qui était le responsable ? Il était évident que Yeux Verts n'avait été envoyé ici que pour jeter un coup d'œil sur moi. De plus, quelqu'un devait bien diriger cet engin.

Cela exigeait que je me livrasse à un petit tour d'inspection. J'en avais le droit, non ? Je me levai et me dirigeai vers la partie du mur qui s'était préalablement ouverte. Yeux Verts bondit et me reconduisit doucement mais fermement à ma couchette.

J'en déduisis que je n'avais pas le droit de me livrer à un tour d'inspection.

Je me laissai tomber sur la couchette et tournai le dos à Yeux Verts. Cela aurait dû le toucher. Russe ou Oriental, un homme sait que, dans toutes les langues, lorsqu'une femme lui tourne le dos, cela veut dire qu'elle est en colère. Ce fut manifestement le cas. Quand je me retournai, Yeux Verts avait disparu.

J'en étais désolée. Il me manquait, même s'il n'était pas du genre loquace. Ce n'était pas tellement désagréable qu'il fût dans les parages. Il était si beau à regarder.

Une étrange sensation de bien-être m'envahit. J'étais certaine que cela ne venait pas entièrement de la piqûre. Tout compte fait, on sent le danger, n'est-ce pas ? Et, en cet instant, je me sentais absolument en paix avec le monde. La rapidité et la régularité du vol augmentaient mon sentiment tout neuf de sécurité. Je ne fis rien pour lutter contre mon impression croissante de somnolence. Je glissai dans un sommeil sans rêve. Je sentis un léger élancement dans le bras et reprit lentement conscience, juste à temps pour voir Yeux Verts enfoncer une longue aiguille dans la veine de mon bras. J'essayai de me débattre, mais c'était parfaitement vain. Des courroies passées autour de ma poitrine, de mes jambes et de mes bras me maintenaient maintenant clouée à la couchette.

Yeux Verts retira l'aiguille et sourit. Si cela était destiné à me rassurer, il perdait son temps. Il reprit sa place près du mur et continua à me sourire largement. J'essayai de répondre à ce sourire, mais je crains d'avoir plutôt eu l'air d'être atteinte d'un tic nerveux.

Disparue, ma belle sensation de calme et de bien-être. J'étais incapable de lutter davantage contre la soudaine panique qui s'emparait à présent de moi.

Subitement, le vaisseau fit une embardée, et je fus persuadée que nous avions raté notre atterrissage. Pendant un instant, je fus bien contente d'être attachée par des courroies. Affolée, je me retournai vers Yeux Verts pour qu'il me rassurât. Mais s'il éprouvait le moindre frisson de peur, il n'y en avait pas trace sur son visage imperturbable.

Une terrible secousse ébranla de nouveau le vaisseau. Yeux Verts ne cilla même pas. Puis, la paroi s'ouvrit une seconde fois, et deux hommes entrèrent.

J'en restai littéralement bouche bée de surprise et d'admiration. Ils étaient, eux aussi, vêtus de salopettes. Ils avaient le crâne rasé et des yeux verts. Ils étaient en tous points aussi majestueux et beaux que Yeux Verts 1er.

Ils firent un signe de tête à Yeux Verts 1er qui, manifestement, le prit pour un ordre. Il traversa la pièce et défit mes courroies. Je me levai, sans quitter un instant du regard les nouveaux arrivants.

Tour à tour, ils traversèrent la pièce, s'inclinèrent très bas, me serrèrent la main et sourirent.

Ma foi, je me sentais un peu mieux. De toute évidence, Yeux Verts 1er avait dit à Yeux Verts II et Yeux Verts III que telle était mon étrange coutume, et ils voulaient au moins que je me sentisse chez moi. Cela me sembla être un excellent présage.

Ils échangèrent quelques mots entre eux. Jusque-là, je n'avais pas entendu Yeux Verts 1er émettre le moindre son, pas même un gloussement. Mais, maintenant, il bavardait d'un ton animé avec ses copains. J'écoutai attentivement. Non seulement ce n'était pas de l'anglais, mais ça ne ressemblait à aucune des langues que j'avais jamais entendues.

Il pouvait s'agir d'une langue orientale. Après tout, les Orientaux ne parlent pas tous chinois ou japonais, n'est-ce pas ? Voyons... il y avait les Javanais, les Siamois, les Balinais... Oh, mon dieu ! Pourquoi n'avais-je pas prêté plus d'attention aux cours de géographie ? La vision déplaisante d'un professeur d'histoire entre deux âges et adipeux qui s'appelait Mlle Massinger me vint brusquement à l'esprit. J'avais détesté Mlle Massinger, mais maintenant, j'aurais adoré l'avoir comme compagne de voyage. Mieux encore, j'aurais aimé que Mlle Massinger fût ici à ma place.

Mes ravisseurs interrompirent ces agréables réflexions en me faisant signe de me lever et de les suivre. Nous passâmes par l'ouverture de la paroi et descendîmes un long escalier en colimaçon. Nous traversâmes une petite pièce qui abritait une multitude de gadgets qui se ressemblaient tellement que c'en était monotone, et ce qui avait l'air d'être un grand écran de télévision. Nous arrivâmes à une vaste pièce où se trouvait le même genre d'instruments, mais de plus grandes dimensions. C'était vraisemblablement la salle de contrôle principale. Un quatrième magnifique géant aux yeux verts se dégagea du siège du pilote, me fit un signe de tête, me sourit, et se joignit à notre procession.

Nous parvînmes à un autre petit escalier. Le pilote appuya sur un bouton et une nouvelle paroi s'ouvrit. Mais, cette fois, la brillante clarté du jour pénétra dans le vaisseau, révélant un petit plan incliné qui conduisait au sol.

Chapitre 6

Je descendis la rampe, flanquée de mon étrange escorte. La lumière du jour me blessait les yeux, mais ce fut avec un réel soulagement que je posai le pied sur le sol dur d'un magnifique terrain d'atterrissage. Je pris une profonde inspiration et fut agréablement surprise de découvrir que l'air était semblable à celui auquel j'étais habituée, un air normal, ni plus ni moins vivifiant que celui que j'avais respiré pendant vingt et un ans. Je me retournai pour examiner le vaisseau qui m'avait amenée jusque là.

Alors, vraiment, les soucoupes volantes n'existaient pas !

Peut-être bien, mais la chose qui se trouvait derrière moi n'était pas particulièrement carrée. Elle avait la forme d'un champignon, surmonté d'une salle munie de hublots carrés. La soucoupe proprement dite semblait avoir au moins trente mètres de diamètre, et était constituée de trois parties. Même maintenant, alors qu'elle était posée sur le sol, ses différents éléments continuaient à tourner lentement, chacun en sens opposé à l'autre. Dans le sens des aiguilles d'une montre et à l'inverse des aiguilles d'une montre. Animés du mouvement d'une hélice sur le point de s'arrêter.

Notre vaisseau n'était pas le seul occupant de cette aire d'atterrissage. Il y avait des « soucoupes » partout. Des petites, des moyennes, et certaines qui étaient cinq fois plus grandes que celle à bord de laquelle j'avais voyagé.

Nous traversâmes le terrain à la queue-leu-leu. C'était une belle journée. Le soleil brillait et le ciel sans nuage était d'un bleu pâle. Cela avait l'air trop paisible pour abriter d'étranges objets en forme de disques qui envoyaient des rayons de lumière pour vous kidnapper.

Nous parcourûmes une trentaine de mètres et nous arrêtâmes devant une foule immense qui attendait. Mes ravisseurs hésitèrent un instant, puis ils firent face. Après une fraction de seconde durant laquelle des milliers d'yeux verts m'examinèrent, des acclamations tonitruantes emplirent l'air. Elles durèrent une bonne minute, accompagnées d'applaudissements assourdissants. C'était très flatteur et fort agréable, et j'avais envie de faire une révérence courtoise, mais ma modestie innée me suggéra que cette manifestation pouvait être destinée aux astronautes qui avaient accompli leur mission plutôt qu'au trophée qu'ils rapportaient.

En dehors du caractère très particulier des vaisseaux qui s'entassaient sur le terrain d'atterrissage, je ne voyais aucun point de repère susceptible de me donner des indications quant au lieu où je me trouvais. Même la foule assemblée là et composée de milliers de personnes ne me fournissait aucun éclaircissement. Tous étaient bâtis sur le même modèle que les superbes géants du vaisseau. Tous avaient ces étranges yeux vert émeraude qui se détachaient sur une peau basanée au-dessus de hautes pommettes. Et tous, sans exception, avaient le crâne rasé.

Ces hommes donnaient l'impression d'être des guerriers ou des chasseurs. On discernait en eux quelque chose qu'on aurait pu qualifier de tribal.

Cependant, leurs vêtements différaient essentiellement des salopettes d'un gris brun que portaient les astronautes. La vivacité des couleurs produisait un effet quasiment théâtral. Ces vêtements étaient de style oriental : ceintures de soie, pantalons de soie qui descendaient au-dessous du genou, sandales à talons plats faites de lanières dorées. Les couleurs étaient bizarres et excitantes. En fait, tout ce spectacle ressemblait à une cérémonie d'apparat.

La discipline que s'imposait cet étrange public me surprit. Il n'y avait pas de barrières de cordes pour contenir ces hommes, ni d'officiels intervenant pour leur dire : « N'avancez pas. » Ils me regardaient avec une grande attention, tout en restant à distance respectueuse. La seule chose qui les empêchait de s'approcher semblait être leur sens exceptionnel de la bienséance.

S'il était besoin d'une preuve supplémentaire pour étayer cette hypothèse, elle me fut donnée lorsqu'ils se rangèrent de part et d'autre, sans qu'on leur en eût donné l'ordre, pour laisser le passage à un homme de leur groupe.

Rien ne le distinguait des autres spectateurs, bien que son comportement donnât à penser qu'il avait une tâche particulière et importante à accomplir.

Il se dirigea vers moi, s'inclina très bas et sourit. Puis il nous fraya un chemin dans la foule, laquelle, une fois encore, s'écarta poliment pour nous laisser passer.

Nous traversâmes tout l'astroport pour arriver devant une porte qui s'ouvrit toute grande et que nous franchîmes. Elle donnait sur une route, et nous nous arrêtâmes devant un objet bas en forme de cigare d'environ quatre mètres de long, équipé de six petites roues. Au moment où je compris que cet objet était un véhicule, je fus confrontée à la réalité : je me trouvais bien sur un autre monde.

Chapitre 7

Ils me firent signe de monter dans le véhicule et, n'ayant pas le choix, je m'exécutai. Seule une partie de mon escorte suivit. Yeux Verts 1er qui semblait avoir pour mission de s'attacher à mes pas, et Yeux Verts Comité d'accueil. Les autres restèrent à l'astroport.

A peine installée dans le véhicule, je fus propulsée en avant, tandis que le sol se mettait à défiler à toute allure sous mes pieds, avec une soudaineté telle que j'en eus les oreilles bouchées et les poumons bloqués.

Cette vitesse extraordinaire ne décroissant pas, il me fut absolument impossible de voir quoi que ce fût du paysage. Je ne pouvais percevoir qu'un kaléidoscope de verts et de bruns. De temps en temps, un autre véhicule nous croisait, dans un sifflement pareil à un coup de fouet, mais au lieu de la collision mortelle qui semblait inévitable, le véhicule qui venait en sens inverse se rabattait sur le bas-côté. Après une demi-douzaine de ces stupéfiantes démonstrations, je commençai à comprendre qu'il était littéralement impossible qu'un véhicule en heurtât un autre. On aurait dit qu'une force magnétique jouait un rôle répulsif, les écartant les uns des autres. Lorsque mes nerfs parvinrent à s'adapter à la vitesse, je réussis à percevoir, en de brefs éclairs, la route que nous parcourions. Elle semblait constituée d'acier ou d'un métal qui y ressemblait. Je me tournai vers l'homme qui était à mes côtés — Yeux Verts Comité d'accueil — et lui désignai le paysage.

— Comment s'appelle cet endroit ?

Il répondit immédiatement :

— Yargo.

Une bonne minute dut s'écouler avant que je ressentisse, à retardement, sous le coup de la surprise, une réaction de choc. Je m'étais préparée à gesticuler longtemps, voire à faire un dessin, mais il avait compris du premier coup. Pas exactement les mots que j'avais employés — de cela j'étais sûre — mais l'expression interrogative qu'il avait lue sur mon visage.

Je savais à présent qu'il était intelligent et appartenait à une race hautement civilisée. Il fallait vraiment faire preuve d'une grande finesse pour en arriver à cette conclusion ! Le pays ou le monde qui possédait un engin capable de capturer les Terriens n'en était visiblement pas à l'âge de pierre. Je me trouvais confrontée à une race de gens qui parcouraient l'univers au gré de leur fantaisie, alors que nos plus grands savants n'en étaient qu'à l'ébauche théorique de nos possibilités d'atteindre un jour la lune.

Je me lançai dans des suppositions. Quelle planète pouvait être Yargo ? Je connaissais la théorie selon laquelle, s'il existait des êtres intelligents dans notre voisinage, on ne les rencontrerait vraisemblablement que sur Mars ou sur Vénus. Cependant l'atmosphère de ces planètes était si différente de la nôtre que leurs formes de vie ne s'apparenteraient vraisemblablement que de très loin à ce que nous considérions comme humain. C'était du moins ce que prétendaient les scientifiques, mais l'atmosphère, sur Yargo, avait l'air absolument semblable à la nôtre, et j'aurais mis en doute la parole d'Einstein lui-même s'il avait osé prétendre que ces dieux aux yeux verts n'étaient pas humains. Nous devrions bien avoir, sur terre, des êtres humains capables de se déplacer ainsi dans l'espace.

Nous roulâmes en silence pendant environ cinq minutes, puis, sans le moindre avertissement, le véhicule s'arrêta brusquement. La porte s'ouvrit instantanément et on me fit signe de descendre. Nous gravîmes ensemble une voie métallique. Mes talons claquaient régulièrement sur le revêtement. Ce n'était pas de l'acier, pensai-je. Cela se rapprochait davantage de l'aluminium tout en ayant la solidité de l'acier. Ce n'était pas glissant, et la marche en semblait facilitée.

C'était en fait une allée privée qui aboutissait à un vaste bâtiment en forme de dôme. Je le regardai, bouche bée d'émerveillement. En le contemplant, on avait l'impression d'entendre la musique d'une symphonie nouvelle, ou de voir un ballet moderne ou un tableau abstrait. En même temps, l'apparition d'un chevalier en armure n'aurait pas semblé, le moins du monde, déplacée.

Je n'eus pas le temps d'avoir peur. J'étais surexcitée et débordais d'une soif d'aventure qui dépassait de loin tous les sentiments que j'avais jamais éprouvés. Qui se souciait de ce qui m'arriverait quand j'aurais pénétré dans ce bâtiment ? Peut-être n'en ressortirais-je jamais vivante, mais, au moins, je n'étais pas assise sur une dune en train de rêver d'étoiles filantes. J'étais sur l'une d'elles, et c'était à moi que cela arrivait !

Flanquée de mon escorte, j'entrai dans un grand hall de marbre et, après l'avoir traversé, dans un joli salon. Mes compagnons s'inclinèrent très bas et partirent. Je me retrouvai seule.

Et alors ?

Je pouvais me sauver. Mais où irais-je ? J'étais très loin de chez moi.

Non, la seule chose à faire était d'attendre. Je fis précautionneusement le tour de la pièce et, finalement, je m'assis sur un canapé qui avait l'air confortable.

Je ne savais pas qui — ou ce que — j'attendais, mais j'étais sûre qu'en fin de compte, quelque chose arriverait.

Ce fut le cas.

Chapitre 8

J'admirais le paysage. Un des murs de la pièce était entièrement vitré et l'on avait vue sur une montagne couronnée de neige, si pittoresque qu'elle en semblait irréelle. J'eus l'impression que la neige, au sommet, était rose jusqu'à ce que je découvrisse que c'était la vitre qui la teintait ainsi. Celle-ci donnait la même coloration au ciel, mais je savais qu'il était en réalité d'un bleu pâle lumineux.

Les autres murs étaient nus. J'y remarquai de petites perforations qui, pensai-je, étaient destinées à l'insonoriser. De toute évidence, il y avait aussi la télévision, car un écran de belle taille était encastré dans l'un des murs. Je ne pus m'empêcher de me demander qui pouvait être ici l'équivalent d'« Uncle Miltie », notre célèbre comique, mais je n'avais pas assez d'imagination pour me représenter un de ces Yargoniens en train de faire des cabrioles en mesure et de se livrer à des plaisanteries.

Après avoir examiné plusieurs fois et très attentivement la pièce, je reportai mon attention sur la montagne. Elle était très éloignée et devait être très haute, pensai-je, probablement plus élevée que toutes celles que nous avions sur terre. Son point culminant était noyé dans une légère brume.

Peut-être étais-je sur la lune !

Après tout, il y a des montagnes sur la lune, non ? Et on connaissait mal sa face cachée. Alors, ces gens seraient des Lunariens ou des Lunatiques. Je ne tenais pas à y réfléchir plus avant et je pensai immédiatement à quelque chose de plus rassurant.

Ces gens étaient supérieurement intelligents, et ils aimaient la paix... Je me retournai brusquement. La paroi commençait à s'ouvrir en glissant.

Je me levai, prête à accueillir un nouveau géant aux yeux verts, mais, cette fois, ma surprise fut telle que j'en retombai assise sur le canapé, totalement interloquée.

Par l'ouverture du mur entra la plus belle femme que j'eusse jamais vue.

Elle était vêtue exactement comme les hommes de Yargo. Mêmes couleurs éclatantes, même pantalon au-dessous du genou, mêmes sandales dorées, même ceinture de soie. Ses yeux étaient également d'un vert émeraude et légèrement bridés. Mais elle avait des cheveux — une masse de cheveux — d'un noir d'ébène, tirés en arrière avec une sévérité qui eût été peu flatteuse sur la plupart des femmes. Ils étaient retenus, dans le style grec, par une pince, incrustée de diamants et posée haut sur le crâne, qui les laissait libres de flotter sur son dos jusqu'à la hauteur des reins. Elle avait une peau blanche absolument parfaite, un nez droit, et une bouche pleine d'un dessin exquis. Je dus admettre à contre-cœur, après l'avoir examinée minutieusement avec une grossièreté flagrante, que sa beauté ne devait rien à un quelconque maquillage.

Mon admiration se transforma en un respect mêlé d'une certaine crainte lorsqu'elle s'adressa à moi dans un anglais parfait, un peu guindé il est vrai.

— Je m'appelle Sanau. Je vous souhaite la bienvenue sur notre planète.

— Vous parlez anglais.

Observation peu brillante, mais ce fut vraiment tout ce que je trouvai à dire. Elle approuva de la tête.

— Je ne le parle pas aussi bien que je le voudrais, mais je le comprends beaucoup mieux que je ne le parle.

— Dites-moi simplement pourquoi je suis ici, et ce qu'on va faire de moi.

Elle sourit avec une telle sérénité que c'en était presque affolant.

— Vous devez sûrement avoir faim. Je vous ai fait préparer un repas.

Elle se retourna et effleura le mur. Il s'ouvrit, et deux femmes entrèrent, poussant une table roulante dressée pour un festin. Ces femmes étaient aussi belles que Sanau et vêtues de la même façon. Elles mirent la table devant moi, s'inclinèrent et prirent congé.

Sanau évalua du regard la table et ce qu'on y avait disposé. Apparemment, elle en fut satisfaite. Elle me dit :

— Il y a une petite pilule. Il faut que vous la preniez au début du repas.

Puis elle sourit et quitta la pièce. Le mur se referma derrière elle.

J'avais faim et la nourriture avait l'air appétissante. Il y avait une espèce de viande, une salade verte qui semblait bizarre, un bouillon froid, et un petit pain mollet. Ce furent la coutellerie et l'argenterie qui me firent sortir les yeux de la tête. La lame du couteau et les dents de la fourchette paraissaient être en diamant massif. Je les levai vers la lumière et les comparai à la pierre minuscule que je portais à la main gauche. C'étaient bien des diamants. Et la lame du couteau devait largement dépasser cent carats. Cent carats de diamant d'un seul bloc !

Je pris la pilule et entamai le repas. L'eau avait un goût fort, un peu comme notre eau, mais en nettement plus accentué. Le potage était excellent. Je mangeai toute la viande. La salade suivit. Je flirtai avec l'idée de laisser quelque chose. Je *pouvais* laisser le petit pain. Je mordis dedans. J'étais un vrai glouton. Bon, et alors ? Je n'avais pas demandé qu'on m'invitât à dîner. C'étaient eux, et eux seuls, qui en avaient eu l'idée. Par défi, non seulement je mangeai le petit pain, mais je m'en servis pour ramasser la sauce qui restait dans mon assiette.

A l'instant précis où j'enfournai la dernière bouchée, le mur s'ouvrit pour laisser entrer Sanau et ses servantes. J'eus l'impression désagréable qu'elles m'avaient observée tout au long de mon repas. Les servantes emportèrent la table rapidement et quittèrent la pièce. Sanau s'assit et me regarda attentivement, comme pour me jauger. Je la dévisageai de la même façon, jusqu'à ce que son regard perdît toute trace de curiosité.

Nous restâmes ainsi un moment, nous mesurant du regard comme deux étranges animaux, extérieurement détachées, mais intérieurement tendues, chacune attendant que l'autre bondît.

Mes nerfs craquèrent les premiers. D'une voix presque brisée par la nervosité, je lui demandai ce qu'on avait l'intention de faire de moi.

Elle se contenta de lever un de ses beaux sourcils d'une façon qui semblait exprimer une absence totale d'intérêt.

— D'abord, pourquoi m'a-t-on amenée ici ?

Son air dédaigneux commençait à m'irriter singulièrement.

Autre mouvement de sourcil.

Cette fois, ma voix monta d'un cran.

— J'exige une réponse. Que va-t-on faire de moi ? Que veut-on de moi ?

Je ne sais si elle me répondit à cause du ton que j'avais pris ou simplement pour éviter une scène déplaisante, mais, pendant qu'elle parlait, je me surpris à me demander comment une personne aussi séduisante physiquement pouvait à ce point manquer de chaleur et de sentiments.

— Nous ne pouvons nous prononcer sur ce que nous allons faire de vous, me dit-elle, tant que nous n'aurons pas décidé de ce que nous allons faire à propos d'une très regrettable erreur.

— Quelle erreur ?

— Vous.

— Moi ?

Je fis un effort pour empêcher le sang de se retirer de mon visage.

Moi ? Une erreur ? Selon leurs critères ? Ou bien tout leur voyage était-il une erreur ? Peut-être se baladaient-ils simplement avec ce gros projecteur. Comme pour pêcher... et j'avais été prise dans le filet. Eh bien, ils pouvaient toujours me ramener. En ce qui me concernait, ce serait parfait. J'en avais assez de l'aventure. J'avais envie de rentrer chez moi.

— Quand prendront-ils cette importante décision ?

— A la prochaine réunion du conseil.

— Quand le conseil se réunira-t-il ?

— Dès que sa Grâce Toute-Puissante le Yargo en donnera l'autorisation.

Son visage demeurait serein et inexpressif.

— Qui est le Yargo ?

Je n'étais pas tout à fait aussi sereine. A l'entendre, on aurait dit que cela pouvait prendre des années.

— Le Yargo !

Les yeux de Sanau étincelèrent, et son visage prit une expression voisine de l'extase.

En fait, la joie qu'elle manifestait devint si vive que je pressentis qu'elle allait entrer dans une sorte de transe. Je répétai ma question.

— C'est votre roi ou quoi ?

— Il est tout. Il est tout-puissant.

A présent, son expression se situait au-delà de l'extase, au-delà de tout ce que j'avais jamais vu. Sanau était plus belle encore, et on l'aurait crue au septième ciel, comme si elle avait contemplé soudain une vision du Seigneur. On décelait dans sa voix un mélange de vénération et de terreur mystérieuse. Elle se comportait comme si elle était possédée par quelque chose de sacré.

Je me dis qu'il y avait peut-être quelque chose entre ce Yargo et Sanau. Je revins à la charge.

— Qui était l'homme qui m'a accueillie à l'aéroport et amenée ici ?

— Vous avez été escortée par Leader Seado et le Pilote Hakwa.

L'expression de Sanau avait recouvré sa sérénité.

— Le Yargo est-il un leader ?

— C'est un être suprême !

De nouveau, cet air d'extase.

— Suprême comme quoi ?

— Suprême. Tout-puissant.

— Mais il est humain ? Je veux dire... vous pouvez le voir ?

— On a effectivement la chance de pouvoir le contempler, et même de converser avec lui de temps en temps. Il est de forme humaine, mais il est tout-puissant.

Je me dis qu'il y avait décidément quelque chose entre le Yargo et Sanau.

— Puisque vous semblez parler si bien anglais ici, alors pourquoi le leader ou le pilote ne m'ont-ils pas parlé ?

— Mon peuple ne parle pas votre langue.

— Mais vous, si.

Son sourire semblait admettre les critiques qu'on pourrait lui adresser.

— J'ai personnellement le don des langues. Je possède à fond toutes celles que le hasard nous fait découvrir.

— Le Yargo parle-t-il anglais ?

L'expression de Sanau donnait à entendre que non seulement il le parlait effectivement... mais qu'il l'avait inventé.

Etant toutefois une jeune femme extrêmement polie, elle me répondit de ce ton empreint de respect et de crainte qui semblait exclusivement réservé aux questions concernant le Yargo.

— Le Yargo parle les langues de toutes les planètes, y compris les langues de tous les pays qui sont sur notre planète, et il connaît même les mots qu'emploient les animaux en général et les insectes en particulier.

— Les animaux ! est-ce qu'ici les animaux, les insectes parlent ? J'en étais arrivée au point de croire pratiquement n'importe quoi.

— Les animaux, les insectes communiquent entre eux partout, sur toutes les planètes. Le Yargo est le seul être humain qui soit capable de les comprendre.

— Ma foi, votre anglais à vous est extraordinaire. Au point où en étaient les choses, j'estimais qu'un peu de flatterie ne ferait pas de mal.

Avec Sanau, c'était peine perdue. Son expression ne changeait jamais.

— Comme je vous l'ai dit, je me consacre tout particulièrement à l'étude des langues. Mais pour les apprendre à fond, je dois m'appliquer. Quant au Yargo... ce don lui est aussi naturel que de respirer. Je suis incapable de pénétrer le mystère des animaux, des insectes, ou de la vie des oiseaux. Pour l'instant, je viens de commencer à apprendre la langue de la planète que vous appelez Mars.

Ainsi, il y avait des gens sur Mars ! Pour dissimuler mon désarroi, je lui posai une autre question.

— Avez-vous visité la Terre ? Quelqu'un de votre planète a-t-il atterri sur notre monde ?

Elle secoua la tête.

— Non. Mais nous avons étudié vos coutumes sur les moniteurs depuis nos vaisseaux spatiaux, et nous avons intercepté nombre de vos bulletins d'information. Nous savons beaucoup de choses sur vous.

— Et je suis une erreur, dis-je en souriant d'un air d'excuse.

Elle ne chercha pas à tourner autour du pot.

— Nous avons déjà pris contact avec Mars pour les mettre au courant de cette erreur.

Mars était donc aussi dans le coup. Je me penchai vers Sanau.

— Ecoutez, Sanau, je ne nie pas que toute cette affaire soit d'un intérêt vital. N'importe quel scientifique de la Terre donnerait sa vie pour connaître de tels faits. Cela m'importe, moi aussi. Mais je pourrais être plus à l'aise et apprécier ces connaissances qui me sont brusquement accessibles si j'avais quelques petits renseignements concernant mon avenir. Comme, par exemple, dans combien de temps on me ramènera. Car on me ramènera, n'est-ce pas ?

— Les gens de Mars devraient captiver votre curiosité. Comparés aux habitants de votre planète, ils sont d'une intelligence supérieure.

Je commençais à me désintéresser de ces merveilles de la nature. En cet instant, mon seul souci était l'avenir d'un unique habitant de la planète Terre. J'avais pleinement conscience que Sanau avait délibérément évité de répondre à ma question. Aussi la répétai-je carrément :

— Vais-je retourner sur Terre ?

— Ce n'est pas à moi d'en décider. En ce moment même,

nos leaders sont en train de prendre contact avec le souverain de Mars. Comme je vous l'ai dit, nous devons le consulter sur cette affaire.

— Pourquoi devez-vous le consulter ?

— Parce que c'est lui qui a suggéré qu'on prenne contact avec vous.

— *Moi* ??? !!!

Sanau se leva.

— J'en ai déjà trop dit.

— Ne partez pas.

Je bondis et m'accrochai à son bras. Son geste vif pour me faire lâcher prise montra à quel point mon contact lui répugnait.

Je le sentis immédiatement et je me remis très vite à parler. Il fallait que je l'empêche de partir. Il y avait encore tant de choses que je désirais connaître.

— Je vous en prie, restez encore un peu. Vous ne m'avez même pas dit où je me trouvais. Votre planète est-elle ce que nous appelons Vénus ou Jupiter... ?

— Non. Vous ne nous avez pas donné de nom. Nous appartenons à un autre système solaire. Vous avez déterminé l'emplacement de notre soleil, et vos scientifiques affirment que nous sommes approximativement à une distance de sept années-lumières de vous.

Son ton laissait entendre que nos savants étaient sans aucun doute dans l'erreur, et gravement. Mais je voulus m'en assurer.

— Je n'ai pas voyagé pendant sept ans, n'est-ce pas ?

— Selon votre temps à vous, vous avez passé quinze heures en vol. Nous nous déplaçons mille fois plus vite que la lumière.

— Mais c'est impossible. Le professeur Einstein et tous les grands savants affirment qu'on ne peut se déplacer plus vite que la lumière.

Sanau sourit d'un air indulgent.

— Le professeur Einstein est l'homme le plus brillant de votre planète. Mais votre planète est très jeune. Il y a cinquante ans, les gens de chez vous ne pouvaient concevoir la possibilité de voyages aériens réguliers. Qu'aurait répondu le professeur Einstein d'il y a cinquante ans si on lui avait dit qu'un demi-siècle plus tard on franchirait le mur du son ?

Je ne pouvais me placer sur le plan d'une telle logique. Et je me demandais si le professeur Einstein se serait lancé dans une discussion de ce genre.

— Mais vous avez réalisé des progrès, poursuivit-elle généreusement. Nous vous observons depuis plus de trois cents ans.

— Vous voulez dire que les soucoupes nous survolent depuis ce temps-là ?

Elle sourit.

— Je suppose que nos vaisseaux spatiaux ressemblent vraiment à vos soucoupes.

Elle se dirigea de nouveau vers le panneau qui coulissait dans le mur. Elle se retourna comme pour me souhaiter bonne nuit. Puis, se souvenant manifestement de quelques instructions de dernière minute, elle s'arrêta.

— Il faut que vous vous reposiez. Vous avez de bonnes raisons de vous sentir fatiguée. Appuyez sur ce bouton et le canapé se transformera en lit. Nous avons mis dans la salle de bains tout ce dont vous pourriez avoir besoin. Si, pour une raison quelconque, vous vous sentiez obligée de faire appel à moi, appuyez sur ce bouton et mon image apparaîtra sur l'écran de télévision. Nous pouvons communiquer de cette façon.

Elle effleura à peine le mur et il s'ouvrit, bien que je puisse jurer qu'il n'y avait ni bouton, ni gonds, ni interrupteur visibles.

— Et le Yargo ? demandai-je précipitamment. Quand le verrai-je ?

— Il est extrêmement douteux que vous le voyiez jamais. Vous êtes bien trop dénuée d'importance pour qu'il vous consacre ne fût-ce qu'un instant de son temps. Tout ce qui vous concerne peut facilement être réglé par les leaders. Du reste, demain, nous devrions avoir presque arrêté nos plans à votre égard.

J'étais trop abasourdie par cette insulte pour simplement essayer de répondre. Je restai sans mot dire et la regardai partir. Le mur se referma derrière elle, et je me retrouvai seule.

Ce ne fut qu'à ce moment-là que je laissai libre cours à ma colère. Je tempêtai dans la pièce. Une race supérieure, tu parles ! Je n'avais aucun souvenir d'avoir été insultée avec une telle grossièreté, et en même temps d'une manière aussi délicieusement courtoise. Pas une trace d'hypocrisie ou d'inintelligence dans ses propos. Droit au fait, et ce qui rendait le tout encore plus déconcertant et vous mettait le plus en fureur, c'était le calme dont elle faisait preuve en vous infligeant de tels affronts. Exactement comme si elle disait : « Oh, quel temps magnifique il fait aujourd'hui. » Ma foi, sans doute que, pour un Yargonien, sa façon de s'exprimer n'était pas considérée comme impolie. Peut-être qu'ils appelaient seulement cela « dire la vérité » ou bien n'avait-elle pas eu l'intention de se montrer d'une franchise aussi brutale qu'il apparaissait, mais j'étais sûre, en fait, du contraire. Elle avait manifesté trop clairement le dégoût que je lui inspirais dans chacun de ses gestes. Son absence d'émotion en avait simplement accentué l'effet.

Arpenter la pièce m'aida à me départir de la colère qui s'était emparée de moi. Je ne pensais qu'à la cuisante humiliation que m'avait infligée cette femme. « Bien trop dénuée d'importance pour voir sa Grandeur ! » « Une erreur ! » En cet instant, j'avais une envie délirante de nuire physiquement à quelqu'un. J'appuyai sur le bouton et vis miraculeusement le canapé se transformer en un lit confortable. J'entrai dans la salle de bains et me lavai les dents.

Puis je me couchai et m'endormis.

Que pouvais-je faire d'autre ?

Chapitre 9

Pour corser une suite déjà assez fantastique d'événements, je dormis bien ! Je dormis si bien que Sanau dut me réveiller.

Tandis que je traînassais en prenant mon petit déjeuner, je sentis chez elle une légère impatience. D'ordinaire, j'aurais expédié mon repas, car, au fond, je suis une personne pleine d'égards pour les autres, mais, au souvenir de son attitude de la veille au soir, je me donnai beaucoup de peine pour avaler jusqu'à la dernière bouchée.

Lorsqu'il me fut impossible de faire traîner plus longtemps mon repas — il ne restait pas une miette dans mon assiette —, je me tournai vers elle, attendant ce qu'elle allait faire.

Elle prit immédiatement la direction des opérations.

— Si vous avez fini, dit-elle, nous nous y rendrons immédiatement.

— Nous nous rendrons où ? répliquai-je en me levant docilement.

— Nous allons voir les leaders.

Après un bain rapide et un instant plus bref encore consacré à la coquetterie — je n'avais aucun produit de beauté à me mettre — j'étais prête. J'aurais eu plus confiance en moi avec, au moins, un peu de rouge à lèvres, mais après m'être contemplée d'un air critique dans le miroir, je dus admettre que je n'étais pas trop mal. En fait, j'étais mieux que je ne l'avais été. Je me dis qu'il devait y avoir quelque chose de bénéfique dans la nourriture et dans l'air. Mes lèvres étaient du plus beau rouge et mes yeux brillaient d'un nouvel éclat.

Pour accroître mon sentiment tout nouveau de vanité, Sanau m'offrit des vêtements flambant neufs. Une authentique tenue yargonienne, identique à la sienne. Elle s'en excusa.

— Je suis désolée de ne pouvoir vous offrir des vêtements plus adaptés à vos goûts. En ce moment même, on est en train de raccommoder la robe que vous portiez sur la Terre. Elle a subi quelques dommages au cours du voyage.

Je ne tins aucun compte de ses excuses et enfilai le vêtement. J'avais l'impression de me rendre à un bal costumé, et je dois avouer que, alors même que mon avenir était compromis et incertain, je ne pensais qu'à une seule chose : « Oh, si David pouvait me voir en ce moment ! »

— Les leaders ont-ils demandé à me rencontrer ?

Je me sentais vraiment amicale.

— Personne n'a demandé à vous voir. Cependant, il faut que nous tenions une réunion pour décider de votre avenir.

— Je ne vois pas quel est le problème ! Ramenez-moi là où vous m'avez enlevée. C'est vraiment très simple.

En guise de réponse, elle appuya sur le panneau et me fis signe de la suivre.

Nous sortîmes du bâtiment et montâmes dans le véhicule en forme de cigare emprunté la veille. Le trajet se fit sans histoires. Même paysage passant en coup de vent. Même vitesse invraisemblable.

— Que font les leaders ? demandai-je en déglutissant pour me dégager les oreilles.

— Ils dirigent divers secteurs de notre planète.

— Ah... comme les présidents des différents pays.

Je répondis à son signe de tête par un autre signe de tête. J'étais à la fois contente et impressionnée. Il faut bien dire que, jusqu'à présent, mon seul contact avec un fonctionnaire important s'était fait par le truchement de l'écran de mon téléviseur, dans ma salle de séjour. Et, brusquement, j'allais m'asseoir à la table de toutes sortes de gouverneurs et de présidents et discuter avec eux de mon avenir. La fierté me rendit expansive et je me penchai vers Sanau avec une certaine familiarité.

— Travaillez-vous pour un leader ?

— Je suis un leader.

J'aurais dû m'attendre à quelque chose de ce genre. Pas étonnant qu'elle fût si arrogante.

— Quelle partie de la planète régissez-vous ?

— Personne ne régit cette planète... notre tâche consiste à gouverner différents secteurs.

— Quelle partie de la planète gouvernez-vous ?

Faute de mieux, j'étais tenace.

— Je suis leader responsable de la culture pour toute la planète.

C'était vraiment une huile ! Ce fut d'un ton franchement humble que je dis :

— Je suis très impressionnée d'avoir été confiée à vos soins. Et c'est très gentil de vous être donné tant de peine pour moi. Je tiens à vous en remercier.

— Il n'y avait pas d'autre solution, répondit-elle de la même voix unie. En dehors du Yargo lui-même, je suis la seule personne de la planète à parler votre langue.

Fort heureusement, le véhicule s'arrêta car j'étais sur le point de répliquer tout aussi discourtoisement.

Je la suivis dans le bâtiment, bien décidée à ne plus prononcer un mot. Je marchais derrière elle, murée dans un silence obstiné, jusqu'à ce que la curiosité me poussât à poser à tout hasard une autre question.

— Est-ce que vous élisez vos leaders comme nous élisons nos représentants ?

Elle approuva de la tête.

— En gros, oui, sauf en ce qui concerne les abus et les attaques personnelles qui semblent être l'apanage de la plupart de vos élections.

Je me dis qu'ils nous avaient observés de plus près que je ne l'avais imaginé.

— Mais comment le meilleur peut-il gagner si vous ne faites pas de campagnes électorales ?

— Pour l'unique raison que c'est vraiment lui le meilleur.

Nous pénétrâmes dans un grand hall tout chatoyant d'ornements et de chandeliers en cristal. Je me dis qu'il était bien possible que ces cristaux fussent des diamants. Je m'arrêtai pour admirer la décoration de la pièce qui étincelait de toutes parts, mais Sanau poursuivait la conversation, apparemment oublieuse de la beauté qui nous entourait.

— Le peuple, notre peuple, reconnaît le meilleur au vu de ce qu'il a accompli dans le passé et non en considérant les fausses promesses et les calomnies sur lesquelles vos politiciens semblent s'appuyer.

Nous prîmes un petit ascenseur qui monta comme une flèche et nous déposa dans l'immense antichambre d'une salle de conférences. Nous nous y arrêtâmes, le temps probablement qu'on nous annonçât. Nous nous assîmes sur un petit banc de mosaïque. La présentation allait avoir lieu d'un moment à l'autre. Je m'humectai les lèvres et essayai d'imiter l'extraordinaire port de tête de Sanau. Cela allait être un après-midi important pour moi. Il fallait que je fisse bonne impression. Pour dissiper mon trac, je me mis à jacasser à tort et à travers, parlant de la beauté du bâtiment, de mon admiration pour les vêtements yargoniens, de leurs progrès considérables dans le domaine des sciences. Peut-être Sanau sentit-elle que cette exubérance me permettait de me libérer d'un trop-plein de nervosité, car elle feignit de m'ignorer. Ce ne fut que lorsque je fis allusion au Yargo qu'elle laissa voir qu'en fait, elle écoutait.

— Est-ce que les gens élisent le Yargo ? demandai-je.

Je m'attendais à ce qu'elle prît son air exalté. Cela ne rata pas.

— Oui, le Yargo est élu. Mais pas de la même manière que le sont les leaders et le Sénat. Il est élu dans l'esprit et dans le cœur des gens.

Ma foi, c'était une réponse d'une simplicité charmante. Mais je n'eus jamais l'occasion de l'approfondir, car un géant aux yeux verts fit soudain son apparition, murmura quelques phrases en yargonien à l'adresse de Sanau, et nous voilà repartis.

Nous pénétrâmes dans une monumentale salle de conférences. L'assemblée qui nous accueillit à l'entrée était guindée et cérémonieuse. On peut dire qu'on avait convoqué le ban et l'arrière-ban. Toutes les huiles étaient présentes, à l'exception, j'imagine, de M. Tout-Puissant lui-même.

Je regardai autour de moi. La scène me rappelait les bandes d'actualités sur les séances des Nations Unies. Des rangées et des rangées d'hommes et de femmes s'alignaient dans l'immense salle de conférences. Je me sentis bien petite et insignifiante devant eux jusqu'au moment où je me souvins que cette grande réunion avait été convoquée uniquement à cause de moi. Je constituais l'attraction vedette, probablement pour la première et la dernière fois de ma vie. Je me tins donc très droite, singeant l'attitude irréprochable de Sanau.

Un des leaders assis au premier rang se leva et demanda d'un signe qu'on lui prêtât attention. Il parla à Sanau dans leur langue. Elle lui répondit, puis elle s'adressa au conclave. Il n'y avait pas de micro, pas de système de sonorisation pour s'adresser au public. Elle parlait dans une petite boîte dorée qui ressemblait à un transistor miniature et qu'elle portait accrochée à la ceinture de son pantalon. Elle s'exprimait sur le ton de la conversation. Si je ne m'étais pas trouvée tout près d'elle, je n'aurais pas entendu un seul mot — non que je comprisse quoi que ce fût.

Il était évident que les dignitaires qui constituaient le public, eux, l'entendaient. Ils étaient là, comme suspendus à ses lèvres, et je remarquai qu'ils portaient également une boîte d'or accrochée à leur ceinture. Elle semblait fonctionner comme un téléphone.

Je me tenais aussi droite que possible, essayant de ne pas laisser voir la gêne que je ressentais. Des milliers d'yeux verts me transperçaient avec l'intensité d'un rayon radar, mais je tenais bon, priant pour qu'ils ne me fissent pas perdre mon sang-froid. D'une certaine façon, j'avais vaguement l'impression que le monde entier — mon monde, la Terre — comptait sur moi pour sauver l'honneur. Un peu comme on dirait : « Montre-leur, Janet... montre-leur de quel bois on se chauffe sur notre planète. Il faut que tu leur montres. Oblige-les à nous respecter — et rends-nous fiers de toi ! »

Mais comment ? Faire un discours ? Sourire ? Défaillir ? Défaillir... Ce serait facile et sans doute exactement ce à quoi ils s'attendaient. Oh, pourquoi était-ce moi qu'ils avaient enlevée ? Avec tous les gens qui se baladaient sur Terre sans rien de particulier à faire, il fallait qu'ils mettent le grappin sur moi ! Or, s'ils avaient mis la main sur Marilyn Monroe, ça leur aurait donné matière à réflexion. Ils auraient immédiatement élaboré des plans pour s'emparer de notre planète, pensant qu'elle était un échantillon typique de la jeune Américaine moyenne. J'aurais même parié que M. Dieu Tout-Puissant se serait montré pour lui jeter un coup d'œil.

Je me demandais si je devais faire un discours. Je reportai mon attention sur Sanau. Elle était encore en train de bougonner dans la petite boîte dorée.

Elle s'arrêta enfin de parler, à l'instant précis où je me mettais à passer d'un pied sur l'autre pour délasser mes muscles, engourdis par une aussi longue station debout et immobile. En attendant, je m'éclaircis la gorge, prête à me lancer dans n'importe quel discours d'ouverture.

Au lieu de quoi, Sanau me conduisit vers une table, derrière laquelle deux chaises faisaient face au public.

— Nous allons nous asseoir ici, déclara-t-elle.

— J'ai un peu l'impression d'être devant un tribunal et de passer en jugement.

— Vous y êtes, répondit-elle simplement.

Cette femme avait sur moi un effet extrêmement déprimant. Je m'effondrai sur ma chaise.

— Je vais vous traduire les débats. On va décider de ce qu'on fera de vous.

— Ils n'ont pas encore décidé ?

Non seulement le regard de Sanau me dit qu'il n'en était rien, mais il me dit aussi que si on s'en remettait à elle, je ne resterais pas longtemps dans quelque monde que ce fût. Mais elle se contenta de préciser :

— Je traduirai à mesure ce que dira chaque leader. En ce moment, Leader Hallah demande à l'assemblée d'en venir à l'ordre du jour.

Je portai toute mon attention sur Leader Hallah. Il parlait calmement dans sa petite boîte dorée. Bien qu'il ne fût qu'à trois ou quatre mètres de moi, j'entendais à peine sa voix. Mais, dans les rangées, les hommes et les femmes sans exception réglèrent leur appareil, et certains se mirent même à prendre des notes.

Sanau traduisit — calmement et d'une voix forte.

— Mesdames et messieurs, leaders, membres du Sénat, et présidents d'Etats. Jamais auparavant le conseil n'a été mis en demeure de régler un problème aussi délicat que celui qui se présente à nous. La décision finale doit être prise avec une extrême circonspection, et, par-dessus tout, nous devons nous souvenir que la personne qui est devant nous est un être humain et qu'on doit la traiter en conséquence et lui faire justice.

— Oh ! il est merveilleux, Sanau... commençai-je.

— Ne m'interrompez pas, dit-elle d'une voix sifflante. Ne m'arrêtez pas pour me poser des questions ou alors je perdrai le fil de ce qui se dit.

Je m'appuyai sagement au dossier de ma chaise. Sanau poursuivit.

— Membres du conseil, comme vous le savez, cette femme vient de la planète nommée Terre. Nous avons tous été informés de la grave erreur qui a été commise.

Il y eut nombre de ces inclinations de tête et de ces murmures qui traduisent l'approbation générale. Je restai calme, essayant de ne pas paraître trop attristée.

— Comme vous le savez, un de nos vaisseaux spatiaux est parti accomplir une mission délicate qui devait se réaliser à la fraction de seconde près. Tous les calculs étaient précis, et avaient été contrôlés et vérifiés avant qu'elle fût tentée. Cependant, pour certains facteurs, on devait s'en remettre au hasard. En fait, aujourd'hui est un triste jour. Au lieu de nous féliciter des progrès réalisés, nous nous trouvons au contraire confrontés au résultat de notre mésaventure. En vérité, c'est une affreuse déception.

Le discours s'interrompit une fois encore et tout le monde semblait partager cette opinion : en vérité, c'était une affreuse déception, tandis que le résultat de leur mésaventure essayait de prendre un air dégagé.

— Je ne peux oublier le grand jour où le vaisseau spatial Areala est parti pour cette mission. Nous avons tous partagé l'allégresse de cette journée et accompagné de nos vœux les astronautes. Nous avons même décrété un congé de vingt-quatre heures. Plus grande encore fut notre jubilation à l'heure bénie où nous parvint la nouvelle que le rayon magnétique fonctionnait tout aussi bien en pratique que sur le papier. Il est vrai que nous l'avions expérimenté ici. Il emportait un Yargonien dans l'espace. Mais, quant à savoir s'il pourrait faire de même avec un Terrien, ce n'était encore qu'une hypothèse. Il fallait, pour une grande part, s'en remettre à la chance.

Il s'arrêta pour boire quelques gorgées d'eau.

C'était, estimai-je, un excellent orateur. Mes oreilles s'étaient habituées à l'acoustique de la salle et je pouvais maintenant l'entendre. Bien qu'il s'exprimât dans une autre langue, je remarquai qu'il avait le même ton traînant et ronflant que tous les hommes publics de notre planète, et la même éloquence verbeuse.

— Tout se passa suivant le plan établi. Le vaisseau spatial Areala décolla, parvint à la Terre et se dirigea vers l'endroit choisi. Il avait été convenu que le Terrien avec qui il fallait entrer en contact était soit le Pr Einstein, soit le Dr Blount. Tous deux sont des sommités de l'astrophysique qui pouvaient comprendre le problème que nous voulions leur exposer. L'un et l'autre sont tenus en assez haute estime sur leur propre planète pour que les Terriens respectent leur opinion et en tirent les conséquences nécessaires. Nous avons opté pour le Dr Blount pour la seule raison que, d'un commun accord, nous avons estimé qu'il pourrait accomplir le voyage plus facilement que le Pr Einstein qui, selon les normes de la Terre, est d'un âge très avancé. Grâce à nos enregistrements, nous savions beaucoup de choses sur la vie et les habitudes du Dr Blount. Nous avions appris qu'il prenait des vacances sur une certaine plage dans un endroit appelé Massachusetts, et qu'il avait l'habitude de faire, le soir, de longues promenades solitaires sur cette plage. A la demande pressante de la planète Mars, nous devions amener le Dr Blount sur notre planète pour le mettre au courant des dangers qui pesaient non seulement sur la Terre mais sur tout son système solaire. Un homme comme le Dr Blount pouvait comprendre et, une fois ramené sur Terre, il était possible qu'on l'écoutât. A l'instant précis où le vaisseau spatial Areala allait quitter l'espace pour pénétrer dans l'atmosphère terrestre, l'équipage détecta l'approche d'une pluie de météorites. Les pilotes furent contraints de se dérouter brusquement, et d'attendre une dizaine de minutes que la pluie cessât enfin. Vous connaissez tous la suite. Lorsque nos astronautes se sont rendu compte que la personne qu'ils allaient enlever était une femme, et non un homme comme ils avaient cru le comprendre, ils se sont dit que le Dr Blount n'était pas forcément monsieur Blount. Ce n'est qu'après l'enlèvement, alors qu'il était trop tard, qu'ils nous ont demandé confirmation. Ils ont reconnu leur erreur et ils se sont interdits de vol pour dix ans. Telle est leur décision, et nous ne pouvons donc nous y opposer. L'enthousiasme seul est cause de cette erreur fatale, l'impatience qui les a poussés à agir immédiatement alors qu'ils auraient dû faire montre d'un sang-froid à toute épreuve. Mais, mes chers amis, ce n'est que grâce à de tels accidents que nous avons appris à bannir nos émotions. Lorsqu'on agit sous le coup de l'émotion au lieu de raisonner intelligemment, on ne peut espérer réussir. Cependant, il faut dire quelque chose à la décharge des pilotes. Notre seule émotion véritable vient de l'accomplissement du travail bien fait. Nous comprenons tous les raisons de l'impatience et de l'excès de zèle des pilotes et ce qui peut les excuser : le changement d'itinéraire dû à un obstacle imprévu (en l'occurrence la pluie de météorites), leur jubilation en trouvant ce qu'ils croyaient être la plage qu'ils cherchaient, et l'être humain qui marchait, solitaire, sur cette plage. Ces faits, ajoutés à leur émotion, les amenèrent à agir précipitamment. D'où leur erreur, et, devant vous, le fruit inopportun d'une telle erreur.

Il s'arrêta et regarda son auditoire, quêtant son approbation et, comme sur un mot d'ordre, tous réagirent par de solennelles inclinations de tête.

— Maintenant, poursuivit-il, la question qui se pose à nous est : que faire de cette femme ?

Pendant un moment, il n'y eut qu'un silence de mort. Je me sentis prise d'une faiblesse dans les genoux, et mon front fut inondé de sueur. Pourquoi n'y avait-il personne pour dire quelque chose ? Ou bien avaient-ils tous en tête l'horrible idée qui me venait à l'esprit ? Tuez-la. Ce serait si simple. Qui le saurait jamais ?

Soudain, un des leaders assis à la deuxième rangée fit un signe pour attirer l'attention. De l'endroit où je me trouvais, je ne pouvais voir que le mouvement de ses lèvres. Sanau était penchée vers sa petite boîte. J'attendais, tendue, qu'elle traduisît.

— Honorable Leader Hallah et membres du conseil, je

voudrais faire une proposition qui tombe sous le sens. Ne pourrait-on, de façon simple, expliquer à cette femme les dangers courus par la Terre ? Oh, sous la forme la plus générale, la plus élémentaire. Et... cette femme ne pourrait-elle alors, si piètre succédanée qu'elle soit... ne pourrait-elle transmettre notre message à son monde ou au docteur Blount ?

J'approuvai si fort de la tête que mes dents se heurtèrent, et je ponctuai ce mouvement d'un éclatant sourire à l'adresse du leader qui avait énoncé cette séduisante proposition. Quel homme charmant ! Ma foi, avec un peu plus de cheveux, des yeux d'une autre couleur et des pommettres moins saillantes, il aurait ressemblé à mon père. Je lui adressai un large sourire quand il se rassit.

Un leader nommé Corla demanda à être entendu et, une fois encore, Sanau traduisit.

— Ah, Leader Murtah, ne croyez pas qu'une telle solution n'ait pas été envisagée. Elle a même été portée à la connaissance du Tout-Puissant. Le grand Yargo lui-même a dit...

Sanau s'arrêta brusquement car, à la seule mention de ce nom magique, toute l'assistance se leva, cria quelque chose qui se terminait par le mot Yargo, entonna une sorte de mélopée qui ressemblait à une prière, puis se laissa tomber à genoux et demeura prostrée sur le sol. Et Sanau — l'élégante, la digne Sanau — gisait elle aussi à plat ventre, la face contre terre.

Je restai à les regarder. Tout d'abord, j'avais pensé que Sa Grandeur allait peut-être faire son apparition. Mais non, nous demeurions seuls. Rien que Sanau et moi-même, et les quelques milliers de leaders et de sénateurs. Ils étaient là, à plat ventre... plongés dans une extase que nul ne leur imposait, à la simple mention de ce nom.

Je ne savais pas très bien que faire. Et si je m'aplatissais sur le sol avec eux ? Après tout, d'une certaine façon, je passais en jugement. Peut-être que ce geste ferait preuve d'un certain respect de ma part. Il était possible qu'ils décidassent en définitive de me renvoyer chez moi, avec, en souvenir, un de leurs jolis couteaux en diamant.

Au moment précis où je cherchais du regard un petit coin confortable sur le sol, ils se levèrent tous comme un seul homme. Ma foi, j'avais laissé passer ma chance, mais tout n'était peut-être pas perdu. Son nom pouvait revenir dans la discussion... et alors, je serais la première à m'aplatir par terre !

Quand tout le monde se fut réinstallé, Leader Corla reprit son discours.

— Ah, mes bons amis, Sa Grâce Toute-Puissante a envisagé immédiatement cette solution, mais il l'a écartée. Qui, sur cette planète appelée Terre, tiendrait compte des propos de cette femme ou suivrait ses conseils ? Le révéré Dr Blount aurait pu lui-même éprouver des difficultés à faire admettre qu'il disait vrai. Pensez au désastre que provoquerait cette femme si elle revenait avec une histoire pareille.

J'avais une furieuse envie d'étrangler ce type.

— Mais que pouvons-nous faire ? poursuivit-il. La renvoyer sur Terre sans aucun message est tout aussi dangereux et imprudent. Les histoires qu'elle raconterait — si les gens de son peuple ajoutaient le moins du monde foi à ses dires — feraient naître la panique et entraîneraient chez eux un profond bouleversement. Nous ne devons pas oublier la crise d'hystérie collective d'il y a dix ans, lorsqu'un acteur-réalisateur de radio leur a annoncé, pour rire, une invasion venue de Mars. Non, les habitants de la Terre ne sont pas préparés à voir ou à accueillir des visiteurs d'une autre planète. Ce sont des gens méfiants et ombrageux. S'ils se savaient observés à partir de vaisseaux spatiaux, cela risquerait de les rendre agressifs. Nous en avons la preuve par les guerres continuelles qui font rage entre les pays de leur monde. Tant que la planète Terre ne se sera pas débarrassée de ces défauts, ses habitants ne sauront jamais ce qu'est le progrès. Apprendre une telle chose de la bouche de cette fille stupide les amènerait simplement à redoubler d'efforts dans le domaine de l'armement et de leurs expériences atomiques, et c'est précisément ce que Mars et nous-mêmes voulons éviter à tout prix.

Un autre leader se leva pour réclamer la parole. Leader Corla la lui céda aimablement. Le nouveau leader était d'accord sur le fait qu'il était impossible de me renvoyer sur Terre. En vérité, il pensait qu'on ne devrait même pas continuer à gaspiller un temps précieux en discutant cette vaine proposition, qu'on devrait aborder directement le véritable problème : qu'allait-on faire de moi ? Je comprenais que cela posait vraiment un problème... c'est-à-dire... si on se plaçait de leur point de vue, lequel, naturellement, n'était pas le mien.

Leader Corla bondit de nouveau sur ses pieds.

— Il est effectivement urgent de prendre des mesures. Elle ne peut retourner sur la Terre. Cela a été unanimement reconnu et, comme vous le savez, lui permettre de rester sur cette planète est également impossible car contraire à la loi.

Je me demandais qui avait décrété cela. Je le découvris bien vite.

— Comme vous le savez, hier soir, après une brève réunion du conseil avec le Tout-Puissant, nous nous sommes livrés à une consultation des électeurs de toute la planète sur cette suggestion. Nous avons reconnu notre erreur, et demandé s'il était possible de laisser cette femme s'établir ici. Ce matin, les votes nous sont parvenus. Il n'y avait qu'une seule voix pour demander qu'elle restât. Toutes les autres étaient contre.

— Quels snobinards, ces gens ! lançai-je, mais Sanau m'imposa immédiatement silence d'un regard sévère.

— Nous savions qu'il serait impossible de la garder ici, cependant, pour être absolument honnêtes, nous avons laissé les gens de la planète en décider eux-mêmes. Et nous avons eu raison, bien que je doive admettre que je ne m'attendais pas à une majorité si écrasante de non.

Il s'arrêta et poussa un bref soupir.

— C'est une situation déplorable. Les habitants de la Terre ont trente mille ans de retard sur nous. Même un savant comme le Dr Blount ne serait pas accepté ici comme résident permanent, et il est facile de voir que la femme en question est, en mettant les choses au mieux, un spécimen très inférieur de l'espèce terrestre. Il est de notre ressort de décider ce que nous allons faire d'elle, immédiatement et de façon précise.

Un nouveau leader se dressa et exposa une magnifique proposition. Selon la traduction de Sanau, il suggéra qu'on me fît subir un lavage de cerveau avant de me renvoyer sur la Terre. On y mit immédiatement le veto. Avec un lavage de cerveau complet, il fallait parfois à un Yargonien dix à quinze ans pour remettre de l'ordre dans ses idées. Mon cerveau ne pouvant en aucune façon se comparer au leur, un tel procédé pourrait facilement me tuer.

Plusieurs leaders étaient franchement pour. Si cela marchait, tout le monde serait content — moi y compris. Si je succombais, ç'aurait été sans intention malveillante de leur part. Tout le monde serait donc encore content, à l'exception, peut-être, de moi.

Cela entraîna vingt minutes de discussion, durant lesquelles Leader Corla dut taper plusieurs fois sur la table pour demander le silence, et la pauvre Sanau en bégaya presque et s'embrouilla en essayant de traduire, dans l'ordre, toutes les interventions.

Finalement, Leader Corla reprit la parole. A ce moment-là, j'en étais arrivée à éprouver une haine achevée à son égard.

— Mesdames et messieurs, je me rends compte qu'il est absolument impossible que l'assemblée en arrive, en ce moment, à prendre une décision sans appel. J'avais un peu prévu cette réaction. Cependant, je voulais que vous puissiez tous envisager la question sous l'angle où elle se pose. Plusieurs d'entre vous ont fait des suggestions valables, d'autres sont moins réalisables. Cependant, je propose qu'une seconde réunion se tienne avec Sa Grâce Toute-Puissante afin de lui exposer toutes les solutions envisagées. Qu'il choisisse lui-même, et nous nous inclinerons devant sa décision. Etes-vous d'accord ?

Eh bien, même en yargonien, j'étais capable de reconnaître un vote affirmatif. Il était également évident que tout le monde trouvait l'idée excellente. Sanau se leva. Les membres du gouvernement commencèrent à sortir un à un. Personne ne me gratifia d'un regard ni du moindre salut. Je regardai avec espoir le gentil leader qui avait proposé que je retourne sur Terre pour y apporter une nouvelle capable d'ébranler le monde, mais même lui ne jeta pas un coup d'œil dans ma direction.

Sanau me prit par le bras et me ramena une fois encore au véhicule en forme de cigare. J'étais terriblement déprimée. Je n'allais pas rentrer chez moi. Je ne reverrais plus jamais David.

Je retins mes larmes comme je le pus. Je n'allais pas laisser Sanau assister à ma déconfiture. C'était probablement ce qu'elle espérait. Mais qu'allait-il m'arriver ? De toute évidence, je n'allais pas rester longtemps attachée à ses basques. Ainsi, j'étais un spécimen inférieur ! Eh bien, s'ils étaient des êtres tellement supérieurs, leur comportement ne le montrait guère. Et ce Yargo... ressemblait-il vraiment aux autres ? Quelle décision prendrait-il ? D'une certaine façon, je ne réalisais pas l'énormité de la situation. Je m'y sentais extérieure, me regardant jouer un rôle dans une intrigue imaginaire. Je savais que ça ne pouvait pas m'arriver. C'était comme dans un cauchemar, lorsqu'on sait que ce n'est qu'un cauchemar, et qu'on est cependant contraint de le vivre jusqu'au bout, incapable qu'on est de s'éveiller. Il était temps de se réveiller quand le rêve se prolongeait, prenait des proportions de plus en plus énormes, et se chargeait de dangers inconnus.

Notre véhicule s'arrêta brusquement. Je fus surprise de trouver une petite foule assemblée devant notre immeuble. De toute évidence, on s'était donné le mot dans le voisinage : un spécimen inférieur était en visite sur la planète. Ma foi, bien sûr, ils avaient tous voté contre moi, tous jusqu'au dernier, ces gens aux yeux verts ! Je me retournai, réprimant une violente envie de tirer la langue à ces êtres supérieurs. Il était possible qu'ils n'en attendissent pas moins. Je me contentai donc de leur jeter un regard courroucé, me redressai de toute ma taille et passai au milieu d'eux avec, du moins l'espérai-je, le maximum de dignité.

Ils m'observèrent avec une curiosité courtoise, mais réelle. Sans les regarder particulièrement, j'en voyais assez pour avoir la sensation qu'il manquait bizarrement quelque chose dans cette assemblée.

Les enfants ! Oui, c'était ça. Jusque-là, je n'avais pas vu un seul enfant sur toute la planète. Je me retournai et scrutai la foule du regard. Pas un enfant. Naissaient-ils avec, déjà, leur taille d'adultes ? Ils avaient la même stature et ils se ressemblaient tous. Comme s'ils avaient été fabriqués à la chaîne. Les hommes mesuraient un mètre quatre-vingt-dix, quatre-vingt-quinze. Les femmes, environ un mètre soixante-huit, soixante-dix, toutes minces et souples comme des danseuses. Elles ressemblaient à Sanau, bien que, si j'y regardais de plus près, apparaîtraient des signes particuliers, des différences. Je dus reconnaître que Sanau était encore un peu plus belle que les autres. Physiquement, je me demande s'il a existé dans l'histoire une femme d'une telle perfection. Mais sur le plan du charme et de la personnalité, elle approchait du zéro absolu, et je suis absolument certaine qu'elle pensait la même chose de moi.

Elle me déposa sans cérémonie dans la chambre que je commençais à considérer comme mon chez-moi. Elle me salua froidement d'un signe de tête.

— Jusqu'à ce qu'une décision soit prise, j'espère que vous vous sentirez bien dans cet appartement. On vous apportera vos repas en temps voulu. J'espère que l'attente ne vous paraîtra pas trop fastidieuse.

— Un instant ! (Je me tournai brusquement vers elle au moment où elle s'apprêtait à quitter la pièce.) Vous voulez dire que je vais rester ici, bouclée dans cette pièce ?

Elle approuva de la tête avec une totale indifférence.

— Je ne vais pas m'enfuir. Je n'ai aucune idée de ce qui m'arrivera lorsque le Yargo et ses ministres auront pris leur décision, mais jusque-là, ne puis-je au moins jouir de ma liberté ?

— J'en suis infiniment désolée. (Elle n'avait pas l'air désolée du tout.) Nous ne mettons pas les gens en prison. Cependant, jusqu'à ce que la décision soit prise, il vous faudra rester ici, seule.

— Ce n'est pas très loyal, non ? Vous arrachez quelqu'un à sa maison et à ses amis, puis vous l'enfermez dans une pièce, parce que vous, la race supérieure, n'êtes pas capables de prendre une décision.

Sanau inclina la tête.

— Je ne peux opposer aucun argument à cette excellente logique. Je ne peux que partager votre espoir que la décision vous sera agréable et qu'elle sera prise rapidement.

— Si je ne rentre pas chez moi, rien ne pourra me satisfaire.

Une fois encore, elle se contenta d'appuyer sur le panneau et quitta la pièce. Je restai là à regarder le mur se refermer derrière elle.

Je me tins immobile un moment, puis le traitement outrageant dont j'étais victime me poussa à agir. Je me précipitai vers le mur et appuyai sur le panneau, comme Sanau l'avait fait. Rien ne se produisit. Je frappai de toutes mes forces, puis je tambourinai dessus, mais le mur demeura mur, aussi impénétrable et buté que s'il ne s'était jamais séparé en deux pour devenir porte. J'étais prise au piège. Soudain, mon cauchemar devint réalité.

Je parcourus la pièce du regard comme un oiseau en cage. Le soleil avait disparu derrière la montagne, mais son ombre rose teintait encore le ciel. Je réexaminai la pièce, mais il n'y avait rien — ni livres, ni poste de radio. Quant à l'écran de télévision, si je le branchais, tout ce à quoi j'aurais droit, ce serait Sanau !

Il n'y avait rien à faire et je n'avais pas sommeil. Le dîner serait bientôt servi, mais je n'avais pas faim. J'avais le mal du pays et, pour la première fois de ma vie, j'étais vraiment terrorisée. Je n'étais qu'une Terrienne sans importance aux prises avec ce vaste monde yargonien, à la merci de leur froide décision. Pour eux, je n'étais qu'un spécimen inférieur venu d'une planète inférieure.

Mais j'étais aussi un être humain, avec des sentiments d'être humain. Pas seulement une « femelle », mais une vraie femme qu'on ne pouvait couper de son univers et des gens qu'elle aimait sans autre forme de procès. Et, étant une femme qu'on avait blessée, je fis ce que n'importe quelle femme sensée aurait fait : je me laissai tomber sur le lit et sanglotai.

Chapitre 10

Je me réveillai toute seule le lendemain matin. Il semblait que c'était une belle journée d'été. Le soleil brillait, le ciel était clair. Quelque part, sur la Terre , le soleil brillait aussi dans un ciel clair, et une jeune fille s'éveillait pour affronter un jour nouveau. Peut-être bâillait-elle en pensant : « Que vais-je faire aujourd'hui ? Aller au cinéma ? Déjeuner avec des amies ? »

Je m'étirai et poussai un profond soupir. Les gens ne comprennent-ils pas la chance qu'ils ont ? Pourquoi ne pouvons-nous savourer quelque chose quand nous l'avons ? Tout ce qu'on considère comme établi : le privilège de s'éveiller dans son propre lit, de prendre son petit déjeuner avec sa propre famille, la liberté de se balader dans sa propre rue et de saluer ses amis et ses voisins. Même les gens qui travaillent, qui vivent chichement, qui font des économies et qui pointent en arrivant à leur travail, même ces gens-là ont de la chance. Ils travaillent, vivent chichement et font des économies dans un monde qui leur appartient. Ils peuvent mener le genre de vie qu'ils veulent. S'ils sont malheureux, ils n'ont à s'en prendre qu'à eux-mêmes. Tout juste comme je n'avais à m'en prendre qu'à moi-même. Si seulement j'avais compris plus tôt. Si je n'étais pas partie pour Avalon, à la poursuite de mes rêves, pour me replonger dans le passé, ça ne serait jamais arrivé. A présent, il ne me serait plus jamais permis de savourer toutes les choses merveilleuses que je considérais jadis comme acquises.

J'enfouis mon visage dans l'oreiller et m'efforçai désespérément de faire table rase de mon passé, mais je sentais douloureusement peser sur ma poitrine le souvenir de tout ce que j'avais laissé derrière moi. J'aurais peut-être sombré dans une nouvelle crise hystérique de larmes si les deux servantes n'étaient apparues soudain avec mon petit déjeuner.

Elles affichaient leur éternel sourire et se donnaient beaucoup de mal pour me servir.

Je les observai avec attention. Elles avaient l'air de bien m'aimer. Je ne pus m'empêcher de me demander si elles avaient voté contre moi, lors de l'élection. Les « non » l'avaient emporté à une écrasante majorité. Bien sûr qu'elles étaient contre ! Ces petites snobs dédaigneuses !

Inconsciemment, mon attitude à leur égard se raidit. J'étais sur le point de les envoyer promener, elles et leur petit déjeuner, lorsque je fus séduite par une vilaine pensée. Peut-être que cela les indisposait, ces deux Yargoniennes vaniteuses, d'être obligées de servir le spécimen inférieur. Je mordis dans mon petit pain et me sentis mieux. J'espérais qu'elles détestaient leur travail. J'espérais qu'elles détestaient me servir. Peut-être que cela les indisposerait tellement qu'elles en auraient une dépression nerveuse. Je me demandais s'ils avaient des psychiatres sur Yargo.

Probablement pas. Ils n'avaient besoin de l'aide de personne sur Yargo. Yargo. Ainsi, on avait donné son nom à la planète. Peut-être qu'elle appartenait à sa famille depuis des années. Yargo — ce nom évoquait pour moi quelque produit utilisé pour la friture de poisson... Yargo !

Il se produisit une brusque agitation. Je cessai de manger et regardai par terre. Elles y étaient toutes les deux... Oh ! mon dieu, j'avais dû prononcer le nom à haute voix ! Je les observai d'un air dédaigneux. Elles étaient dans une sorte de transe. Même air d'extase, même chant païen dont j'avais été témoin la veille. Je reportai mon intérêt sur le petit pain. Elles se relevèrent dès qu'elles en eurent fini avec leurs simagrées.

Elles avaient un air tout ragaillardi, comme si ce cérémonial leur avait élevé l'âme en les lavant de leurs péchés. Elles me donnèrent une idée. Peut-être devrais-je prier, moi aussi... pas en m'adressant à lui, mais à Dieu, mon Dieu à moi.

Une fois seule, je mis mon projet à exécution, non sans me blâmer intérieurement et avouer qu'on ne se tourne vers la prière qu'au moment où on se sent en danger. J'ai tout d'abord cherché une prière empreinte de dignité, s'accordant bien aux circonstances, mais j'ai éprouvé une sensation bien plus forte de délivrance lorsque j'ai abandonné tout protocole et prié avec la simplicité facilement retrouvée de l'adolescence.

Je me sentis nettement mieux. En fait, si ce n'était la mortelle monotonie de la journée, j'aurais été plutôt de bonne humeur. La seule chose qui allégeait cette interminable attente était l'apparition régulière des servantes à l'heure des repas. Sanau restait invisible.

Non qu'elle me manquât vraiment. De plus, je n'ignorais

pas qu'il me suffisait de l'appeler pour qu'elle apparût sur l'écran de télévision. C'était une idée. Peut-être pourrait-elle me dire ce qui se passait. Je traversai la pièce, puis m'arrêtai. Non, je ne ferais pas appel à elle. Le spécimen inférieur se devait de leur faire une petite démonstration de la force de caractère d'une Terrienne. Même si je me sentais bien seule et si l'attente devenait insupportable, je tiendrais bon jusqu'à ce qu'elle vînt me voir.

Rester fidèle à ce serment est bien la chose la plus difficile que j'aie jamais faite. On me laissa seule trois jours et trois nuits, sans livre ni journal, et sans personne à qui adresser la parole.

Au matin du quatrième jour, j'étais prête à m'avouer vaincue, à crier, à hurler, ou à supplier Sanau de venir me parler. Je ne me souciais plus de savoir si ces gens admireraient ou non ma force de caractère. J'étais maintenant hantée par l'obsession que la décision avait peut-être été prise, et que c'était ça : me garder ici, me nourrir, et me laisser mourir de mort naturelle, de solitude ou de folie.

Puis, sans avertissement, Sanau fit son apparition. Elle ne me fournit aucune explication à propos de ma longue réclusion. Elle me fit signe de la suivre, m'indiquant que nous devions nous rendre quelque part.

Je ne parlai pas jusqu'à ce que nous soyons installées dans le véhicule qui dévalait la route étincelante.

— Sanau... Je m'arrêtai. Ma voix avait craqué. Après tout, je n'avais pas ouvert la bouche durant trois jours.

J'essayai de nouveau, avec, cette fois, de meilleurs résultats.

— Sanau, ont-ils pris une décision ?

— Ils sont en train de le faire.

Elle regardait fixement devant elle.

— Il est possible qu'on vous envoie sur la planète Mars.

Mars ! On allait m'envoyer sur...

— *Mars* !!!

Je crois que j'ai crié le mot Mars ! Allons, Janet, ne perds pas la tête. Ne hurle pas, ne deviens pas hystérique, conserve toute ta présence d'esprit, tu en auras besoin ! Reste calme. Mais Mars, Mars !!!

Ç'aurait pu être pis. Ce n'était pas exactement une petite balade à Coney Island, mais c'était quand même une planète de notre système solaire. Peut-être que les gens de Mars seraient plus sympathiques. Peut-être pourrais-je les persuader de me ramener sur la Terre. En comparaison, ce ne serait qu'un petit saut de rien du tout.

— Ne vais-je pas mourir de froid sur Mars ?

Ma question sembla faire tressaillir Sanau qui, manifestement, était, elle aussi, en train de réfléchir.

— Nous avons discuté des problèmes climatiques de Mars. Vous comprenez, notre planète se trouve exactement dans la même position que la vôtre par rapport à votre soleil. Nos conditions atmosphériques sont donc identiques — à l'exception de la plus grande pureté de notre atmosphère. De plus, notre soleil est bien supérieur au vôtre.

C'était crédible. Mais je n'ignorais pas que ce n'était pas le moment de se lancer dans une discussion sur les mérites comparés de la Terre et de Yargo.

— Mars est plus loin de votre soleil que la Terre, poursuivit-elle. Cependant, on pourrait vous installer un abri souterrain où régneraient des conditions atmosphériques identiques à celles de la Terre.

— Vous voulez dire que je passerai toute ma vie enterrée !

— Je présume que, par la suite, on vous confectionnerait un masque pour que vous puissiez vous mouvoir librement sur la planète. Peut-être, avec le temps, vous adapterez-vous au climat et à la raréfaction de l'oxygène. On examinera toutes ces questions en détail. Je vous promets que, si vous allez sur Mars, tout sera soigneusement préparé.

Si j'allais sur Mars. Elle avait dit si...

— Sanau, dis-je en baissant la voix, qu'entendez-vous par *si* j'allais sur Mars ?

— Parce qu'il est possible que Mars ne vous accepte pas.

Soudain, je sortis de ma réserve.

— Et supposez que je n'accepte pas Mars. (Ma voix en tremblait de rage.) Ecoutez, je n'ai pas demandé à être amenée ici. J'ai été kidnappée, arrachée à ma maison et à ma famille, et vous êtes tous là à délibérer et à agir comme si je m'étais introduite sans y être invitée dans un cercle très fermé. Je pense qu'on pourrait m'octroyer certains droits.

— Je suis absolument persuadée que cette situation nous gêne tous infiniment.

— Il est possible qu'elle vous gêne infiniment, mais elle met pratiquement fin à ma vie !

Pour toute réponse, elle reporta son attention sur le paysage labyrinthique qui défilait à toute allure. Au bout d'un moment, elle ajouta :

— Nous avons passé trois jours à discuter de cette

situation. Leader Corla et moi-même avons songé à Mars puisque c'est sur leurs conseils que vous avez été amenée ici.

— Et, de l'avis du Yargo, que devrait-on faire de moi ?

Elle ne répondit pas immédiatement. Je me demandai pourquoi elle ne se laissait pas tomber face contre terre quand je mentionnai son nom, et je lui posai la question.

— Lorsqu'une personne seule entend prononcer le nom du Tout-puissant, pour se conformer à la tradition, il suffit de psalmodier en silence un chant rituel d'admiration. Mais si deux personnes ou plus se trouvent ensemble au moment où il est mentionné, alors on accomplit le rite de l'agenouillement et on psalmodie à haute voix le chant d'admiration.

Cela expliquait le comportement des servantes et de l'assemblée, au tribunal. Cela prouvait aussi que Sanau ne me considérait pas comme une personne. Lorsqu'elle était avec moi, elle estimait qu'elle était seule.

Puis elle me parla de la décision du Yargo, laquelle le fit immédiatement dégringoler dans mon estime. Il semblait que cette belle âme compatissante voulait m'expédier dans un vaisseau spatial. Non pas un vaisseau spatial allant quelque part. Un vaisseau spatial voguant à la dérive.

Notre voiture s'arrêta devant un autre bâtiment d'une architecture vraiment remarquable, mais j'étais tellement assommée par la suggestion du Yargo que je le remarquai à peine. Je pressai le pas pour suivre les longues et souples enjambées de Sanau.

— Mais si je me contentais de dériver dans l'espace, que m'arriverait-il ? Est-ce que je ne finirais pas par heurter quelque chose ?

— On ne peut pas heurter quelque chose dans l'espace, répondit-elle doucement. Dès qu'on a échappé à la force de gravité d'une planète, on coupe les moteurs, et le vaisseau prend automatiquement la position d'un satellite se déplaçant sur sa propre orbite.

— Et qu'est-ce que je ferais, *moi* ? Je pourrirais dans ce vaisseau ?

— Pas du tout. Ce serait un vaisseau où l'on trouverait tous les livres possibles, en même temps que tous les moyens d'auto-éducation. C'est moi qui m'occuperais des traductions. Il y aurait de la nourriture pour plusieurs années. Le vaisseau lui-même serait propulsé par une fusée. Au terme d'une certaine période, un autre vaisseau, mais qui serait, lui, piloté, contacterait le vôtre pour vous fournir un nouvel approvisionnement de vivres et de littérature. Vous pourriez ainsi passer le reste de votre vie dans une paix et un bien-être absolus, absolument libre de vous griser de vos connaissances nouvelles et des progrès de votre intelligence.

— Pour combien de temps ?

— Pour toujours.

Je faillis trébucher en pénétrant dans un petit ascenseur. Appuyée à la paroi pour ne pas m'effondrer, j'abandonnai tout espoir que ce puissant souverain pût intervenir en ma faveur. Quel genre de cœur habitait cet être suprême ? Sa force supérieure ne renfermait-elle pas, en fait, que froideur et mépris extrême du destin des autres ? Ce nouveau coup amenuisa la crainte que j'éprouvais à la pensée de mon lieu de bannissement, car, quels que fussent les risques que pût présenter Mars, ils ne pourraient jamais m'inspirer la frayeur qui m'envahissait lorsque je pensais à la solitude de l'espace éternel.

Quand nous sortîmes de l'ascenseur, je me cramponnai au bras de Sanau et la suppliai de m'aider.

— Quoi qu'il arrive, l'implorai-je, ne les laissez pas m'expédier dans l'espace. Je vous en prie, Sanau, je vous en prie !

En réponse, elle se contenta de se dégager de mon étreinte et de se tenir à distance respectueuse, comme pour prévenir toute sollicitation physique de ma part, suscitée par ses paroles.

L'absence totale de compassion qui perçait dans sa voix était presque incroyable si l'on considérait la véritable sympathie exprimée par sa déclaration.

— J'ai compris que telle serait votre réaction, et je l'ai expliqué au Yargo. Vous voyez, pour quelqu'un de notre planète, passer sa vie à étudier en toute tranquillité est un rêve enfin exaucé, car, en vivant ainsi, il est toujours possible de trouver par hasard des bribes de connaissances que l'on pourra utilement transmettre aux générations futures. Mais, si vous deviez étudier des siècles durant, vous n'apporteriez rien à notre civilisation, et la joie d'un pur et simple autoperfectionnement signifierait peu pour vous. Tout d'abord, Son Excellence ne l'a pas compris. Bien qu'on l'ait informé que vous veniez d'une planète arriérée, il ne peut imaginer à quel point sont limitées votre intelligence et vos capacités. Je dois reconnaître que j'ai eu beaucoup de mal à le convaincre de la futilité de son offre bienveillante et, en définitive, il a admis qu'on vous envoie sur Mars... si... Mars vous accepte.

Elle se retourna et enfila le couloir. Je n'avais pas le choix. Je la suivis.

Cette fois, nous pénétrâmes dans un vaste observatoire, et

bien que je n'eusse jamais mis les pieds dans un observatoire, je ne pouvais me tromper sur la fonction de cette pièce. Un télescope gigantesque était pointé vers les cieux par une ouverture dans la coupole et, à côté, se trouvait un écran de télévision géant. A l'autre bout de la pièce, il y avait deux autres télescopes de même dimension dont les yeux luisants fixaient le ciel.

Sur un troisième côté de la pièce s'alignaient des rangées et des rangées de bancs, fort peu différents de ceux qu'on trouve dans les cirques et autour des terrains de baseball. Cinquante ou soixante leaders y avaient pris place. Je repérai Leader Corla et d'autres visages familiers que j'avais vus la fois précédente. Ce jury qui devait définitivement décider de mon destin était une réunion d'intimes.

Une fois encore, le comité fut rappelé à l'ordre par le canal des petites boîtes dorées, et une fois encore Sanau assuma le rôle d'interprète.

— Nous allons contacter Mars par le télescope de télévision, m'informa-t-elle.

— Vous voulez dire que vous pouvez vraiment voir les Martiens sur leur planète ? demandai-je.

Elle fit un signe affirmatif.

— Et, ce qui est plus important, ils pourront eux aussi nous voir.

Leader Corla se leva. Il se dirigea vers Sanau qui me prit par le bras et me plaça devant une boîte carrée qui ressemblait à un appareil de radiologie.

— Tenez-vous devant la boîte, m'ordonna-t-elle. Ils ont déjà contacté le souverain de Mars. Lui-même et son conseil veulent vous examiner.

Je fis ce qu'on me demandait, espérant que mon apparence physique plairait davantage au souverain de Mars qu'elle ne plaisait manifestement aux Yargoniens. On éteignit les lumières, et je me retrouvai seule dans une obscurité complète. Ce qui allait se passer semblait encore plus irréel que les expériences précédentes, si incroyables qu'elles eussent été. Que quelqu'un sur une planète d'un autre système solaire fût capable de m'examiner, de me voir ! Soudain, une étrange lumière violette sortit de la boîte posée derrière moi. Instinctivement, je fis le geste de m'en écarter.

— Restez où vous êtes, m'ordonna Sanau. Ils vous observent.

Je restai là, m'efforçant de sourire. C'était, du moins, ce que j'avais l'intention de faire, mais mes lèvres tremblaient violemment, et un côté de ma bouche décida soudain de s'engourdir. Je fis un nouvel effort — ce n'était pas le moment que mes nerfs me trahissent. Brusquement, je sentis qu'il fallait que j'aille sur Mars. Comparé à Yargo, c'était vraiment près de la Terre, et une fois là-bas, n'importe quoi... n'importe quoi pourrait arriver. Et n'importe quoi était préférable à flotter dans l'espace.

Tandis que je m'efforçais, sans grand succès, de prendre un air polisson, la lumière violette se dissipa, et en même temps les lampes de l'observatoire se rallumèrent.

Leader Corla prit immédiatement la parole. Je décidai de l'ignorer. Il demanda quelques renseignements à Sanau qui lui répondit avec concision. Il se dirigea vers l'écran de télévision, régla un petit micro, fixa les écouteurs et frappa sur la table pour rétablir l'ordre.

— Nous allons recevoir une réponse, murmura Sanau.

J'écoutai attentivement. Les leaders eux-mêmes semblaient partager mon attente. Leader Corla commença de s'adresser à Mars. Je ne peux pas exactement dire qu'il parlait. Il se servait de chiffres — un peu du genre de ces équations algébriques où il a beaucoup de X égal A et de Y moins X.

Je poussai Sanau du coude. A quoi rimait ce charabia ?

Eh bien, c'était de moi qu'on parlait. Elle m'expliqua que seul le divin Yargo était capable de parler les langues de toutes les autres planètes. Ils contactaient donc Mars en utilisant la langue universelle. Des messages entiers pouvaient être transmis sous forme de nombres. Bien entendu, si c'était quelque chose d'important, le Yargo l'exprimait lui-même. Non seulement il était capable de comprendre la langue, mais il pouvait aussi la débiter avec la rapidité d'un autochtone.

Il ne m'échappa guère que, sous la déclaration apparemment anodine de Sanau, se cachait un affront à mon égard. Elle n'avait pas besoin de me faire un dessin pour que je comprenne que j'étais un objet indésirable dont on pouvait disposer en quelques chiffres et fractions, pas assez humain pour mériter la moindre considération.

Je demandai à Sanau si elle comprenait ce langage chiffré. Bien sûr que oui. Elle m'expliqua que Leader Corla faisait un rapport complet sur mes facultés mentales. Naturellement, cette déclaration ne fit rien pour me redonner espoir.

Cela semblait durer un temps fou. D'abord, Leader Corla psalmodiait quelques fractions, puis se penchait avec attention vers les écouteurs et notait certaines réponses.

Ma foi, ça ne devait pas aller trop mal, pensai-je. Je devais avoir passé avec succès les épreuves physiques s'ils tenaient tellement à savoir ce que j'avais dans le crâne. Je me demandai à quoi ils ressemblaient. Aux Yargoniens ? Peut-être étaient-ils un peu moins supérieurs. Peut-être en viendraient-ils même à m'aimer bien ? Je pourrais me faire quelques amis. N'importe qui serait préférable à cette poseuse de Sanau. Il était possible, après tout, que ce ne fût pas si mal que ça. J'allais peut-être recevoir un accueil royal, devenir une sorte de célébrité en visite. Puis, en temps voulu, je pourrais leur faire du charme pour qu'ils me ramènent sur la Terre.

Cette pensée m'entraîna au faîte de la gloire. Quelle ovation je recevrais de ma Terre ! Janet Cooper — la fille de trois mondes — Yargo, Mars et la Terre. Et peut-être pourrais-je leur dire comment prendre contact avec Mars — grâce aux chiffres. Le Dr Blount, ou le Pr Einstein sauraient se débrouiller, et je serais la Terrienne qui a ouvert la voie au premier système de communication interplanétaire. Je passerais à la postérité, comme Marconi. Des professeurs comme Mlle Massinger seraient obligés de parler de moi à leurs élèves. Ils étudieraient ma vie comme celle de Jeanne d'Arc ou de la reine Elisabeth.

Soudain, Leader Corla coupa le micro et enleva les écouteurs. Sanau elle-même se pencha en avant, dans l'expectative. Tout le monde était tendu, sauf moi. Je flottais encore sur mon nuage au septième ciel, en train de signer des autographes et de poser pour des publicités de cigarettes.

Je sentis la concentration des autres, et je revins vite au présent.

Leader Corla parlait dans sa boîte. Sanau ne prenait même pas le temps de me traduire ce qu'il disait. Elle était bien trop absorbée par ses paroles.

Leader Corla termina et se rassit. Un silence significatif régnait dans la salle. Sanau se tourna vers moi.

— Le leader de Mars vous a refusée !

La sentence me frappa comme de l'eau glacée qu'on m'aurait lancée en pleine figure. Je ne sais pourquoi, mais je n'avais jamais cru qu'on ne voudrait pas de moi. Cela avait été le grand « Sésame ouvre-toi. » J'étais trop ahurie pour tenter de répondre. Je me tournai vers Sanau, mais les mots ne pouvaient trouver leur chemin de ma gorge à mes lèvres.

Elle posa la main sur mon épaule. Ses yeux verts étaient réduits à deux fentes, comme ceux des chats, cependant qu'elle me parlait d'un ton presque doux.

— Je regrette beaucoup. Il n'y a plus d'alternative. Il ne reste que le vaisseau spatial.

J'essayai de répondre. Mais le seul résultat de mes efforts fut que je m'écroulai à terre. Je savais que j'allais m'évanouir, et bien que j'eusse été ravie d'être libérée de la réalité, fût-ce temporairement, quelque chose m'obligea à refuser de me résigner.

Je mis mes mains sur mon visage et me serrai la tête, comme si seule la force physique pouvait m'arracher de l'esprit cette décision. On m'avait rejetée. Pourquoi n'auraient-ils pu m'aimer ? Toute ma vie, j'avais désiré être aimée, mais je n'y était jamais parvenue jusqu'à ma rencontre avec David. Ma mère était bien obligée de m'accepter telle que j'étais. Même à l'école, je n'avais pas eu d'amies intimes. Et maintenant, les choses étaient plus claires encore : j'étais seule — et à jamais. Je sentis les larmes me monter aux yeux. Elles roulèrent entre mes doigts, et je sanglotai doucement.

Sanau me tapota l'épaule, me faisant signe de me relever. On voyait que, déjà, l'assemblée était sur le point de se séparer : des leaders se tenaient par petits groupes, discutant de la situation ; un bruit sourd de bavardages dans une langue étrangère emplissait la salle.

Je me levai et m'essuyai les yeux.

— Vous allez bien ? demanda Sanau. Elle me fixa intensément et son regard exprima soudain une stupéfaction complète.

— Vos yeux... Elle les montra du doigt. Qu'est-ce qui leur arrive, à vos yeux ?

Mes yeux ! L'espace d'un instant, je fus effrayée... J'y portai la main. En dehors des larmes qui continuaient à dégouliner sur mes joues, ils semblaient intacts.

— De l'eau tombe de vos yeux, insista Sanau, dont la voix reflétait une véritable frayeur.

Si la situation n'avait pas été aussi tragique, j'aurais pu en rire, tant il était évident que Sanau n'avait jamais vu de larmes.

— Je vais très bien, expliquai-je. Je pleure, un point c'est tout.

— Pleurer ? (Elle me dévisagea comme si j'étais un spécimen rarissime de laboratoire.) Pleurer ? répéta-t-elle. (Puis, dans son regard, l'incrédulité fit place à un très vif intérêt.) Pleurer. Mais bien entendu. Des larmes ! Vous voulez dire que vous célébrez encore un tel rite sur la Terre ?

Je ne répondis pas.

— Nous avons lu des textes sur les larmes, expliqua-t-elle d'une voix vibrante d'excitation. Sur les anciennes civilisations, aujourd'hui disparues, qui exprimaient la tristesse, la colère et même le bonheur par de petites chutes d'eau qui coulaient des yeux. Cela figure dans les archives de notre propre planète. On affirme que de telles aberrations se sont produites chez nous il y a quelque dix mille ans. Je pensais moi-même que c'était du folklore. Oh ! retournez-vous, il faut que les leaders soient témoins de ce phénomène extraordinaire.

Avant que je pusse exprimer mes objections, elle m'avait fait pivoter pour faire face aux membres de l'assemblée qui étaient sur le point de se séparer. Quelques mots d'elle attirèrent immédiatement tout le groupe. Ils s'attroupèrent autour de moi, n'affichant plus rien de la réserve dont ils avaient fait preuve lors de nos précédentes entrevues. Je ne pus m'empêcher de voir le côté comique de la situation. Toutes mes tentatives pour me montrer forte et courageuse n'étaient pas parvenues à faire naître la moindre lueur dans leurs yeux verts, alors que la seule marque de faiblesse et d'impuissance que j'avais manifestée avait brusquement focalisé leur attention et suscité leur intérêt.

Personne n'est jamais très fier d'exhiber ses larmes, à l'exception peut-être de l'héroïne de certains mélos comme *La Dame aux camélias,* mais je ne pus résister à la tentation de tirer quelque fierté de cette émotion rare que j'exposais aux yeux avides d'une cinquantaine de Yargoniens. Au moins, j'étais enfin capable de faire quelque chose dont ils étaient, eux, incapables. Et pour permettre à mon moi agonisant de montrer mieux encore ses talents, je fis ce que n'importe quelle jeune fille sensible aurait fait en de semblables circonstances. Je les privai du plaisir qu'ils venaient de découvrir. Je cessai de pleurer. En effet, nantie d'un courage tout neuf, j'allai encore plus loin. Je leur tournai le dos et traversai la salle — avec dignité.

Sanau me rejoignit immédiatement.

— Leur intérêt vous déplaît ? demanda-t-elle avec étonnement.

Je lui fis face.

— Mars me refuse. Je me trouve confrontée à la solution qu'a suggérée votre leader tout auréolé de gloire. Je manifeste une réaction normale de peur et de chagrin, et on me considère brusquement comme un cas pathologique.

— Mais nous n'avons jamais vu de larmes.

— Non. Et vous n'avez jamais entendu parler de compassion non plus, répliquai-je. Ou ce mot a-t-il été supprimé de votre vocabulaire par votre peuple depuis plusieurs générations ?

Elle hésita un instant.

— Vous tenez beaucoup à aller sur Mars ?

— Je tiens à rentrer chez moi.

Ma voix commençait à se briser, mais je retrouvai rapidement mon assurance, de crainte de redevenir une fois encore un « phénomène extraordinaire ».

— Je présenterai moi-même votre défense — auprès de Mars, annonça-t-elle. Le souverain de Mars respecte mon opinion en de nombreuses matières. J'affirmerai qu'à mon avis il devrait vous accepter.

— Il ne le fera pas, répondis-je. Le simple fait que vous et votre peuple ne vouliez pas de moi me rend indésirable.

— J'y ai pensé. Vous êtes dans le vrai. Leader Corla a présenté les faits vous concernant. Je ferai mieux connaître nos objections : il n'est rien que nous puissions apprendre de vous. Vous représentez un stade d'évolution que nous avons depuis longtemps dépassé. Mais j'affirmerai que, pour Mars, vous serez un cas très intéressant à étudier.

Avant que j'eusse pu émettre la moindre protestation, elle demanda l'attention de l'assemblée et exposa sa décision. Evidemment, elle fut acceptée, car tous reprirent leur place. Sanau se dirigea vers le poste de télévision et brancha les écouteurs. Bientôt commença la psalmodie familière.

J'écoutai ses rapides calculs. Je la voyais noter des chiffres qu'elle transmettait immédiatement, puis arrêt lorsqu'elle écoutait, puis de nouveau des chiffres, de nouveau l'écoute, les notes, les chiffres. Il semblait que ça allait durer éternellement.

Enfin, elle enleva les écouteurs et éteignit le poste avec un bruit sec. Je la regardai ; les leaders également.

— Tout n'est pas perdu. (Il y avait une certaine confiance dans sa voix.) Le souverain de Mars affirme qu'il reconsidérera la question avec son conseil. Nous recevrons sa réponse incessamment.

— Mais vous avez éteint l'appareil.

— Cela prendra dix bonnes minutes. Mars est extrêmement pauvre en certains minerais qui fournissent l'énergie nécessaire pour établir la liaison. Il n'y a pas de raison de gaspiller cette énergie en laissant la liaison établie. Actuellement, ils exploitent certains de ces minerais en provenance de leur lune, mais il leur faudra des années pour reconstituer leur stock. Ils ne nous contacteront que s'ils sont d'accord pour vous accepter.

Il n'y avait plus qu'à attendre. J'essayai d'appliquer la méthode Coué. Ils m'accepteront. Ils doivent m'accepter ! A quoi ressemblait-il, ce souverain d'une planète qui était ma voisine ? Etait-il plus compatissant que les Yargoniens ? Le fait qu'il ait bien voulu reconsidérer la question prouvait une certaine souplesse d'esprit, et une certaine bonne volonté pour revenir sur une décision.

Comme si elle lisait dans mes pensées, Sanau murmura :

— Si vous êtes acceptée, le souverain vous accueillera en personne.

— En personne ? Vous voulez dire qu'il viendra ici me chercher ?

— Bien sûr que non ! Mars n'a pas de vaisseaux spatiaux. Nous sommes la seule planète de tous les systèmes solaires à avoir conquis l'espace. Si Mars décide vraiment de vous accepter, nous recevrons l'image du souverain sur notre écran. Il faut moins d'énergie pour transmettre son image que n'en exige le système de radio émetteur-récepteur dont nous nous sommes servis jusqu'ici.

Nous continuâmes à attendre en silence, mais mes pensées étaient maintenant empreintes d'un profond désespoir. Il était brusquement sans importance que Mars m'acceptât. Ils n'avaient pas de vaisseaux spatiaux. Cette simple affirmation avait réduit à néant le faible espoir que j'avais mis dans mon bannissement sur Mars. Mars n'était plus un havre que je pourrais finalement quitter pour retourner sur Terre. Mars ne serait qu'un lieu d'exil, quelque peu préférable à un exil dans l'espace, mais n'en demeurerait pas moins une prison pour moi.

Je m'aperçus que je devenais de plus en plus tendue à mesure que les minutes s'écoulaient. Il est curieux de voir qu'on ne renonce jamais. Si on m'avait offert d'accepter une telle alternative, théoriquement j'aurais probablement répondu que ça ne valait vraiment pas la peine d'accepter et qu'il était vain de vouloir continuer à vivre. Mais, comme ce n'était pas une situation hypothétique, comme c'était très réel et que ça m'arrivait à moi, je me rendis compte que j'attendais avec un sentiment assez proche de l'espoir que le souverain de Mars apparût. Ce qui prouve, je suppose, que l'individu moyen supporte mieux l'adversité qu'il ne l'imagine, avant de jeter l'éponge. Car je n'avais pas renoncé — ah ! ça non alors.

Je réalisai soudain que j'étais là depuis un certain temps. N'aurions-nous pas dû déjà recevoir des nouvelles ? Je me tournai vers Sanau. Elle avait les épaules aussi droites que d'habitude, le visage apparemment impassible, et pourtant, je crois qu'elle était déçue. Pas déçue par compassion, mais déçue par sa propre incapacité à faire réviser la décision initiale.

— Le temps est écoulé, n'est-ce pas ? murmurai-je.

Elle ne répondit pas. Au moment précis où j'allais répéter ma question, elle se tourna vers moi.

— C'est fini maintenant. Les dix minutes se sont écoulées.

Je la regardai. Si elle éprouvait le sentiment d'une défaite personnelle, son regard vide le démentait. Son calme, marque d'une totale insensibilité, déclencha en moi un dernier accès de colère.

— Et ne dites pas que vous regrettez, dis-je. Je vois bien que ce n'est pas vrai.

— Je ne regrette pas. Je ne pouvais assurément pas désirer qu'on vous imposât au bon peuple de Mars si eux-mêmes ne le voulaient pas. Ils vous sont supérieurs sur le plan de l'esprit et du comportement. Il ne fait pas de doute que supporter votre présence eût été une épreuve presque aussi dure pour les gens de Mars que ça l'aurait été pour notre peuple. Je sais que si la situation avait été inversée, nous ne vous aurions pas acceptée.

Je la regardai fixement, abasourdie de stupeur. Je ne pouvais vraiment pas digérer la cruauté de ces paroles dites sur un ton si courtois. Un être humain ne pouvait parler à un autre avec un tel manque de sensibilité, mais elle était dénuée de sensibilité et fière de l'être.

Elle me toucha le bras, me signalant qu'il était temps de partir. Soudain, on entendit les Yargoniens reprendre leur souffle. Un vif rayon de lumière se mit à balayer l'écran.

— Vous êtes acceptée, dit froidement Sanau. Dans un instant, l'image du souverain de Mars va apparaître.

Je m'en tordais les mains d'excitation. Dans un instant, je le verrais, l'homme dont la bonté avait changé mon destin.

— Je dois vous avertir que le souverain de Mars... commença Sanau.

Elle n'alla jamais plus loin. Mon cri étouffé couvrit ses paroles.

L'image du souverain de Mars emplissait l'écran. J'étais si terrorisée que les yeux m'en sortaient de la tête. Le souverain de Mars ne ressemblait pas précisément à un Yargonien.

Il ne ressemblait à rien que j'eusse jamais vu !

Chapitre 11

C'était un homme. C'est-à-dire, je présume que c'était un homme. Il était grand — plus grand qu'un Yargonien, et se tenait plié en deux. Ses bras pendaient jusqu'au sol comme ceux d'un gorille et il avait des pieds palmés. Sa peau était recouverte d'écailles comme celle d'un reptile. Il est impossible de le décrire avec précision. Il n'y avait que des semblants de traits sur son visage de reptile : des yeux troubles qui clignaient comme ceux d'un lézard, un nez plat, une bouche de poisson. Il portait un bouclier.

J'enfouis mon visage dans mes mains.

Je ne pouvais me remémorer aucun film d'horreur qui m'eût plus terrifiée que cette monstrueuse vision. Et il m'avait acceptée !

Au bout d'un moment, l'image disparut, les lumières se rallumèrent et un formidable hourra se répéta en écho dans toute la salle. Les Yargoniens étaient ravis.

Je les regardai d'un air hébété. Quel genre de gens étaient-ils donc ? Etais-je censée bondir de joie à la perspective de passer le reste de ma vie au milieu d'une race de monstres ?

Sans un mot, Sanau me fit précipitamment quitter la pièce. Peut-être espérait-elle éviter de ma part un débordement de sentiments. Elle fit seule les frais de la conversation durant le voyage de retour vers mes appartements.

J'écoutais à peine. J'en retins pourtant que des préparatifs importants devaient avoir lieu. On devait sélectionner un équipage, me choisir un chaperon — elle-même probablement — car il fallait que je fusse présentée au souverain de Mars. On devait établir les conditions de vol appropriées, voir s'il convenait d'y aller avec une flotte ou dans un grand vaisseau amiral. Il ne devait pas y avoir la moindre bavure.

On me laissa absolument seule deux jours entiers. Au bout de quoi, Sanau apparut.

Malgré son calme sempiternel, elle semblait submergée de travail — de travail administratif —, mais je me rendais compte qu'elle avait dû se lancer à corps perdu dans sa tâche. Il y avait de légers cernes gris sous ses jolis yeux. Ses épaules mêmes avaient perdu un peu de leur raideur militaire.

— Je n'ai pas dormi depuis quarante-huit heures, m'annonça-t-elle, comme si j'étais censée l'applaudir ou lui manifester ma sympathie. Je suis venue prendre vos mesures. Nous allons vous confectionner une combinaison climatisée pour Mars.

Je gardai un silence méfiant tandis qu'elle prenait les mesures de mes épaules, de mes hanches et de ma taille.

— Vous emporterez six combinaisons pressurisées, expliqua-t-elle en notant les dernières mesures. Elles vous protégeront contre le climat de Mars. La peau des Martiens s'est développée pour former une sorte de matelas protecteur, et leur lutte pour survivre sur cette planète glaciale et sans oxygène leur demande de tels efforts qu'ils n'auront guère le temps de veiller à ce que votre confort dépasse le strict nécessaire. Il est donc important que nous répondions à de tels besoins.

Je demeurai silencieuse pendant tout ce temps. Je n'avais rien à dire. Je pouvais certes une fois encore exploser de rage contre la cruauté dont ils faisaient preuve en me bannissant, mais, comme cela tomberait dans l'oreille d'un sourd, je me dis qu'il était préférable de m'épargner un tel effort. J'étais assez intelligente pour reconnaître la vanité des choses quand je m'y trouvais confrontée.

Mon silence stimula Sanau. Peut-être ne me conduisais-je pas de la façon hystérique à laquelle elle s'attendait ? Elle n'avait pas appris à reconnaître un désespoir profond lorsqu'il était muet.

Elle devint plus exubérante qu'elle ne l'était d'ordinaire.

— J'imagine que l'apparence physique du souverain de Mars a dû vous sembler effrayante.

Je me contentai de la regarder fixement en réponse à cet euphémisme.

— N'oubliez jamais ceci, me prévint-elle. Sous ce corps reptilien vit une âme d'être humain, et dans cette tête se trouve un cerveau plus gros que celui de votre professeur Einstein. Vous devez comprendre qu'une apparence conventionnelle n'est pas ce qu'il y a de plus important dans la vie, ma chère petite amie terrienne.

— Ça vous va bien de dire ça ! (J'avais enfin retrouvé ma

voix.) De me dire de partir avec joie habiter au milieu de cette race monstrueuse, alors que vous vivez gaiement dans le confort, mangeant avec des fourchettes de diamants et portant des pantalons de soie. De me dire de vivre sur une planète glaciale avec six combinaisons spatiales et peu d'oxygène. C'est facile à une personne supérieure comme vous de me donner ce conseil supérieur, mais, si vous répondiez honnêtement, pourriez-vous vraiment accepter cette décision avec plaisir ?

— Mon amie, répondit-elle sérieusement, cela ne ferait que peu de différence, pour moi, ou pour n'importe quel Yargonien, de porter des pantalons de soie brillante ou une tenue pressurisée.

Je ne répondis pas. Il n'y avait pas moyen de réfuter cette affirmation. Si Sanau manquait de chaleur, de sensibilité, ou de compassion, elle ne manquait certainement pas d'intuition. Elle sentit qu'elle était loin d'avoir marqué un point et, désireuse de me convaincre, elle s'assit et commença de parler. Je savais qu'elle faisait un effort car elle devait s'occuper de beaucoup de choses encore, et passer du temps à converser avec moi était le moindre de ses plaisirs. Elle avait les yeux battus. La lassitude physique semblait sourdre de tout son corps. Elle parlait bas mais avec ardeur.

— Avez-vous remarqué, mon amie, l'absence de boutiques et de magasins sur notre planète ?

Je lui dis que je n'avais rien remarqué en dehors du paysage qui défilait à toute vitesse.

— Nous avons des bâtiments où l'on peut se procurer des vêtements, poursuivit-elle, mais nous n'avons ni magasins ni boutiques comme ceux que vous connaissez car, ainsi que vous avez pu le voir, tout le monde ici s'habille de la même façon.

Je n'y avais pas fait attention. L'éventail de couleurs était trop saisissant pour ne pas masquer la standardisation.

— Et savez-vous pourquoi a été instaurée cette coutume ? me demanda-t-elle.

Naturellement, j'étais incapable de hasarder la moindre hypothèse.

— Le premier pas vers le progrès individuel a été réalisé sur cette planète quand nous avons aboli ce que vous appelez les sept péchés capitaux : l'orgueil, l'avarice, la luxure, la colère, la gourmandise, l'envie et la paresse. Ainsi, pour débarrasser notre planète de l'envie, il nous a fallu d'abord analyser ce qui la provoquait. Pour prendre un exemple simple que vous devez pouvoir comprendre, étudions le cas d'une femme qui, de par sa fonction, est en rapport avec le public, et voit une autre femme, vêtue de façon plus raffinée, être l'objet d'attentions qui dépassent ses mérites. Alors, la femme la moins bien habillée en éprouve immédiatement de l'envie. Mais habillez toutes les femmes de la même manière, et ce sera la plus intelligente qui sera l'objet des louanges et des attentions. Cela amène les femmes à consacrer leurs efforts à leur propre éducation plutôt qu'à la satisfaction de leur vanité.

Je savais que ces explications n'avaient d'autre but que de me préparer à la vie sur Mars et aux sinistres tenues pressurisées, mais ça ne marcherait pas. Ce n'était pas avec des arguments de ce genre, aussi subtils fussent-ils, qu'on allait me faire pousser des cris de gratitude parce qu'on m'expédiait là-bas.

C'est ce que je lui dis. J'affirmais aussi que j'aimais les jolies robes et que j'aimais aller les choisir dans les magasins.

— Mais si vous possédiez une certaine maturité d'esprit, vous n'auriez pas de temps à consacrer à de telles stupidités.

— Je ne suis pas d'accord.

Je traversai la pièce pour regarder la montagne couverte de neige et signifier qu'en ce qui me concernait la discussion était close.

— Au bout d'un certain temps, le plaisir devient comparable, dit doucement Sanau.

Je gardai une attitude figée.

— Lorsque vous étiez gosse, comment vous amusiez-vous ? insista-t-elle doucement.

Je soupirai et retraversai la pièce.

— A des jeux, j'imagine. Chat perché, patins à roulettes, et le reste.

Tout cela me semblait si lointain.

Elle approuva de la tête.

— C'est normal. Puis, en mûrissant, vous n'avez plus trouvé ces jeux-là amusants. D'autres passe-temps les ont remplacés.

J'acquiesçai à contrecœur. Je savais qu'elle n'en avait pas fini.

— Transposez cette idée à des siècles de maturité. La façon de s'habiller est aussi peu amusante pour une Yargonienne que ne le serait pour vous, à votre niveau d'évolution, le jeu de chat perché.

Je ne répondis pas, mais elle n'attendait pas de réponse. Les yeux de Sanau pétillaient. Sa fatigue semblait s'être évanouie. J'avais conscience que ce n'était plus à moi seule qu'elle s'adressait. Elle se grisait des progrès et des réalisations de son peuple.

— Quoi de plus excitant que de comprendre ce qu'on ignorait auparavant ! Une langue nouvelle en est un excellent exemple. Qu'est-ce qui peut remplacer l'ivresse d'apprendre une nouvelle langue et, ce faisant, de découvrir les innombrables mystères d'une autre race, d'une autre civilisation ?

— Et les hommes de cette planète ? Sont-ils eux aussi affranchis de toute vanité ?

Bien entendu, ils l'étaient. Sanau poursuivit en expliquant qu'ils s'étaient aussi débarrassés du fardeau de la compétition sur le plan physique. Quelque cinq cents ans plus tôt, les hommes s'étaient mis à se raser la tête quand ils s'étaient rendu compte que l'homme qui perdait ses cheveux éprouvait parfois un sentiment d'infériorité vis-à-vis du congénère plus heureux, gratifié, lui, d'une abondante chevelure. Puisque les sentiments d'infériorité étaient des facteurs d'envie, de luxure et de gourmandise, ils avaient estimé que l'élimination radicale des cheveux chez les hommes était une excellente solution.

Cette logique parvint à se frayer un chemin dans mon esprit déprimé, et je fus obligée de reconnaître la sagesse d'une telle idée. Si l'on n'avait pas à lutter contre l'envie et l'attirance physique, la vie serait bien plus simple. Si je me débarrassais des sept péchés capitaux, peut-être ne verrais-je même pas d'inconvénients à vivre sur Mars ?

Cette idée me ramena brusquement à la sinistre réalité de mon malheureux avenir et je me mis à détester soudain cette femme impassible qui était là à me dire ce que je devrais aimer et ne pas aimer. Ça ne pouvait pas vraiment m'arriver à moi... Janet Cooper... ça n'était pas possible !

Mais, d'une façon ou d'une autre, je trouverais le moyen d'en sortir. Je n'allais pas l'accepter avec une paisible résignation. Il devait bien y avoir un moyen !

Mon esprit ressassa cette mélopée bien après que Sanau fut partie. Je ne cessais de me la répéter, tandis que le soleil glissait derrière la montagne, et je la répétais lorsque je m'endormis. Ça ne pouvait pas m'arriver à moi, mais je commençais à sentir que pourtant...

Chapitre 12

Il faisait encore nuit, et cependant Sanau me secouait. Tout d'abord, je pensai que je rêvais, et pourtant on continuait à me secouer doucement mais avec insistance. J'ouvris les yeux. Dans la chambre, la lumière était faible. Je m'assis sur le lit.

— Quelle heure est-il ?

— C'est presque l'aube.

Je repris alors pleinement conscience, l'esprit obnubilé par l'imminence du désastre. Ils allaient m'expédier sur Mars maintenant, au milieu de la nuit.

Mais le sourire, si rare, de Sanau dissipa cette crainte.

— J'ai une nouvelle extraordinaire à vous annoncer, dit-elle d'un air radieux.

— Ils vont me renvoyer chez moi ! Pendant un instant, j'eus, moi aussi, l'air radieux.

Elle secoua la tête et je me laissai retomber sur les oreillers.

— Aujourd'hui sera le jour le plus mémorable de votre vie, affirma-t-elle.

Mon intérêt s'accrut quelque peu car Sanau ne se comportait pas comme d'habitude. Ses mains papillonnaient, et on voyait une veine battre sur sa tempe. En fait, Sanau se comportait presque comme un être humain de notre Terre. Un être humain très calme, d'après nos normes, mais je suis sûre que dans les cercles yargoniens on l'aurait considérée comme follement émotive.

— Ce soir, au crépuscule... (Elle s'arrêta brusquement et fit un effort pour contraindre sa voix à retrouver le ton calme qui lui était habituel.) Ce soir, au crépuscule, vous serez présentée à Sa Grandeur Toute-Puissante, le Yargo.

Ça y était ! Elle l'avait lâché ! Elle semblait exaltée et me regardait fixement comme si elle s'attendait vaguement à ce que je fisse un bond de joie. Je dois reconnaître que j'étais quelque peu impressionnée, ou peut-être était-ce de la curiosité, à défaut d'autre chose. Pour une fois, c'était moi qui parvenais à conserver une expression neutre, et je me demandais simplement comment tout cela avait bien pu arriver. Elle dit que c'était Sa Grandeur Toute-Puissante elle-même qui l'avait demandé.

— Cela a-t-il un rapport avec le fait qu'on m'envoie sur Mars ?

Elle fit un signe affirmatif et, quelque part en moi, une braise d'espoir se raviva. Tout n'était pas encore perdu, tant que je ne serais pas sur Mars.

Avec un calme exceptionnel, j'annonçai que je serais prête au coucher du soleil, mais que, pour l'instant, j'avais l'intention de dormir encore un peu.

— Vous ne dormirez pas ! ordonna-t-elle en tirant sur les couvertures. Elle remonta les stores, et le pâle soleil matinal se glissa timidement dans la pièce.

Je n'avais pas le choix. Je me levai, me douchai et me réveillai complètement. Une fois encore, en me brossant les dents, je fus surprise de voir que mes traits assez quelconques devenaient de plus en plus attirants. Mon nez plutôt court n'était pas tellement mal, ainsi que mes yeux bleu clair. Le changement était presque indéfinissable. Ma peau avait acquis une douceur qu'elle n'avait jamais eue, mes yeux de l'éclat, et mes lèvres une teinte rouge vif. Même mes joues avaient pris un peu de couleur, et cette couleur était plus flatteuse que n'importe quel rouge artificiel. Quelle que fût la violence avec laquelle je me heurtais à ces gens, j'étais obligée de reconnaître qu'il y avait peut-être quelque chose de vrai dans la supériorité de leur planète. Physiquement, je devenais moi-même un spécimen plus intéressant.

Au moment où on me servit le petit déjeuner, Sanau entra dans les détails.

— Il y aura ce soir un grand banquet. Tous les leaders seront présents.

J'attaquai mes flocons d'avoine et me contentai de demander comment et pourquoi le Yargo en était venu à formuler cette demande extraordinaire.

— On lui a présenté un rapport complet sur votre prochain voyage, en lui faisant part de votre hostilité à l'égard de la planète Mars et de ses habitants. Il a manifesté une grande compassion.

— Vraiment !

J'avais la bouche pleine, et je n'eus pas l'air aussi stupéfait que je l'étais en réalité.

— Cela ne devrait pas vous surprendre, ou plutôt, ça ne

vous surprendrait pas si vous connaissiez les pouvoirs extraordinaires et inouïs de Sa Majesté, dont les bienfaits s'étendent aux plus insignifiants des êtres humains. Comme je l'ai souvent affirmé, le Yargo est totalement différent des autres mortels. Il lui est on ne peut plus naturel d'éprouver une absolue compassion pour votre situation. C'est l'homme le plus enclin à la compassion qui puisse exister dans ce monde ou dans n'importe quel autre.

— Alors, comment peut-il simplement envisager de m'expédier sur Mars ?

— Parce que son sentiment s'étend également à la situation des habitants de votre planète. Pour être vraiment juste, on doit faire le plus de bien possible au plus grand nombre. Que représente une vie comme la vôtre par rapport à une civilisation tout entière ?

Je lui dis que c'était ma vie et, comme il se trouvait que c'était la seule dont je disposais, j'attachais beaucoup d'importance à ce qui pourrait lui arriver.

Eh bien, il semblait que le Yargo comprenait même mes sentiments sur ce point, ou, du moins, Sanau me le fit-elle croire.

— Il a également conscience que, durant votre séjour sur notre planète, vous n'avez guère connu que l'inquiétude. Il est donc désireux de vous recevoir solennellement avant votre départ et de vous présenter ses excuses.

La petite braise d'espoir cessa de rougeoyer et se transforma en un tas de cendres froides.

Advienne que pourra, j'allais partir pour Mars, et ce grand dîner n'était qu'une formalité, à moins qu'ils eussent secrètement admis qu'ils avaient agi d'une manière qui n'était pas tellement supérieure. Amenez la prisonnière, traitez-la en égale pendant une brève soirée, nourrissez-la bien, faites étalage du grand charme et de l'hospitalité yargoniens, amenez-y même le Grand Père Blanc en personne, puis, expédiez-la au diable, la conscience aussi nette et brillante qu'un sou neuf.

— Nous avons fait de notre mieux, messieurs, jusqu'à la fin !

Je repoussai ma chaise et me dirigeai vers la fenêtre. Je ne discernais rien d'autre que le péril immédiat que je courais. Il n'y avait d'espoir nulle part. La pièce tranquille, la calme Sanau, et même un oiseau ressemblant à un rouge-gorge qui avait l'air de gazouiller de l'autre côté de la fenêtre, me disaient : « Abandonne, ma fille, c'est la fin, c'est la fin. »

Je desserrai les mains. Peut-être devrais-je cesser de lutter.

Peut-être devrais-je simplement me détendre et accepter mon sort comme un homme qui se noie. On dit que si l'on ne se débat pas, on éprouve une sensation de paix lorsque les poumons s'emplissent d'eau pour la dernière fois. Allons, détends-toi, va vivre avec les Martiens... les Martiens ! *Non* ! Je fis volte-face. Si le Yargo était un être tellement supérieur, peut-être avais-je une chance ? Si je parvenais à lui faire comprendre ce que je ressentais, à le convaincre que je pouvais retourner sur la Terre et demeurer muette sur ce que j'avais vu. Ce soir, je lutterais pour ma vie mais avec dignité et intelligence. Je leur prouverai qu'un Terrien n'est pas aussi inférieur qu'ils le disaient. Je me montrerais plus maligne qu'eux et leur précieux leader, et je retournerais sur la Terre.

Je revins vers la table et demandai à Sanau si je devais assister au dîner comme invitée. Je n'en étais pas sûre. Qui sait, ils pouvaient s'attendre à ce que je les servisse.

— Vous serez une invitée d'honneur.

Puis elle fit signe aux servantes d'enlever la table du petit déjeuner. Elle m'ordonna, sur un ton de général en chef, de m'asseoir et d'être attentive à ses moindres paroles. J'obéis, me demandant ce qui allait suivre.

— A présent, il y a beaucoup de choses que je dois vous enseigner en matière de protocole. Je ne suis pas sûre que vous puissiez apprendre en une journée à vous conduire correctement, mais nous ferons ce que nous pourrons. Il est certains faits très importants dont je dois vous informer.

— Du genre de : quel couteau et quelle fourchette doit-on employer ?

Elle sourit.

— Notre façon de manger ne vous concerne pas, mais il y a certains usages que vous devrez respecter. Si vous ne deviez vous rappeler qu'une seule chose : n'oubliez pas que le Yargo est intouchable.

J'approuvai de la tête. Je n'avais pas la moindre intention de le toucher.

— Vous devez tendre la main pour le saluer. Si vous avez assez de courage pour avoir une véritable conversation avec notre magnifique leader, ce qui, j'en suis sûre, vous trotte dans la tête, vous devrez vous abstenir de lui prendre le bras — une de vos habitudes les plus déplaisantes. On ne doit absolument pas le toucher.

— Vous entendez cela littéralement ? C'était une surprise.

— Littéralement et dans l'absolu.

— Et son épouse ?

J'ai toujours été du genre pratique.

— Qu'est-ce que c'est qu'une épouse ?

Je lui lançai un regard rapide, m'attendant à ce qu'il y eût, sous la question, quelque plaisanterie voilée, mais les yeux grands ouverts de Sanau me convainquirent qu'elle était très sérieuse.

— Vous voulez dire que vous ignorez ce qu'est une épouse ? Je ne pus résister à la tentation de laisser percer dans ma voix une certaine satisfaction. Oh, comme la vie était soudain magnifique qui me permettait de pouvoir enfin expliquer quelque chose à Sanau !

D'abord, elle semblait ignorer totalement ce que signifiait le mariage. Je lui expliquai donc avec force détails le rôle et l'importance d'une épouse, sans omettre de lui faire observer que, très souvent, elle était une sorte d'éminence grise, et que j'étais moi-même sur le point de me marier lorsque son vaisseau spatial à rayon excentrique m'avait kidnappée.

Elle écouta avec un intérêt mêlé d'amusement, puis peu à peu son visage s'éclaira. Oui, maintenant, ça lui revenait. L'histoire, je devais le comprendre, n'était pas son fort, mais, maintenant que j'en parlais, elle se souvenait qu'à une certaine époque — il y avait peut-être de cela des milliers d'années — la condition appelée « mariage » avait existé sur leur planète. Mais, naturellement, comme tant d'autres maux, il avait été depuis longtemps aboli.

— Mais s'il n'y a pas de mariage, insistai-je, quels sont vos critères moraux ici ? Que se passe-t-il pour les enfants ? Et l'amour ?

Elle sembla sur le point de répondre, puis se ravisa brusquement.

— Ce n'est pas le moment de vous informer des coutumes de notre planète. Vous n'avez nul besoin de ce genre de renseignements. En revanche, il y a beaucoup de choses que vous devez connaître sur la réunion de ce soir.

Elle m'avait insultée et je le lui dis. Après tout, j'avais répondu à sa question sur les femmes, j'étais entrée dans les détails pour que ce soit clair. Me croyait-elle trop inférieure pour comprendre comment vivait une famille sur sa grande planète ?

Ce fut presque avec douceur qu'elle me répondit :

— Peut-être vous ai-je induite en erreur. Nous ne vous considérons pas comme inférieure. Pas à la façon dont vous interprétez le terme. Un enfant n'est pas inférieur, il est jeune, sans éducation, et donc, sans sagesse, inférieur. Vous, les Terriens, avez devant vous trente mille ans de tâtonnements avant de pouvoir simplement espérer atteindre le niveau de notre civilisation.

— Mais les leaders ont dit que j'étais un spécimen inférieur. Cela m'était resté sur le cœur.

— Les leaders vous considèrent comme une femme qui ne peut rien faire dans la vie sans être l'esclave de ses sentiments. Comparée au Dr Blount, vous êtes un spécimen inférieur. Ce que les leaders n'ont pas réussi à comprendre lors de cette première réunion, c'est que vous représentez quatre-vingt-dix pour cent de la population féminine de la Terre. Non, je dirais que vous êtes un spécimen très représentatif.

Cette explication m'aida à retrouver un peu d'estime envers moi-même et me rendit le courage nécessaire pour donner libre cours à ma bienveillance naturelle. Je me penchai en avant.

— Sanau, dis-je doucement, je pourrais vous aimer beaucoup, si vous le permettiez, et je sens que vous pourriez m'aimer aussi. Pourquoi devrions-nous être ennemies ? Essayez de me prendre telle que je suis comme j'essaie de le faire avec vous. Comprenez-moi et usez de votre influence auprès du Yargo. Demandez-lui de me renvoyer sur la Terre.

— Je ne ferai pas une chose pareille.

— Mais pourquoi ? Vous êtes la seule qui puisse m'aider.

— Parce qu'à mon avis, aussi bien qu'à celui des leaders, sachant ce que vous savez, vous provoqueriez une catastrophe sur votre Terre. Votre planète deviendrait une menace pour tout l'univers. Je continue à être absolument persuadée que votre exil sur Mars est la seule solution.

— Mais je ne dirai même pas que je suis venue ici. Je le jure ! Je vous en donne ma parole !

— Que vaut votre parole ? Nous n'attachons d'importance qu'aux preuves et aux faits. Les paroles, les promesses, la chance... ce sont des inconnues dans la solution des problèmes de cette planète et de beaucoup d'autres. Avec votre moi et votre vanité insatiables, vous ne pourriez jamais vous tenir tranquille.

— Mais si, gémis-je. Je veux rentrer chez moi ! Je ferais n'importe quoi pour rentrer chez moi !

— Vos besoins, vos espoirs ou vos désirs ne m'intéressent pas. Ma seule préoccupation est de vous faire quitter cette planète le plus tôt possible. Perdre tant de temps avec vous me fatigue, et je commence à m'en ressentir, ainsi que mon travail.

Je la regardai fixement, muette de gêne et de chagrin. Personne, pas même ma mère ou ma grand-mère dans les moments où elles se montraient les plus méprisantes, n'avait jamais parlé de mes défauts de façon aussi péremptoire.

Elle ne pouvait davantage me blesser. Je lui posai la question suivante, sans me soucier du coup que sa réponse pourrait me porter. Cela ne m'importait plus. A présent, je voulais seulement satisfaire ma curiosité.

— Sanau, pourquoi me haïssez-vous ?

— Je suis incapable de haïr.

— Alors, je vais l'exprimer ainsi : pourquoi ne m'aimez-vous pas ?

— Vous aimer ? Que pourrais-je aimer en vous ?

— Mais il y a des choses en moi que vous détestez ?

Elle sourit.

— Je ne vous aime ni ne vous déteste. Il n'y a rien en vous qu'on puisse vraiment détester. Mais il n'y a rien non plus à aimer ou à admirer. Vous connaissez très peu de chose, et pourtant vous ne manisfestez nul désir d'apprendre. Au lieu de vous tourner avec espoir vers une nouvelle vie sur une planète habitée par des gens plus intelligents que vous, vous pleurnichez pour repartir vers un endroit en pleine stagnation que vous appelez « chez moi ». A la perspective de la réception de ce soir avec Sa Grandeur, vous n'êtes pas ravie de la chance qui vous est donnée de rencontrer le plus grand homme de ce monde et de n'importe quel autre. Vous considérez purement et simplement cette invitation comme une occasion supplémentaire de présenter un nouveau plaidoyer en faveur de votre retour à une civilisation arriérée.

— Sanau, si vous échouiez sur une autre planète, ne feriez-vous pas tout ce qui est en votre pouvoir pour revenir ici ?

— Oui, car nous sommes la planète des lumières, la planète la plus avancée de ce système solaire et de tout autre. Mais si on me donnait la possibilité d'aller sur une planète qui surclasse Yargo, même si les gens ne me ressemblaient pas, mais s'ils étaient pacifiques et désireux de m'accepter, alors je serais enthousiasmée par la chance qui me serait offerte.

Je me levai et me mis à arpenter la pièce. Il devait bien y avoir une corde que je pourrais faire vibrer et qui nous mettrait sur un terrain de rencontre. D'une façon ou d'une autre, je devais lui inspirer des sentiments humains. Jusque-là, le seul vrai signe d'animation dont j'avais été témoin était son changement d'expression chaque fois que le nom du grand Yargo avait été mentionné. J'essayai donc de prendre un exemple qu'elle pourrait comprendre.

— Ecoutez, Sanau, supposez que, pour une raison échappant à votre volonté, vous ne soyez plus autorisée à revoir le grand Yargo. Quelle impression cela vous ferait-il ?

— Ne plus jamais le contempler ? Ne plus jamais jouir du privilège de son divin commandement ? La vie perdrait tout son sens.

Je ne m'étais pas attendue à une réponse mettant à ce point son âme à nu. Ce n'était pas le moment de chercher à en savoir davantage. Je l'avais quand même amenée sur la bonne voie.

— Sanau, sur la Terre, il y a quelqu'un pour qui j'éprouve aussi ce genre de sentiment. Il s'appelle David. Maintenant, pouvez-vous comprendre ?

— David ? (Elle tourna et retourna ce nom dans sa bouche.) David ? Vous n'avez pas de souverain de ce nom.

— Ce n'est pas un souverain. Ce n'est qu'un homme. L'homme que j'aime.

Elle éclata d'un rire joyeux.

— Oh, l'amour. L'amour qui se manifeste dans l'union que vous appelez mariage.

Puis ses yeux se rétrécirent et sa voix devint brusquement méprisante.

— L'amour ! Osez-vous appeler ça de l'amour ? Osez-vous profaner la sainteté du grand Yargo et comparer ma dévotion à son égard à cette passion arriérée que vous éprouvez pour un homme ordinaire ? L'amour ! L'amour, c'est contempler une vision de la perfection. C'est le Yargo. Autrement, il n'y a pas d'amour !

Là-dessus, je renonçai. Je connaissais la vanité d'un esprit fermé. Sanau n'avait pas d'opinions. Au lieu de discuter elle parlait de faits. Et, dans ce monde, on ne pouvait opposer de démenti à des faits.

Elle sentit manifestement que j'avais abandonné l'argument que j'avais tenté de faire ressortir car, avec un entrain soudain, elle ramena la conversation sur ce qui allait se passer le soir.

Une fois encore, elle insista sur le fait que je ne devais pas toucher le Yargo, ce à quoi je répondis avec lassitude d'un signe de tête.

Point numéro deux : je ne devais pas engager la conversation s'il ne m'avait pas adressé la parole le premier.

Point numéro trois : je ne devais pas toucher à la nourriture avant lui. J'écoutais et inclinais la tête comme un automate. On m'instruisait de l'étiquette de la cour. Je devais faire une profonde révérence, je ne devais jamais entamer une nouvelle conversation ou aborder un nouveau sujet moi-même, je ne devais pas le toucher, je ne devais pas le toucher, je ne devais pas le toucher. J'écoutais, j'inclinais la tête, je commençais à avoir sommeil.

La plupart des instructions étaient extrêmement simples, mais Sanau les répétait à satiété, comme si j'étais un animal idiot qui ne comprenait rien et qui devait apprendre à identifier le son des mots pour les associer à une action.

Finalement, j'en eus marre. Je me levai d'un bond et dis fermement que j'étais peut-être une simple d'esprit mais qu'il suffisait qu'on me répétât une fois une règle de l'étiquette pour que je la retienne.

Assez curieusement, elle prit ma sortie de bonne grâce. Elle me gratifia même d'un sourire.

— J'imagine que vous êtes à bout de nerfs. Même un Yargonien n'est pas tout à fait dans son état normal à la perspective d'être présenté au Tout-Puissant. Je devrais vous en apprendre davantage, mais je vois bien que, dans votre état, vous ne pouvez rien assimiler de plus. Vous feriez bien de vous reposer jusqu'à ce soir.

Elle se dirigea vers le mur et appuya sur le panneau.

— Je reviendrai au crépuscule. Il faudra que vous soyez prête et que vous m'attendiez. Apaisez vos craintes. Ce sera une expérience magnifique. J'espère seulement que vous ne serez pas trop terrorisée et que vous pourrez en profiter.

Sur cette remarque, elle me quitta. Terrorisée, ah ! ça oui ! Tout ce que m'offrait cette réunion, c'était une dernière chance de présenter un plaidoyer en faveur de mon retour sur Terre. Quant à l'homme lui-même, je ne lui avais pas accordé une seule pensée.

Peut-être étais-je inférieure, comme le disait Sanau. Je ne me sentais nullement exaltée à l'idée de rencontrer cet homme fantastique. Et je doutais très sérieusement de pouvoir jamais atteindre les sommets de la supériorité pour tomber la face contre terre à la simple mention de son nom.

Je m'affalai sur le lit. Il était inutile de tempêter et de rager, enfermée toute seule comme je l'étais. Non, je ferais mieux de me reposer et de conserver toute ma présence d'esprit, car, même si je niais l'importance de cet homme, ce soir serait primordial pour moi : après ce soir, il y aurait demain, et demain signifiait Mars !

Je me reposai un peu. Je réfléchis, j'élaborai des plans et des plans, pour aboutir toujours à une impasse. Finalement, je me sentis si fatiguée qu'au bout d'un moment je me mis à sommeiller par à-coups, uniquement pour me réveiller et me remettre une fois de plus à ressasser mes plans. En fait, je n'avais pas d'idée précise. Je devais le rencontrer d'abord, et, ensuite, mettre à l'épreuve ma stratégie. Qu'est-ce qui serait le plus utile ? L'honnêteté ? Le charme ou l'intelligence ? Je ne savais pas exactement. Puis, plus tard, j'ai cessé d'essayer de réfléchir. Mais je n'ai jamais cessé d'espérer — ces Martiens ne m'auraient pas, pas sans une de ces luttes !

Chapitre 13

Naturellement, j'étais habillée et j'attendais bien avant le crépuscule, et à l'heure où le soleil aurait dû se coucher, il lambina au sommet de cette fichue montagne comme s'il y était collé. Sa descente se fit de façon si imperceptible qu'il me rappela les aiguilles d'une pendule. Quand j'étais petite, je gardais souvent le regard fixé sur une pendule, dans l'espoir de surprendre l'aiguille au moment où elle sauterait d'une minute à l'autre. Je n'y arrivais jamais, et pourtant je ne savais comment, elle se débrouillait pour bouger. Le soleil fit de même et, lorsque le dernier morceau de rose eut disparu, j'étais aussi épuisée que si j'avais littéralement poussé de mes mains nues cette grosse boule de feu derrière la montagne.

Sanau arriva juste au moment où le ciel prenait sa lueur grise de début de soirée. Pendant un instant, nous nous évaluâmes en silence, comme si nous étions finalement d'accord sur l'importance de l'événement à venir. Elle approuva de la tête et me conduisit au véhicule qui attendait.

Nous traversâmes de nouveau la ville, mais le trajet fut plus court que d'habitude et cette fois, le véhicule s'arrêta devant un petit pont-levis. Nous descendîmes et traversâmes le pont à pied, sous le regard de quatre factionnaires. Bien que le bâtiment ne différât guère du point de vue architectural des édifices que j'avais déjà visités, j'éprouvais, d'une certaine façon, l'impression d'entrer dans un château médiéval. Peut-être étaient-ce le pont-levis et les sentinelles, mais il y avait quelque chose dans l'atmosphère qui donnait une impression de faste et de cérémonie.

Passé le pont, je m'arrêtai un instant pour contempler les lieux. Ainsi, c'était là qu'habitait M. Dieu Tout-Puissant ! De près, cela avait vraiment tout d'une résidence royale. En fait, je me mis à me représenter le Yargo comme un gros homme aux allures de sultan, vautré sur des coussins au milieu d'un essaim de beautés yargoniennes. De chaque côté du château s'alignaient d'énormes lampadaires jaunes au pied desquels se tenait un homme au garde-à-vous. Le tout formait, autour du bâtiment, une chaîne d'hommes et de lumières.

Je me penchai vers Sanau et murmurai :

— Si votre race est tellement supérieure, alors pourquoi tous ces gardes autour du Yargo ? J'aurais cru que votre peuple était au-dessus de la violence, et surtout si on lui voue un tel culte !

Sanau expliqua avec une politesse glaciale que les sentinelles n'étaient qu'une garde d'honneur. Pour un jeune Yargonien, la joie et le devoir suprêmes étaient de prêter serment d'allégeance à son leader et qu'on lui permît d'être près du Yargo.

Se redressant de toute sa taille, elle ajouta :

— Dans les écoles de toute la planète, cette tâche est la récompense accordée au plus brillant élève.

Les lumières étaient-elles destinées à prévenir une attaque ennemie ?

— Ce sont des ondes radar, me dit-elle. Chaque faisceau est en contact direct avec un vaisseau spatial. De cette façon, le Yargo peut communiquer directement avec tout vaisseau qui se trouve dans l'espace.

Nous pénétrâmes dans le bâtiment et traversâmes d'immenses salles de réception où s'alignaient des gardes d'honneur. Ils se tenaient très droits, le regard fixe, leur crâne chauve étincelant dans la lumière.

Je dis à Sanau qu'ils me rappelaient les gardes qui se tenaient devant Buckingham Palace.

— Est-ce l'habitation d'un de vos leaders ? demanda-t-elle.

— Pas le nôtre. Celui d'Angleterre.

— L'Angleterre ne fait-elle pas partie de votre planète ?

Je fis « oui » d'un air dégagé. J'étais absolument subjuguée par la beauté du palais. J'étais sûre qu'aucun roi d'aucun pays n'habitait une telle splendeur.

Mais Sanau insistait :

— Le leader d'Angleterre n'est-il pas aussi un de vos leaders ?

— Eh bien, pas exactement.

Je suivis Sanau jusqu'à un banc orné de mosaïque. Nous nous assîmes, attendant, j'imagine, qu'on nous admît dans les salles intérieures.

— Qu'entendez-vous par « pas exactement ? » N'êtes-vous pas un seul monde ?

— Je pense que non. Pas pour le moment, en tout cas.

Je sus gré à une sentinelle de réclamer l'attention de Sanau. Elle s'écarta pour discuter de quelque chose, probablement de moi, car, durant leur conversation, l'homme se retourna à plusieurs reprises pour me regarder. De mon côté, je restai assise et essayai de prendre un air parfaitement dégagé, imitant en cela le regard le plus vide d'expression de Sanau. Sur le moment, je ne me souciais pas de ce qu'on disait de moi. Tout me semblait préférable aux questions importunes de Sanau. Quel que fût l'objet de notre discussion, même s'il s'agissait de quelque chose d'aussi impersonnel que l'Angleterre ou Buckingham Palace, je me retrouvais sur la défensive et semblais toujours m'en sortir à mon désavantage.

Plus je donnais d'explications, et moins la Terre semblait attirante, à moins que ce fût l'impression que donnaient ses questions. Un puissant instinct de protection grandissait en moi aussi bien vis-à-vis de l'Angleterre que de l'Amérique. C'était bizarre. J'étais la fille qui n'était jamais allée jusqu'à Chicago, et pourtant j'avais cessé soudain de considérer que mon univers se limitait à l'Amérique ou à la ville que j'habitais. C'était ma planète, dans ses moindres recoins, des brousses les plus reculées de l'Afrique au rideau de fer qui cachait la Russie, car la Russie aussi en faisait partie et était plus proche que ne le serait jamais la planète Yargo ou Mars. Certains d'entre nous pensaient différemment, avaient des politiques opposées, mais nous étions tous des êtres humains vivant sur la même Terre, respirant le même air, nous chauffant au même soleil et regardant la même lune. C'était stupéfiant : soudain je me mettais à considérer la Russie davantage comme le mouton noir d'une grande famille que comme la nation belliqueuse qu'elle était vraiment. A ce moment-là, il semblait impossible de voir les choses autrement. Que pourrait-on penser d'autre quand on fait entrer en ligne de compte d'autres mondes et d'autres univers ?

La sentinelle et Sanau, ayant apparemment réglé les choses à leur convenance, se séparèrent, et elle revint s'asseoir sur le banc à côté de moi.

— La réunion aura lieu dans un moment. Les leaders sont en train de prendre place. Vous vous souvenez de tout ?

Je fis un signe de tête et souris légèrement. A cet instant, Sanau évoquait pour moi une mère inquiète qui priait pour que sa fille ne la déshonorât pas à la fête de l'école. La question qui suivit s'accordait encore mieux à cette situation.

— Vous êtes bien sûre de vous souvenir. Que devez-vous, toujours et avant tout, garder en tête ?

Je chantonnai d'une voix blanche :

— Avant tout, je ne dois pas toucher le Yargo.

Elle hocha la tête d'un petit mouvement nerveux, puis elle rentra dans sa coquille d'un air patient et résigné, comme si elle s'était dit intérieurement : « Ma foi, advienne que pourra, j'ai fait de mon mieux. » Mais elle était loin d'être calme. L'artère qui palpitait de façon significative sur son front la trahissait et, en y regardant de plus près, je m'aperçus que ses narines délicates frémissaient légèrement. Manifestations tout à fait contraires aux règles que Sanau s'imposait d'ordinaire.

Non que je fusse d'un calme olympien. Comment, mon dieu, devais-je me comporter devant cet homme ? Peut-être avait-il deux têtes ? Ils auraient probablement trouvé que c'était très bien, pas monstrueux pour un sou. Simplement deux cerveaux supérieurs au lieu d'un.

Un monde supérieur, ah ça oui ! « Ne le touchez pas ! Ne lui parlez pas ! » Je ne devrais probablement même pas respirer devant lui. Sur notre Terre, les gens serrent la main du président. Même les rois serrent des mains. Nous pourrions certainement leur apprendre quelques petites choses sur la démocratie.

Sanau se leva brusquement pour accueillir l'homme qui s'approchait de nous. Vu de plus près, je remarquai que c'était Leader Corla, celui qui me considérait comme un spécimen vraiment inférieur. Mais cette fois il souriait aimablement, son beau visage exprimant la bienvenue.

Tout d'abord, je crus que cette bonne humeur était uniquement réservée à Sanau, mais après l'avoir saluée, il tourna vers moi son sourire éclatant, et puis, exactement comme s'il ne m'avait jamais rencontrée, il me dit dans un anglais impeccable :

— Je vous souhaite la bienvenue au sanctuaire de Sa Grandeur Toute-Puissante, le Yargo.

J'étais toute prête à enterrer la hache de guerre et à le complimenter sur son anglais, mais soudain voilà qu'il était la face contre terre. Sanau aussi. Pendant une seconde, j'eus le bec cloué par cette manifestation nouvelle de respect. J'avais plutôt l'impression qu'il dépassait la mesure, jusqu'à ce que je comprisse qu'il avait mentionné le nom du Yargo en présence de deux personnes — lui-même et Sanau.

Ils se levèrent tous deux après l'indispensable psalmodie, et Sanau se tourna vers moi.

— Je trouve que c'est extrêmement aimable de la part

de Leader Corla d'avoir appris quelques mots de bienvenue dans votre langue.

J'en convins. Je le remerciai et lui dis que c'était très aimable, mais, d'après l'expression de son visage, je me rendis compte que sa connaissance de ma langue ne dépassait pas l'unique phrase qu'il avait apprise en se donnant beaucoup de mal.

— Vous suivrez Leader Corla, annonça Sanau.

Je me retournai avec plaisir et lui emboîtai le pas, mais Sanau resta dans la salle d'accueil. Je ralentis la marche. Ne venait-elle pas ? Puis, comme Leader Corla avait déjà deux bons mètres d'avance sur moi, je le suivis en trébuchant. Ce n'était pas le moment de se poser des questions ; cependant, sans que je susse pourquoi, il ne m'était jamais venu à l'esprit que cette réunion se tiendrait sans la présence de Sanau. Je suppose qu'inconsciemment j'avais compté sur son aide et ses conseils. A présent, une étrange forme de loyauté exigeait que je rendisse Sanau fière de moi, et je suivis donc Leader Corla dans de longs couloirs jusqu'à un grand escalier.

C'était un escalier digne d'un roi. Des chandeliers de cristal y répandaient une douce lumière indirecte. Du velours, doux comme de la fourrure, recouvrait les marches. Quatre factionnaires attendaient en haut. Ils se joignirent à nous et nous escortèrent dans un couloir qui débouchait sur un mur nu. J'étais sûre qu'il s'ouvrirait et, bien entendu, il s'ouvrit.

Il s'ouvrit sur une salle de bal qui étincelait comme un décor de film. Il devait bien y avoir un millier de petites tables qui faisaient face à un dais en forme de fer à cheval situé tout au fond de la pièce. Mes yeux contemplaient un kaléidoscope de couleurs et un spectacle qu'aucun metteur en scène ne pourrait jamais égaler. Les parures étincelantes des Yargoniens, le reflet éblouissant des couverts de diamants, l'immense dais vers lequel on me conduisit.

C'était un banquet, oui, un banquet comme on n'en voit jamais ! Tous les leaders et les sous-leaders yargoniens étaient là. Tous les personnages importants de la planète devaient être présents.

Tout en approchant, je parvins à m'orienter et je fouillais le dais d'un regard vif pour Le repérer. Eh bien, s'il était là, il n'était pas différent des autres. J'avançais droit devant moi, pleinement consciente que tous les yeux des Yargoniens étaient braqués sur moi. Je tenais la tête haute et j'étais bien certaine de ne pas avoir l'air trop inférieure.

Leader Corla me conduisit directement au milieu du dais où

se trouvaient trois chaises inoccupées. Il en prit une, m'en désigna une autre, laissant ainsi entre nous une chaise vide qui Lui était, de toute évidence, réservée.

Je pensai à l'avertissement de Sanau — « Ne le touchez pas » — et je dus sourire. La disposition des sièges était excellemment étudiée à cet effet. J'étais flanquée, d'un côté, d'un leader, dont je ne pouvais me rappeler le nom, mais qui avait assisté à mon audition. De l'autre, il y avait un siège vide, distant du mien d'au moins un mètre, et de un autre mètre aussi de celui de Leader Corla.

Je m'assis et attendis avec impatience, mais rien ne se produisit. Puis je fus frappée d'une horrible pensée : peut-être était-il déjà là ? Peut-être était-il invisible, ou peut-être n'existait-il pas, sinon dans l'esprit de ces gens ? Peut-être était-il Dieu — le même Dieu que le nôtre — mais peut-être ces gens avaient-ils tellement évolué qu'ils pouvaient lui parler ?

Je regardai la chaise vide et souris vaguement. Je jetai un rapide coup d'œil autour de moi pour voir si on avait remarqué mon expression narquoise. Si tel était le cas, personne n'avait réagi.

Non, pensai-je, il doit être réel. La salle était imprégnée d'un sentiment d'attente trop perceptible. J'y étais moi-même sensible. Ces gens attendaient manifestement quelqu'un et ce n'était pas moi.

Comme pour corroborer ce que je pensais, une tension électrique sembla soudain s'emparer de la salle. Un silence absolu s'installa, et les assistants se mirent presque au garde-à-vous. Sous le dais, autour de moi, je sentis les leaders se raidir eux aussi, comme s'ils avaient reçu une décharge électrique, puis, comme si un ordre avait été donné, tous les regards se rivèrent soudain sur le mur latéral.

La tension me gagna et me prit dans une sorte de tourbillon. Mon regard se porta rapidement vers le mur. Celui-ci commença à s'écarter lentement, si lentement...

Chapitre 14

Sanau avait raison. Il était *vraiment* sublime.

Tous les Yargoniens présents, si magnifiques fussent-ils, devenaient ternes et insignifiants, comparés à ce super-souverain. C'était comme si on voyait un lion au milieu de lionceaux décharnés.

Tout d'abord, je pensai que c'était sa démarche qui le rendait si particulier. Il se mouvait comme une panthère qui aurait le port de tête royal d'un lion. Oui ! C'était ça ! Si majestueux, si gracieux, si irréels étaient ses mouvements qu'il ressemblait à... une panthère... un lion... un vrai roi. Il était vêtu comme les autres, cependant son corps était si différent que c'en était troublant. Non par sa stature, mais plutôt par la coordination de ses muscles. J'avais l'impression de les voir jouer sur un rythme parfait. Il me rappelait la statue de bronze d'un de ces dieux qu'un artiste ne voit qu'avec les yeux de l'esprit.

Il marchait lentement, apparemment inconscient du charme qu'il exerçait sur ceux qui le contemplaient. Il atteignit le dais et leva la main en signe de salut. Tous se levèrent comme un seul homme et restèrent un moment au garde-à-vous, figés dans une admiration et une adoration non dissimulées.

Leurs regards exprimaient ce genre d'amour qu'éprouveraient des prêtres rassemblés s'il leur était donné de voir soudain le saint d'entre tous les saints. Et, alors que je regardais ce spectacle, il me vint à l'esprit que cette adoration totale, c'étaient ces gens qui se l'imposaient eux-mêmes. Il n'y avait rien dans son comportement qui l'exigeât ou signifiât qu'il y tenait. Il n'était ni suffisant ni autoritaire. Son attitude envers ses sujets était faite de dignité tranquille et de véritable estime.

Je luttais pour conserver mon assurance et, lorsqu'il tourna son regard vers moi, je perdis à tel point mon sang-froid que je fus incapable de le regarder en face. Impossible même de lui rendre le chaleureux sourire qu'il m'adressait. J'étais sur le point de dire quelque chose pour dissimuler ma nervosité lorsque, par bonheur, je me rappelai qu'il n'était pas convenable de lui parler s'il n'avait pas engagé la conversation. Cette brusque réminiscence nous épargna probablement à tous deux bien des ennuis, car Dieu sait quelle sottise aurait pu tomber de mes lèvres.

Je gardai les paupières baissées. Je voulais le regarder, j'étais attirée vers lui par une force presque hypnotique, et pourtant il m'était impossible de croiser son regard. Ses yeux ! Oui, c'était ça. Ses yeux !

Ils n'étaient pas semblables aux autres : obliques, oui, mais avec l'éclat d'une aigue-marine. Deux aigues-marines si extraordinaires qu'on aurait dit deux grosses pierres précieuses se détachant sur sa peau bronzée. Peut-être possédait-il un pouvoir hypnotique ? En somme, il lui avait suffi d'un regard pour me faire perdre tout sens de l'équilibre.

Il me fit signe de m'asseoir. Je parvins, je ne sais comment, à le faire avec mon charme et ma grâce habituels, en envoyant s'écraser par terre un gobelet en verre plein d'eau.

Mais ses yeux ravageurs n'en clignèrent pas pour autant. Il me lança de nouveau un de ses sourires meurtriers et me dit :

— Puis-je vous souhaiter tardivement la bienvenue sur la planète Yargo ?

Je dis : merci. Pas très brillant, mais du moins j'étais parvenue à parler.

De nouveau il sourit et de nouveau je détournai mon regard. Il devait falloir du temps pour résister à ces yeux-là...

Il tourna son attention vers Leader Corla. Cela me donna un bref répit pour reprendre mes esprits, lesquels étaient en voie de désintégration. Je me prenais vraiment en dégoût. Il m'avait souhaité la bienvenue. Il m'avait adressé la parole, et j'avais agi avec moins de pondération que d'ordinaire. Je faisais sûrement honneur à ma race. Il m'avait dit « je vous souhaite la bienvenue » et j'avais marmotté : merci. Merci ! Merci pour quoi ??? Pour m'avoir arrachée à la Terre, humiliée, et, maintenant, pour m'envoyer vivre avec une race pas tout à fait humaine. Pourquoi n'avais-je pas eu assez de jugeotte pour dire : « Ne me souhaitez pas la bienvenue, ramenez-moi là où vous m'avez trouvée » ?

Mais non, voyons. J'avais toujours la répartie brillante quand j'étais seule, mais j'étais dotée d'un esprit confus, hésitant, et je me conformais toujours à ce qu'on attendait de moi lorsque je me trouvais dans une situation réelle. Même sur une autre planète, je demeurais la même Janet Cooper — quelconque, banale.

Mais il fallait que je change. Dans mes rêves, je suis la plus intrépide des héroïnes. Dans mon imagination, toutes ces choses existent en moi, et ce soir, il fallait qu'elles se manifestent. Il était possible que j'aille sur Mars, mais, au moins, j'irais avec une certaine dignité.

La prochaine fois qu'il me parlerait, j'éviterais son regard, c'était simple. Mais sa voix aussi était troublante.

On déposa devant moi le premier plat. J'essayai de me forcer. Il me fallait manger pour prouver que je n'étais pas aussi frappée de stupeur par sa présence que j'en avais l'air. Avec cette pensée en tête, je parvins à avaler quelques bouchées.

Ce fut au second plat, au moment précis où je désespérais de le voir jamais se retourner vers moi, qu'il parla. Avant même d'avoir levé les yeux, je savais qu'il allait parler. Je sentais littéralement son regard.

— Je voudrais que vous sachiez, dit-il, que je suis très sensible à la situation dans laquelle nous vous avons placée. J'ai parfaitement conscience de ce que vous ressentez.

La vraie Janet Cooper, la Janet cachée cria en silence : « Alors, renvoyez-moi chez moi ! »

Mais l'amas de chair qui était là se contenta de minauder comme une idiote, s'émerveilla de la perfection de son anglais et pensa : « N'a-t-il pas des dents magnifiques ! »

Il reporta son attention sur Leader Corla. J'avais laissé passer ma chance et probablement pour de bon, cette fois ! Il avait carrément abordé la question, m'avait offert une excellente occasion, mais non, j'étais restée là à sourire bêtement, comme s'il m'offrait en récompense une étoile d'argent au lieu d'un exil solitaire. Ma foi, je méritais bien d'aller sur Mars. Je méritais tout ce qui m'arrivait, mais ma chance revenait manifestement car il m'honora une fois encore d'une remarque.

— J'espère que vous trouvez notre nourriture agréable.

— Elle est excellente.

J'étais prête à lui répondre, décidée cette fois à entretenir la conversation, même si je devais discuter du prix des pommes de terre. Je me lançai.

— Elle doit réussir à tout le monde. Je n'ai jamais vu de femmes aussi belles que celles de votre planète.

Pendant que je parlais, ces yeux inimaginables n'avaient pas quitté mon visage et mes nerfs n'y résistèrent pas. Je détournai les yeux et essayai de respirer naturellement.

Alors il rit. Je me retournai d'un bond, mais c'était un rire sincère, innocent. Innocent dans ses intentions, mais dévastateur pour moi. J'avais déjà du mal à ne pas perdre le nord quand son visage était au repos. Mais, lorsqu'il riait, j'étais envoûtée. Je cessai de lutter contre son charme anormal. Il n'était pas pour rien le roi des hommes. Il y avait manifestement quelque chose de surhumain en lui. Cet homme n'aurait jamais besoin d'envahir un monde. Il n'aurait qu'à y pénétrer, et tous seraient paralysés par son charme.

Son visage reprit une expression paisible, mais le sourire s'attarda dans ses yeux.

— Ma chère petite amie terrienne, nos femmes sont belles, mais je crois que vous n'avez pas observé votre propre image depuis quelque temps. Vous êtes tout aussi charmante sans l'aide d'aucun artifice.

Je ne répondis pas. J'en étais incapable. Même s'il avait ajouté : « Et voudriez-vous rentrer chez vous ? » je me serais contentée de le regarder avec les mêmes yeux idiots. Il me trouvait charmante ! Moi, la quelconque Janet Cooper ! Quelconque, même selon les normes terriennes. J'étais charmante ! Au milieu de toutes ces super-femmes, cet homme fantastique me trouvait charmante.

Mais, lorsque j'eus enfin recouvré assez de courage pour le regarder, il avait reporté son attention sur son repas et sur Leader Corla.

Je l'avais de nouveau perdu. Probablement définitivement, cette fois. On nous avait servi le dessert et du vin. D'après ce que je savais, il pouvait se lever à tout moment et me souhaiter une bonne nuit. Pourtant, je ne pouvais rien faire. Je ne devais pas engager la conversation s'il ne l'engageait pas lui-même. Mais Sanau n'avait rien dit quant à la poursuite d'une conversation. J'enchaînai donc :

— Pourquoi ?

Il se tourna vers moi, un peu surpris.

— Je veux dire, me hâtai-je de poursuivre, pourquoi ai-je l'air tellement mieux ? Je l'avais moi-même remarqué.

Nouveau sourire dévastateur, mais là je tins bon et ne baissai pas les yeux.

Il répondit vraiment à ma question.

— Il y a longtemps, les femmes de notre planète se donnaient un joli teint avec des poudres et des crèmes, exactement comme le font, j'imagine, vos Terriennes. Mais c'était il y a des siècles. C'est purement et simplement une question de progrès.

Encore ce mot, progrès. Supériorité.

— Sur notre planète, nous avons fait des progrès, nous

aussi, insistai-je, nos spécialistes inventent tout le temps de nouveaux produits de beauté qui font paraître les femmes plus jeunes.

Il hocha pensivement la tête.

— Oui, mais dans le même temps, votre planète accomplit aussi des progrès sur le plan de la guerre. D'abord la bombe atomique, puis la bombe à hydrogène. Il y aura de molles tentatives de conquête de l'espace pour la seule raison que le pays qui y parviendra le premier sera le premier à conquérir le monde. C'est seulement après s'être livrés à ce genre de tentatives et y avoir renoncé que vos scientifiques pourront tourner toute leur attention vers la vie et son véritable accomplissement.

— Mais vous avez conquis l'espace, insistai-je. Pourquoi ne devrions-nous pas essayer ?

— Parce qu'on ne peut conquérir l'espace tant qu'on ne s'est pas conquis soi-même.

— Votre Majesté, dis-je d'un ton sérieux, il est certain que nous avons des siècles de retard sur notre planète, mais nos scientifiques travaillent. Nous fabriquons, c'est vrai, des bombes, mais nos médecins et nos scientifiques travaillent sans relâche sur d'autres choses. Nos hôpitaux ont fait des progrès, nous avons des médicaments miracles...

Il m'interrompit d'un geste de la main.

— Mais, ces médicaments miracles, vous ne les avez découverts que par nécessité lors de votre dernière guerre. Pensez aux progrès qu'on pourrait réaliser sur votre planète si vous ne consacriez plus vos forces à créer du matériel de guerre, si vous cessiez de vous préoccuper de pots-de-vin, de corruption politique et de vos fortunes personnelles, et si toutes ces forces concouraient au progrès de votre race. Pensez aux remèdes qu'on découvrirait pour tant de maladies prétendues incurables. Au prolongement de votre durée de vie qui permettrait à chaque individu de créer davantage de choses utiles. Vous avez le bonheur de posséder, sur votre Terre, un grand nombre d'esprits créateurs, mais toute l'énergie produite par l'homme se disperse dans trop de directions. Vous savez, c'est vraiment très amusant, surtout quand on sait qu'une de vos devises les plus célèbres proclame : « L'union fait la force. » Votre Terre est séparée en pays, divisée par la politique et la religion. Vous seriez une proie facile pour n'importe quelle planète agressive.

Il me signifia mon congé en s'adressant à quelqu'un d'autre par le truchement de sa boîte. Je ne pouvais voir celui qui était honoré de ce privilège, mais je ne me faisais plus aucune illusion : notre conversation était terminée.

Je bus mon vin du bout des lèvres. C'était sans espoir. Il allait jusqu'à parler de l'imperfection de ma planète comme si j'en étais personnellement responsable.

Je finissais mon vin lorsque se déchaîna un effroyable tintamarre de cymbales. Cela ressemblait de plus en plus à un banquet de cour auquel ne manquaient même pas les danseuses.

Car, avec l'arrivée des cymbales, on nous régala des gracieuses évolutions exotiques de six beautés yargoniennes. Elles se contorsionnaient, pirouettaient et psalmodiaient quelque étrange mélodie. Je jetai un coup d'œil furtif au Yargo qui ne me sembla pas follement enthousiaste.

Ce fut durant la seconde danse qu'il se tourna vers moi.

— Comment les trouvez-vous par rapport à vos danses terriennes ?

— C'est bien plus excitant, répondis-je en toute franchise. On a l'impression que chaque pas nous conte une histoire.

Il approuva de la tête.

— Elles racontent votre histoire à vous, étrange petite visiteuse. C'est la fille du milieu qui vous représente.

J'étais impressionnée. Elle était d'une beauté indicible, bien qu'elle ne fût pas aussi parfaite que Sanau. Et faisant fi du protocole, je le lui dis.

Manifestement, le Yargo rendait bien à Sanau l'admiration qu'elle éprouvait pour lui. Mon compliment sembla lui plaire.

— Je regrette vivement qu'elle n'ait pu trouver le temps d'assister à ce banquet. Elle a du travail à l'observatoire.

Bien que son ton fût amène, ce qu'il impliquait ne m'échappa point. Sanau avait été invitée, mais elle avait décliné l'invitation. Elle avait probablement dit avec un soupir : « Cher Yargo, j'ai assez vu cette créature, faites-moi grâce pour ce soir. »

Il reprit la parole.

— Comme vous semblez manifestement aimer la beauté, j'imagine que ça doit être un trait de caractère et un désir naturels des femmes de votre planète. C'est vraiment dommage que vous négligiez tant de choses. Il n'y a pas de raison pour que toutes vos femmes — et vos hommes — ne puissent être de parfaits spécimens physiques.

— Vous voulez dire que nous pourrions y faire quelque chose ?

Il hocha la tête et se lança dans des explications tandis que je dévorais des yeux son incroyable visage. Il ne prêtait nulle attention à ma façon de le dévisager. J'écoutais vaguement tout en laissant imprudemment mon regard errer sur ses pommettes, puis sur son nez droit, avant de revenir à ses yeux merveilleux. Pendant tout ce temps, j'avais absolument conscience de ne rien faire pour servir ma propre cause. Je musardais, plongée dans une léthargie hypnotique. A ce moment-là, mon propre destin me semblait, d'une certaine façon, dénué d'importance. La seule chose qui comptait était de le regarder, de me rappeler chaque muscle de son visage, chaque expression de ses yeux, le son de sa voix. J'étais droguée par un barbiturique émotif. Je le savais, et cela m'était indifférent.

Je me contraignis, je ne sais comment, à essayer de comprendre ce qu'il disait et à me reprendre, au moment où il allait terminer son exposé.

— Le corps est semblable à un arbre, disait-il. (Je clignai des yeux, faisant un effort pour suivre son raisonnement.) Il devrait gagner en beauté avec l'âge. Un Yargonien, en vieillissant, n'est jamais marqué par les rides. De la naissance à la mort, son visage reste intact.

J'essayais d'assembler les mots qui traînaient dans mon subconscient. Je les avais tous entendus. Il avait dit quelque chose à propos de l'air et, à ce moment-là, j'avais remarqué qu'il avait une fossette au menton. Il avait parlé des bombes humidifiantes et des bombes déshydratantes alors que je me livrais à un inventaire de ses sourcils.

Cela dépassait largement mes facultés de compréhension, mais j'inclinais la tête comme si j'étais parfaitement d'accord.

Pour couronner le tout, il me lança un de ses sourires électrisants et dit :

— Et, avant tout, il y a la tranquillité d'esprit et l'absence d'agressivité individuelle qui règnent sur notre planète. Mais je suis sûr que vous en avez assez entendu. Je suis également certain que le seul vrai problème qui occupe vos pensées est la décision que nous avons été obligés de prendre à votre sujet. Puis-je dire que je suis infiniment désolé qu'elle n'ait pu être plus satisfaisante pour vous personnellement.

Eh bien, ça y était ! L'occasion favorable que j'avais appelée de tous mes vœux, il me l'avait offerte, il avait pris des risques et s'était exposé à entendre mon plaidoyer.

Eh oui ! Son innocence était extrêmement habile. Un plaidoyer de ma part serait maintenant cousu de fil blanc. Il m'avait mise sur la défensive, mais il n'avait pas un esprit assez tortueux pour avoir déjoué mes intentions. On ne me supposait pas une grande intelligence. Il valait donc mieux que j'agisse de la façon la plus simple.

— Je vous en prie, dis-je, renvoyez-moi chez moi.

Il me regarda pendant un moment. Il y avait de la compassion dans ses yeux. De la compassion, et pourtant je sentis fondre mes espoirs car, à cette compassion, il manquait étrangement quelque chose. De la sympathie, oui, c'était ça. Il comprenait ma situation, était capable de percevoir l'urgence de mon désir, mais il manquait de sympathie pour saisir la profondeur de ma détresse. Son intelligence supérieure lui permettait de comprendre les sentiments de toutes les créatures. De comprendre, mais pas de sentir. Je sus à n'en pas douter à ce moment-là qu'il était incapable de ressentir quoi que ce fût.

Pourquoi cet être supérieur ne pouvait-il comprendre le malheur ? Etait-ce parce qu'il n'avait jamais éprouvé ce sentiment ? Un homme comme le Yargo ne devait pas savoir ce que c'était que de se sentir frustré, malheureux, triste. Il ne connaîtrait jamais l'humiliation de se sentir inférieur.

L'espace d'un instant, il ne répondit pas. Tout d'abord, j'eus peur qu'il ne parlât plus. Il reporta toute son attention sur les danseuses qui en arrivaient alors à la fin de leur exhibition. Il se leva pour leur signifier qu'il avait apprécié leurs efforts. Elles se laissèrent tomber, face contre terre, en signe de gratitude. Cela semblait s'éterniser, mais elles finirent par s'incliner pour prendre congé, et il se retourna vers moi.

— Je m'attendais à votre requête, ma petite amie. C'est avec les plus profonds regrets que je dois répondre que je ne puis y accéder.

Je me détournai. Je ne voulais pas qu'il vît les larmes qui m'étaient montées aux yeux, de crainte de causer une nouvelle panique.

Peut-être sentit-il les sentiments que j'éprouvais, car il continua de parler, alors que je gardais les yeux baissés.

— Janet... c'est votre nom. Janet, répéta-t-il. Janet, lorsque vient la maturité, nous apprenons qu'on doit accepter certains faits. Ma petite amie, pour vous, la maturité ne fait que commencer. Vous ne pouvez retourner sur votre Terre. Vous ne pouvez rester ici. Quand vous accepterez ces faits, vous aurez accompli un grand pas en avant.

— Comment ? (Je continuais à détourner les yeux, mais on sentait les larmes dans ma voix.) En acceptant la défaite ?

— La défaite est quelquefois une victoire morale.

— Je ne peux comprendre cela.

Sanau n'avait rien dit sur le fait d'entamer une discussion. Cependant, d'une certaine façon, je savais qu'elle suffoquerait de rage à la seule pensée que j'eusse osé trouver à redire aux propos de cet homme.

— Ce n'est pas difficile à comprendre. (Son charme était toujours aussi prenant.) Une fois que nous avons eu la volonté d'accepter ce que, sur le moment, nous considérons comme une défaite, nous avons déjà progressé. C'est seulement lorsque nous sommes parvenus à ce que la raison commande aux émotions que nous commençons à tirer le maximum de notre esprit.

Mes arguments s'effondraient avec mes espoirs, et ensemble, ils s'en allaient mourir tristement. Battue à plate couture, je me tournai vers lui.

— D'accord. Alors, dites-moi comment parvenir à cet état.

Je lus un véritable respect dans son regard, et, malgré mon désespoir, son approbation me procura un plaisir incontestable. Cette satisfaction d'un instant était injustifiée, et je le savais. Son signe de tête approbatif était la signature formelle de mon arrêt de mort, et j'étais en train de me soumettre bassement.

J'étais prise au piège de son magnétisme, et je luttais avec la férocité d'un vairon. J'aurais dû haïr cet homme. Il n'était pas différent des autres, n'était le magnétisme invraisemblable dont il était doué — ce pouvoir surnaturel attribué aux dictateurs comme Hitler et Napoléon. Les criminels eux-mêmes le possédaient à un degré inquiétant. Utilisé dans le bon sens, il pouvait accomplir des miracles, mais chez un égocentrique forcené, il pouvait détruire — exactement comme j'allais être détruite. Je partirais pour Mars.

Il parlait de Mars. Je fis un effort pour que mon cerveau embrumé se pénétrât de ses paroles.

— Je présume qu'on vous a informée que le souverain de Mars lui-même est à l'origine de notre intervention et de notre regrettable erreur.

J'acquiesçai.

— Vous a-t-on aussi expliqué à quel point était sincère notre désir d'aider votre planète ? C'est le seul mobile de notre action.

— Y a-t-il quelque chose qui ne va pas sur notre planète ?

En cet instant, ça m'était bien égal.

— Non. C'est votre soleil qui nous inquiète.

Notre soleil ? J'avais entendu dire un jour qu'il tomberait

sur la Terre ou un truc de ce genre. Mon intérêt augmenta légèrement.

— Qu'est-ce qui ne va pas dans notre soleil ?

— C'est une céphéide.

Une céphéide ? Je n'avais aucune idée de ce que ça pouvait être, mais, d'après son intonation, on aurait juré qu'il s'agissait d'une sorte de maladie sociale. Je pouvais prendre un air entendu et mourir de vieillesse sur Mars en me demandant encore ce qu'était une céphéide, ou bien je pouvais m'en tirer en posant la question. Comme, jusque là, je ne les avais pas subjugués par ma brillante intelligence, je posai la question.

— Une céphéide est une étoile pulsante dont le rayonnement, l'éclat et la consistance peuvent varier et osciller dans un flux et un reflux très puissant. Elles augmentent et diminuent de taille en raison des pressions internes invraisemblables auxquelles elles sont soumises.

S'il m'avait répondu dans sa propre langue, je n'en aurais pas moins compris.

J'essayai donc de frapper à l'aveuglette.

— Tous les soleils ne sont-ils pas semblables ?

— Non, ma chère amie. Un soleil n'est pas toujours une céphéide, mais une céphéide est toujours un soleil.

Malgré mon accablement, je ris aux bonnes vieilles phrases américaines à double sens que je retrouvais dans la bouche de Sa Grandeur, mais il n'y avait pas la plus petite lueur d'amusement dans ses yeux. Je demandai combien de soleils dans l'univers étaient des céphéides. J'étais sûre que nous ne pouvions être la seule planète ainsi disgrâciée. Bien qu'il n'eût, ni d'une parole ni d'un geste, laissé entendre qu'être une céphéide n'était pas ce qu'il y avait de mieux, je sentais d'une certaine façon que ce n'était manifestement pas le genre de choses à crier sur les toits.

— Il y a beaucoup de céphéides, répondit-il, mais aucune ne court le danger qui menace aujourd'hui votre soleil.

Cela semblait urgent. Pendant une fraction de seconde, j'en oubliai l'imminence de mes propres malheurs.

— Le leader de Mars a attiré notre attention sur ce danger, il y a sept ans.

— Est-ce à ce moment-là que vous avez envoyé vos premiers vaisseaux ? demandai-je. Est-ce au moment où a débuté la « grande peur des soucoupes » ?

— Non, ce n'était pas la première fois que nous observions votre planète. Seulement c'était la première fois que nous envoyions des vaisseaux dans un rayon aussi court, ce qui les rendait visibles à l'œil nu. Nous surveillons votre planète depuis plusieurs siècles. Mais ce sont vos récentes explosions atomiques qui nous ont vraiment inquiétés.

Brusquement, les pièces du puzzle commencèrent à s'emboîter les unes dans les autres.

— Est-ce la raison pour laquelle vous vouliez voir le Dr Blount ou le Pr Einstein ?

Il fit oui de la tête et l'inquiétude voila quelque peu l'éclat de ses yeux.

— Je ne devrais pas vous accabler de ces problèmes, mais puisque vous êtes malheureuse, peut-être serez-vous plus compréhensive si vous saisissez les bonnes intentions et la nécessité urgente qui nous ont amenés à prendre des mesures aussi énergiques, et cela pour en...

Il s'arrêta brusquement.

— Et cela pour en arriver à une grossière erreur, terminai-je pour lui.

Son sourire était doux et mélancolique comme si, maintenant que j'avais enfin compris sa position, il pouvait commencer à manifester de la sympathie pour la mienne.

— Vous vous rendez compte, répéta-t-il, que, loin de vous vouloir personnellement du mal, nous avions l'intention de sauver votre système solaire.

— Mais quel danger exact court notre soleil ? Et quel rapport avec les explosions atomiques ?

Il hésita. Cette fois, c'était moi qui lisais dans ses pensées. Valais-je la peine qu'il se lançât dans les explications compliquées qu'exigeait manifestement ma question ?

Il prit une décision soudaine et se leva brusquement.

Tous les autres se levèrent et se laissèrent tomber face contre terre.

Je restai assise.

Il s'adressa dans sa propre langue aux formes prosternées. Leader Corla et plusieurs autres leaders partirent immédiatement.

Il se tourna vers moi. Je le regardai, plongée dans une extase qui me paralysait à moitié.

— Nous allons nous rendre à l'observatoire. Je m'efforcerai de vous l'expliquer par des exemples.

Je sortis de la salle de bal en compagnie de deux gardes. Tout le monde galopait dans tous les sens. Le Yargo avait disparu par le mur.

Une voiture attendait dehors, et je fus stupéfaite de voir que

Sanau y était installée avec Leader Corla. On l'avait même avertie du tour étrange qu'avait pris la soirée. Le Yargo avait évidemment ses propres moyens de transport.

Cet observatoire était plus grand que celui où s'était déroulé mon procès. Le Yargo et plusieurs leaders étaient déjà là lorsque nous arrivâmes. J'étais trop abasourdie par la soudaineté de ces événements pour discuter de la situation avec Sanau, et elle-même était descendue de voiture sans explication. Le voyage avait été rapide, silencieux et anormalement tendu.

Apparemment, tout était en ordre, attendant notre arrivée. Sanau me conduisit sans un mot vers un télescope. Je m'en approchai sans rien dire non plus et me tournai vers elle, le regard interrogateur.

Elle y colla son œil, procéda à un léger réglage, puis tourna l'appareil vers moi.

— Regardez la Lune, la Lune de votre planète.

Son éclat était si aveuglant que je ne pouvais en supporter le rayonnement que durant quelques secondes à la fois. Je la regardais pendant un instant, j'en détournais les yeux, mais je me contraignais chaque fois à y revenir. Si proche, et pourtant dans un autre système solaire. Nulle part, sur notre Terre, nous ne possédions de télescope qui approchât même de loin cette puissance.

Cette lune répandait sa lumière argentée sur ma Terre. Sur David, sur ma mère, mes amis. Sur des amoureux dans un sentier retiré, sur des enfants qui priaient à genoux près de la fenêtre de leur chambre. Elle était blanche et étincelante et marquée de ces trous profonds de cratères que j'avais vus sur de nombreuses illustrations. Elle avait l'air glaciale, inhabitable, suppliciée, et cependant, en cet instant, je sentis que je préférerais me trouver sur cette planète froide que sur Yargo, parce que c'était *notre* lune.

Leader Corla dit quelque chose d'un ton cassant, et Sanau me proposa de regarder Mars grâce à un autre télescope. Je lui obéis.

Mon nouveau chez moi. Il n'était pas aussi brillant que la Lune, mais il semblait tout aussi désolé. Une grosse boule peuplée d'hommes-lézards qui attendaient leur nouvelle citoyenne. Quelques larmes d'apitoiement sur moi-même brouillèrent ma vision.

Je vis ensuite une lune de Yargo. Son éclat était insupportable, mais au bout d'un moment mes yeux s'y accoutumèrent. A présent, dit le Yargo, mes yeux étaient capables de fixer le soleil.

Cette fois, on me mit des lunettes noires, et on régla convenablement un autre télescope. Malgré cette précaution, l'invraisemblable rayonnement me fit venir les larmes aux yeux. Je les fermai, essayai de nouveau, les fermai, essayai une fois encore. Au bout d'un certain temps, je fus capable de supporter la lumière pendant près d'une minute.

— Une explosion atomique aura lieu sur votre Terre dans quelques minutes, expliqua le Yargo. Quand l'explosion se produira, je vous ferai signe. Je veux que vous regardiez alors votre soleil.

J'approuvai sagement et abandonnai le télescope. Sanau me conduisit vers un banc.

— Nous avons sept minutes, expliqua-t-elle. (Puis elle ajouta après coup :) Je présume que Sa Grâce vous a dit que votre Soleil est une naine orange.

Le Yargo opina de la tête, et je ne fis rien pour le contredire. Une naine orange ? Il n'avait rien dit de ce genre. Simplement que c'était une céphéide. Cette nouvelle expression me sembla plus inquiétante encore. Tous ces noms bizarres dont on accablait notre pauvre Soleil. Je ne pus m'empêcher de penser à tous ces malheureux qui, en ce moment, sur notre Terre, étaient peut-être allongés sur des plages en train de s'imprégner de ses rayons, ignorant totalement qu'ils avaient hérité d'un soleil aussi minable.

— La seule chose que nous pouvons espérer est qu'il ne se transformera pas en nova, ajouta-t-elle.

Sanau se rendit compte, d'après mon expression, que j'étais complètement désorientée. Alors, tout en réglant des télescospes et en consultant des cartes, elle essaya de me donner des explications. On aurait dit qu'elle comprenait que le Yargo n'avait même pas encore commencé à sonder la pauvreté de mes capacités mentales.

— Les novae, les phénomènes les plus stupéfiants de notre univers, sont des étoiles qui ne connaissent brusquement plus de bornes. Les étoiles les plus aptes à se transformer ainsi sont les céphéides. Et parmi les céphéides, il existe un type d'étoile qui a le plus de chances d'exploser. C'est la naine orange.

C'était nous ! Alors, une idée nouvelle, horrible, me vint à l'esprit. Notre Soleil ! Peut-être était-ce la petite explosion que nous attendions tous, assis en rond. J'exprimai immédiatement cette crainte.

Non, il n'allait pas exploser. Pas dans l'immédiat. Nous

attendions une explosion mineure. L'essai d'une toute nouvelle bombe à hydrogène.

— Comment savez-vous qu'on va expérimenter cette bombe sur la Terre ?

Ma curiosité était si vive que cette discussion, avec tous ces termes, toutes ces notions jusqu'alors inconnus pour moi, demeura à jamais gravée dans ma mémoire.

— Nos vaisseaux spatiaux nous l'ont signalé.

C'était parfait. Vraiment, nous jouissions de beaucoup d'intimité ! Je pensais à nos efforts considérables pour préserver nos secrets contre des agents étrangers ou des gens de notre propre pays. Et ici, ces gens — assis bien tranquillement en rond — observaient le moindre de nos mouvements, sachant à une seconde près à quel moment une bombe atomique allait exploser sur la Terre.

Je me tournai vers le Yargo.

— Mais notre Soleil, il explosera, en fin de compte ?

Je pensais à ma mère et à David.

— Nous sommes incapables de dire quand explosera une étoile. (Sa voix était empreinte de sympathie comme s'il désirait empêcher cette éventualité.) Cependant, nous sommes capables de reconnaître certains signaux de danger, bien avant qu'une céphéide devienne une pré-nova.

— Sommes-nous une pré-nova ?

— Non. Mais votre Soleil est perturbé de façon très précise, et si cette perturbation s'aggrave régulièrement, qui peut prévoir l'issue ?

Sanau me tapota l'épaule et me fit signe de prendre place derrière le télescope. Je présumai que le compte à rebours arrivait à son terme.

— C'est de ces perturbations que le Yargo veut que vous soyiez témoin, expliqua-t-elle. Puis elle s'adressa à Leader Corla dans sa langue. En réponse, il regarda sa montre, lança quelques ordres d'une voix sèche et régla son propre télescope.

Je collai mon œil à l'engin qui se trouvait devant moi. Notre Soleil semblait en excellente condition.

— Fermez les yeux, me conseilla le Yargo. Il n'est pas nécessaire de les fatiguer. Nous compterons à haute voix les dernières secondes. Ouvrez les yeux à un.

J'étais là, derrière mon télescope, les yeux fermés. Les autres s'installèrent à leur poste. Le Yargo croisa les bras d'un air ennuyé et résigné. Il avait été trop de fois témoin de ce spectacle. Pendant un moment, il n'y eut que le silence de l'attente. Puis Sanau commença à compter.

— Dix... neuf... huit...

Je me tenais toute raide, les paupières hermétiquement closes, prête à bondir lorsque j'entendrai un.

— Quatre... trois... deux...

— *Un* !

J'ouvris les yeux ! Je m'attendais presque à entendre le bruit de l'explosion, à voir se former le grand champignon de la destruction, mais seule m'accueillit la brillance silencieuse et aveuglante du Soleil, puis je le vis. Au début, ce n'était guère plus qu'une légère tache noire, tel un crapaud dans un brillant. Puis, soudain, cette tache projeta une petite montagne de feu, comme si le Soleil avait violemment lancé un fragment de lui-même dans l'espace. Il revint à la vitesse à laquelle il avait été lancé, et il n'y eut plus alors que la brillance aveuglante et la petite tache noire.

A présent, mes yeux ne voyaient plus que cette tumeur noire. Elle ressemblait à un tourbillon sans fond, sombre présage de malheur.

Sanau traversa la pièce et débrancha mon télescope.

— Vous l'avez vu ? demanda-t-elle paisiblement.

— J'ai vu quelque chose. Qu'est-ce que c'était ?

Je me tournai vers le Yargo.

— Vous appelez cela des taches solaires, répondit-il.

— Vous voulez dire que les savants de notre Terre ne peuvent pas les voir ?

— Pas très précisément, car vous ne possédez pas de télescope qui soit comparable à un instrument comme celui-ci. Il est impossible d'avoir une vue vraiment correcte du Soleil à partir de votre Terre, les rayons ultra-violets vous éblouiraient. Nous avons fabriqué une lentille filtre...

Il s'arrêta, sentant qu'une explication sur ce sujet ne ferait que le retarder inutilement.

— Une tache solaire, comme vous dites, poursuivit-il, indique des remous internes, comparables à un volcan à l'intérieur d'un volcan, et chaque explosion atomique qui se produit sur votre Terre crée des taches plus grandes et plus accentuées.

— Mais j'ai entendu parler de taches solaires, insistai-je, je suis sûre que nos scientifiques en ont connaissance.

— En ont connaissance, oui, mais admettent l'importance du danger, non. Ils ne sont pas d'accord quant à la possibilité que les taches solaires fassent se transformer une céphéide en pré-nova. Légitimement d'ailleurs, puisqu'ils ne disposent pas d'appareil leur permettant une observation précise. Cependant, le Dr Blount et quelques autres spécialistes de l'astrophysique ont émis des théories sur cette possibilité, mais le gouvernement qui a la charge de votre puissance militaire ne peut abandonner ce qu'il considère comme des mesures de défense vitales en se fondant sur la théorie de quelques savants. A moins que ce ne soit un fait patent, aucune nation ne reviendra sur sa décision de fabriquer et d'expérimenter des moyens de défense. Comme votre planète est divisée en un grand nombre de nations et de gouvernements, chaque nation faisant concurrence à l'autre pour le contrôle de l'énergie, donner le pouvoir à une seule partie pourrait aisément devenir un problème purement politique. On ne peut rien faire tant que n'existera pas un accord universel. C'est un obstacle considérable.

Il hocha tristement la tête.

Malheureusement, c'était exact. Nous ne cesserions d'expérimenter des bombes que lorsque nous serions sûrs que les autres pays en faisaient autant. Eh oui, autant que je pouvais en juger, le Soleil était condamné.

— Qu'est-ce qui arrive quand le Soleil explose ? demandai-je avec une curiosité presque morbide. Est-ce qu'il éclate brusquement ou est-ce qu'il y a des signes avant-coureurs ?

— Ce n'est pas un spectacle aussi dramatique que vous pouvez l'imaginer, dit-il, mais cependant c'est un phénomène fabuleux à observer... pour les habitants d'un autre système solaire.

— Ça doit ressembler à une énorme chandelle romaine. Une chandelle romaine avec des gens à l'intérieur.

— Lorsqu'une céphéide explose, expliqua-t-il lentement et avec une infinie patience, elle se transforme en une gigantesque boule de feu. En un bref laps de temps, d'une petite étoile sans importance naît un véritable phénomène du ciel. Bien avant que ne se produisît l'explosion finale, toute vie aurait pris fin. Les océans s'évaporeraient et deviendraient des déserts au sol marqué de cicatrices. La Terre se fendrait et se dessécherait, toutes les choses vivantes périraient. Puis la température monterait et le feu envelopperait toute votre planète, la gazéifiant entièrement. La chaleur intense gagnerait l'orbite de plusieurs planètes du voisinage, en particulier Mars, et, bien que Mars pût échapper à l'anéantissement total, toute vie y serait détruite.

Je respirai profondément. Pas étonnant que Mars s'inquiétât tellement.

— Mars a conscience de ce danger, poursuivit-il comme s'il suivait le fil de mes pensées, mais comme ils n'ont pas de vaisseaux spatiaux, ils ne disposent d'aucun moyen d'avertir votre planète de ce péril. Il ne leur restait d'autre solution que de nous contacter. Nous avons simplement agi, en l'occurrence, comme un peuple ami les représentant. Votre nova ne devrait, en aucune façon, affecter notre système solaire.

— Mais qu'est-ce qui arrive au soleil après l'explosion ? Est-ce qu'il continue sa course, brûlant tout sur son passage ?

— En fait, non. Au bout d'un certain temps, comme tous les feux, celui-ci s'éteindrait de lui-même, mais pas avant d'avoir détruit tout votre système solaire. Même des planètes aussi éloignées qu'Uranus ou Neptune seraient touchées, car toutes les planètes et leurs satellites ont besoin de graviter autour du Soleil. Sans ce pivot, elles partiraient à la dérive. Certaines se briseraient et deviendraient des astéroïdes, certaines pourraient même aller jusqu'à la bordure d'autres systèmes solaires, mais celui que vous connaissez aujourd'hui cesserait d'exister.

— Qu'est-ce qui arrive au Soleil lui-même ? Il se transforme en cendres ?

— Il devient ce qu'on appelle une naine blanche. Il rapetisserait jusqu'à atteindre la moitié de sa taille et serait fantastiquement lourd, avec une densité qui peut aller jusqu'à 1 000 000. Il aurait une très faible luminosité.

— Croyez-vous qu'il y ait une chance pour que nos savants apprennent toutes ces choses avant qu'il ne soit trop tard ?

— Ils connaissent déjà la plupart des faits dont je vous ai parlé. Ce n'est que le péril des explosions atomiques qu'ils ignorent, et à quoi ressemble exactement ce qu'ils appellent des « taches solaires ». Ils prédisent que ces événements ne se produiront pas avant des milliards d'années. Mais il n'est nul besoin qu'ils arrivent jamais. Votre Soleil — toute céphéide qu'il soit — peut ne jamais devenir une nova si on le traite avec précaution. Inversement, s'il y avait une aggravation nouvelle et importante, cela pourrait même se produire au cours de votre vie.

Je bondis littéralement. J'agrippai Sanau par le bras.

— Il faut que j'avertisse les Terriens... (Je me détournai de son visage sans vie pour regarder le Yargo.) Je vous en prie, laissez-moi rentrer, laissez-moi le leur dire.

Je sentis les mains de Sanau qui me retenaient devenir des griffes d'acier, par crainte que je ne fisse un pas de plus pour me rapprocher du Yargo.

Je ne lâchai pas pied, mais mes yeux scrutaient ceux du Yargo, ardemment, à la recherche d'un signe d'accord, d'une lueur de compréhension. Je voyais deux joyaux extraordinaires, durs, étincelants, des joyaux si parfaits qu'ils ne reflétaient que l'éclat de la beauté sans la moindre trace de compassion humaine.

Je me détournai. Je n'avais même pas besoin d'écouter sa réponse. Elle vint, exactement telle que je la prévoyais, exprimée avec bonté et sympathie, mais dans un contexte qui ne me laissait pas d'espoir.

— Mon enfant, si nous avions eu la grande chance de nous assurer de la personne du Dr Blount, nos découvertes auraient été présentées de façon scientifique à votre peuple par cet homme éminent, comme s'il s'était agi de ses propres estimations. Il aurait pu convaincre les Terriens grâce à son autorité et au respect dans lequel vous le tenez. De cette manière, nous pouvions nous retirer de la scène. C'était notre intention première. Le Dr Blount aurait eu la sagesse de donner son accord. Il aurait compris aussi que votre peuple n'est pas prêt à accepter la théorie selon laquelle il existe d'autres mondes et d'autres races sans crainte d'être envahi ou sans avoir envie de devenir lui-même l'envahisseur. Oh non ! Il faudra plusieurs milliers d'années avant que votre peuple soit prêt à admettre une telle chose. Peut-être alors, si les Terriens ne se sont pas détruits eux-mêmes, et leur planète avec eux, deviendront-ils une nation.

— Je comprends votre logique et votre raisonnement, suppliai-je, mais je connais aussi les gens de ma planète. Je sais ce qu'ils pensent et éprouvent, quel que soit leur pays, parce qu'au fond nos rires, nos pleurs et nos espoirs ont les mêmes objets. Nous sommes semblables, plus semblables que vous et moi pourrions jamais l'être. C'est pourquoi je peux parler au nom de mon peuple. Je peux dire avec certitude que s'il savait sa planète menacée de destruction, peut-être que cette révélation entraînerait une unification qui aurait pu mettre des milliers d'années à se réaliser sans cela.

— Et qui leur parlera et les conseillera ? Vous ?

Je fus incapable de répondre. Qui allait leur parler et les conseiller ? Moi ? Janet Cooper ? Janet Cooper, ex-secrétaire ? La fiancée de David ? Il avait raison. C'était une idée absurde, irréalisable.

Comme s'il avait brusquement pris conscience du temps précieux qu'il avait accordé à un être aussi insignifiant, il eut une façon presque brutale de prendre congé.

Son dernier conseil me fut donné en phrases courtes, concises.

— Je me fie à vous pour que vous compreniez les craintes qui assaillent les braves gens de Mars et j'espère que ce lien commun vous aidera à trouver paix et contentement dans ce monde nouveau. Bonsoir et au revoir. Je vous souhaite un bon voyage.

Il s'inclina et disparut avant que je pusse exprimer d'un signe de tête ahuri que j'acceptais. Les trois leaders le suivirent à distance respectueuse, et Sanau m'escorta jusqu'à la voiture qui attendait.

Le grand soir était venu et s'en était allé.

Chapitre 15

Le matin où ils vinrent me chercher, le ciel était triste et gris. Même la montagne, d'ordinaire étincelante, semblait enveloppée d'une brume épaisse. J'avais imaginé que les « conditions parfaites de vol » existeraient, mais en mon jour J personnel le temps était aussi morose que mon état d'âme.

Nous formions un petit groupe sinistre lorsque nous partîmes pour l'astroport, Sanau, Leader Corla, Leader Kleeba, deux astronautes et moi-même. Nous restâmes silencieux tandis que la voiture traversait en coup de vent pour la dernière fois le paysage maintenant familier. C'était comme si nous nous étions tacitement mis d'accord sur l'énormité du voyage qui nous attendait. Sanau regardait droit devant elle, et chaque centimètre de son corps tendu semblait crier : « Vous voyez, je n'aime pas plus que vous l'idée de faire cette petite balade. Moi aussi je suis obligée d'y aller. »

Au moins, elle allait revenir !

L'astroport était également gris et froid. Il n'y avait pas de soleil pour danser sur le grand champignon argenté dont l'immense couronne circulaire tournoyait déjà, s'échauffant pour le vol, comme s'il montrait son impatience à décoller. Tout était gris. Le ciel, le vaisseau, et même la matière des tenues spatiales que nous portions étaient d'une tristesse assortie au temps.

Pas de fanfare pour me voir partir, pas même un simple curieux. L'astroport était vide, à l'exception de quelques mécaniciens chargés de la vérification minutieuse du vaisseau. L'escalier que je gravis en tremblant, le seul moment de désespoir où je me retournai pour regarder une dernière fois Yargo, la planète supérieure et inamicale qui me rejetait, et puis, le vaisseau spatial lui-même.

On m'attacha dans la position adéquate sur la petite couchette, j'acceptai la piqûre pour le décollage sans poser de question et nous partîmes.

Je ne sais pas exactement combien de temps je dormis sous l'effet du sédatif. Sanau lisait quand je m'éveillai. Leader Corla et Leader Kleeba travaillaient sur des documents qui avaient l'air officiels. C'était une scène intime, intime et paisible. On avait l'impression d'être dans le wagon-bar d'un train se dirigeant vers une destination familière.

Lorsque j'ouvris les yeux, Sanau me gratifia d'un signe de tête on ne peut plus sec. Ce n'était pas un signe d'amitié, ni même destiné à me rassurer. Il disait simplement qu'elle prenait acte du fait que j'étais en vie.

Je restai longtemps allongée sur la couchette. J'essayai de rassembler mes esprits, mais mes pensées refusaient de prendre une forme cohérente. Jusqu'à l'heure du décollage, j'avais nourri le secret espoir qu'un événement se produirait pour empêcher cette catastrophe. Et pourtant, j'étais bien en route pour Mars !

Je restai là, l'esprit en veilleuse, pleinement consciente de me complaire dans un état d'anesthésie. Je ne voulais pas penser, car, enfouie sous mon chagrin, gisait une douleur plus profonde : je savais que, par un seul clignement de ses beaux yeux, il aurait pu éviter toute cette tragédie, et qu'il avait manqué du désir ou de la compassion qui aurait pu y mettre obstacle.

Le désespoir en soi est un sentiment qui vous met au supplice, mais le désespoir que vous inflige quelqu'un que l'on respecte est insupportable. Quelle que fût ma façon d'éluder cette idée, je savais sans l'ombre d'un doute qu'à l'instar du dernier des Yargoniens mon cœur et mon esprit étaient complètement sous l'empire de cet ineffable souverain. J'étais absolument envoûtée et la crainte que m'inspirait mon bannissement était entièrement éclipsée par la douleur de quitter cet homme. Ne jamais le revoir. Qu'avait donc dit Sanau ? Ne plus jamais avoir le droit de voir ce qu'il voit, d'admirer ses qualités de chef. La vie ne vaudrait plus la peine d'être vécue.

Il aurait été normal, j'imagine, que mes pensées se fussent tournées vers David. Quelle chose infime était le sentiment que j'avais baptisé du nom d'amour ! David qui tremblait devant un ordre de M. Finley. David qui m'appelait mon petit chou et qui avait l'air si net et si propre, si strict dans son costume de tissu léger. Mais David ne m'aurait pas fait ça. Il m'aurait protégée. Cette idée fit déferler en moi de nouvelles vagues de désespoir et de juste colère contre ma récente idole.

Je bondis de ma couchette et me réfugiai près d'un hublot. Je fouillai du regard l'infini de l'espace avec l'espoir d'échapper aux pensées qui me harcelaient. L'espace, rien que l'espace sans limite au-dessus de l'atmosphère grise. J'observai un vaisseau noir qui passait en vrombissant. Il ressemblait à un long cigare et ses hublots crachaient de vilaines flammes. J'avais lu quelques rapports sur ces vaisseaux, de même que sur les « soucoupes ». C'étaient probablement des vaisseaux de reconnaissance qui notaient notre vitesse et regagnaient Yargo, porteurs de renseignements sur notre progression.

Sans m'éloigner du hublot, je m'adressai à Sanau pour lui demander quelle était la mission exacte de ces vaisseaux en forme de cigare.

— Quels vaisseaux en forme de cigare ? demanda-t-elle.

— Les longs vaisseaux qui jettent des flammes. Plusieurs de nos pilotes les ont vus aussi. Ils sont plus petits que le nôtre. Mais, d'après ce que j'ai lu dans les journaux de chez moi, ils se déplacent à une vitesse étonnante.

Elle traduisit manifestement mes paroles aux leaders car ils levèrent tous deux les yeux, puis elle me sourit avec un certain mépris.

— Oui, nous avons entendu parler de ces comptes rendus provenant de votre Terre. A une des dernières émissions de radio que nous avons captée, quelqu'un affirmait avoir vu trois de ces objets. Il n'y a pas de vaisseaux en forme de cigare. Un pilote de votre Terre qui prétend avoir vu un tel vaisseau ne cherche qu'à se faire de la publicité et à attirer l'attention.

Je ne répondis pas, tant il était évident à mes yeux que, je ne sais pour quelle raison, Sanau était décidée à faire de ces vaisseaux une affaire personnelle. Peut-être s'agissait-il d'une arme secrète sur laquelle ils travaillaient. Peut-être que Mars ignorait tout de cet engin et qu'elle ne jugeait pas nécessaire que j'y débarque en sachant des choses qui n'étaient pas prévues au programme.

Je n'ai plus pensé à ces vaisseaux jusqu'à la fin du dîner. Ç'avait été un bon repas, bien que je me sentisse peu d'appétit pour l'apprécier. Tout au long, Sanau n'avait cessé de consulter des cartes. Mars, selon tous les calculs, devrait être en vue dans environ douze heures. Personne n'avait encore fait ce voyage et ils exultaient en voyant comme il se déroulait bien. Pas même une pluie de météorites ! Tout le monde semblait apprécier la traversée, sauf moi.

Je m'étais levée de table pour céder ma place à un des copilotes lorsque cette histoire de vaisseaux en forme de cigare me revint à l'esprit. Plusieurs fois au cours du repas, j'avais vu par le hublot le flamboiement de leurs lumières. Comme j'étais la seule à pouvoir, de ma place, regarder par le hublot, les autres ne savaient probablement pas ce que je voyais. Mais le dernier me sembla trop proche pour ne pas m'inquiéter.

Avec une extrême nonchalance, je dis :

— Est-ce que notre vaisseau a des feux de position arrière ou quelque chose pour le signaler ?

Sanau secoua la tête. Elle était trop absorbée par ses cartes pour répondre.

— Ma foi, nous ferions peut-être bien de pendre une lanterne ou un truc de ce genre, lui dis-je, parce que ce vaisseau en forme de cigare qui n'existe pas nous est presque rentré dedans.

Je ne m'attendais pas du tout à lire une telle expression sur son visage. C'était un mélange d'incrédulité et de réelle anxiété, et, lorsque je croisai son regard, la peur s'empara de moi. Sanau ne m'avait rien dissimulé. Elle avait dit la vérité.

Elle baragouina vivement quelque chose à Leader Corla et Leader Kleeba qui semblèrent tous deux avoir reçu un coup de poing dans l'estomac. Puis elle se tourna vers moi, fit un gros effort pour reprendre son sang-froid, et me demanda d'être extrêmement précise. Qu'avais-je vu, très exactement ?

Je lui en fis une description détaillée. Je lui rappelai aussi que je l'avais déjà vu. Elle transmit ces renseignements aux leaders. Le pilote bondit, la bouche pleine, et se précipita vers la salle de contrôle. A l'étage supérieur apparut l'autre pilote. D'après l'inquiétude qui se peignait sur son visage, je compris qu'il avait entendu mon histoire. Sanau la lui raconta de nouveau. Il hocha la tête, l'angoisse voilant ses yeux émeraude. Tout son corps semblait s'affaisser quand il repartit vers la salle de contrôle.

J'étais maintenant terrorisée. Leader Corla discutait avec Leader Kleeba, et Sanau regardait avec attention par le hublot, fouillant l'espace noir d'un œil inquiet.

Elle se détourna du hublot et sa voix sonna comme une cloche, couvrant la dispute des deux leaders. Elle leur donna un ordre d'une voix ferme, puis se tourna vers moi, comme si j'avais été de son côté dans la discussion qui opposait les Yargoniens, et réaffirma :

— Nous ne pouvons faire demi-tour. Il nous faut continuer.

Maintenant, tout le monde était nerveux.

— Si ce n'est un de vos vaisseaux, demandai-je, alors à qui appartient-il ?

Sanau hocha la tête.

— Nous avons voyagé dans l'espace pendant des milliers d'années sans voir d'autres vaisseaux. D'après ce que je sais, aucune planète d'aucun système solaire n'était jamais jusqu'ici parvenue à accomplir des voyages dans l'espace. Je n'affirme pas qu'on ne fait pas de voyages dans l'espace dans un système solaire situé à des millions d'années-lumière de nous. Mais un tel voyage devrait être limité aux systèmes solaires qui sont proches de celui de ces gens. Personne ne pourrait vivre assez longtemps pour parcourir une telle distance.

Elle s'arrêta, comme pour mettre de l'ordre dans ses pensées. Quand elle reprit la parole, ce fut avec une précision qui tenait plus de la pensée exprimée à voix haute que d'une véritable conversation.

— S'il existe un vaisseau spatial tel que vous l'avez décrit, alors ces gens ne peuvent venir que de notre système solaire, du vôtre, ou d'un système solaire situé à six années-lumière d'ici. Nos navigateurs ont passé au peigne fin ce dernier système. Lenea, leur planète la plus avancée, a à peu près, du point de vue de la civilisation, trois mille ans de retard sur votre Terre. Quant à notre propre système solaire, seules deux planètes ont progressé au point de pouvoir recevoir nos messages, mais non de voyager dans l'espace.

— Alors, d'où viennent-ils ?

Elle hocha de nouveau la tête.

— Je ne vois pas. Mars, Neptune, Jupiter et Pluton entretiennent tous un type de vie. Mars est la plus avancée...

— Et Vénus ?

— C'est peu probable, bien que ça ne soit pas impossible.

Elle s'arrêta une fois encore. Puis, comme si elle prenait une ultime décision : Non, ça ne peut être Vénus. Vénus est la seule planète de votre système solaire dont nous ne sachions pas grand-chose. Elle est entièrement recouverte de formations très épaisses de nuages. Les rares fois où nos pilotes ont essayé de les franchir, la densité des nuages et la lourdeur de l'atmosphère ont rendu impossible toute exploration systématique. Il n'y a aucun moyen d'étudier Vénus si on ne pénètre pas vraiment dans son champ d'attraction, assez près du sol. C'est toujours hasardeux, et, comme les chances de Vénus de posséder une vie, sans parler de vie intelligente, sont extrêmement faibles en raison de la pression atmosphérique, nous n'avons pas pris le risque d'une exploration plus poussée.

— Mais vous ne pouvez pas l'éliminer définitivement, insistai-je.

— Je crois que si. Une planète à ce point noyée dans le brouillard et les formations de nuages se trouverait devant un obstacle insurmontable pour étudier les autres systèmes stellaires. Donc, s'il existe une forme de vie sur Vénus, il est sage de dire que ses habitants s'imaginent être la seule forme de vie et la seule planète au monde. Ont-ils une lune ? nous n'en savons rien. Et je suis également sûre qu'ils ont très peu de soleil. Sur une planète aussi morne, la vie ne devrait pas progresser et, si elle le faisait, ces êtres ne pourraient pas en être arrivés au stade des vaisseaux spatiaux. A mon avis, cette lutte pour survivre devrait freiner toute véritable progression de la civilisation. Oh, non, au mieux, ce doit être une race arriérée qui a du mal à subsister.

Cela continua pendant plus d'une heure, Sanau se contraignant à envisager sans répit toutes les hypothèses pouvant aboutir à une solution, et se retrouvant à chaque fois dans la même impasse. Elle poursuivait inlassablement, mes questions servant de fil conducteur à ses réflexions. Mais on en revenait toujours au même point. Ils ne pouvaient exister. Mais ils existaient. De temps en temps, les leaders plaçaient leur mot et, comme Sanau s'exprimait dans sa propre langue, leur conversation m'échappait.

Tout le monde était terrorisé. Nous attendions que réapparaisse le mystérieux engin, mais on aurait presque dit que nos pensées s'étaient communiquées par télépathie à ces sinistres inconnus. A des millions de kilomètres à la ronde, il n'y avait que l'espace et les étoiles.

Personne ne dormait. Jusqu'au moment où l'univers froid et inhospitalier de Mars fut en vue, le voyage nous sembla durer une éternité. Au premier coup d'œil, Mars ressemblait à la Lune. Je distinguai de vagues traces de montagnes et quelques taches vertes et brunes. C'était étrange et merveilleux de voir cette boule solitaire dans le ciel et de savoir qu'elle se transformerait bientôt en un monde.

Nous nous préparions à pénétrer dans l'atmosphère de Mars lorsque tous les diables se déchaînèrent. Je ne vois pas d'autres mots pour l'exprimer. Cela commença par un pilote faisant irruption dans notre compartiment. Il l'avait vu ! J'étais incapable de comprendre ce qu'il disait, mais je n'avais qu'à regarder dans la direction qu'il désignait d'un air affolé pour savoir.

Je sus et je vis ! Ça se trouvait sur notre gauche, à environ cinq mètres, et ça s'intéressait nettement à nous. Ça se déplaçait avec la dextérité d'un épaulard, jouant avec nous comme si nous étions une grosse baleine impuissante. Ça n'avait manifestement pas l'air amical.

Le pilote harcelait Sanau de questions, mais elle restait ferme et secouait la tête. Leader Corla discuta sa décision. Elle la réaffirma plus fermement encore, puis, elle expliqua à mon intention la position qu'elle prenait. Elle avait l'impression qu'il n'était pas nécessaire de tirer sur cet engin. Jusqu'ici, il ne s'était pas montré belliqueux à notre égard. N'importe quelle forme de vie qui avait l'intelligence de créer un tel engin aurait celle d'éviter l'agression.

J'espérais qu'elle avait raison. Je voulais partager son optimisme, mais il me paraissait bien curieux que nous eussions vu ces vaisseaux depuis notre Terre, cependant que les Yargoniens, qui croisaient constamment dans le ciel, ne les avaient jamais vus. Je le lui dis et attendis son explication.

Elle se contenta de me répondre :

— Ils ne devaient pas vouloir être repérés par nous.

Leader Corla émit un avis différent. De nouveau, Sanau ne fut pas d'accord, mais elle s'exprima avec moins d'autorité. Je la regardai d'un air interrogatif. En ces moments de danger commun, elle avait cessé de me considérer comme un être inférieur. Nous devions affronter ensemble une menace qui nous était inconnue et pour l'instant, elle me traitait en égale. Et pourquoi pas ? Elle pouvait mourir tout aussi facilement que moi.

Elle expliqua que Leader Corla avait l'impression que l'engin était franchement hostile. Je jetai un regard vers le leader taciturne. Il avait perdu un peu de ses couleurs olivâtres. Même son crâne chauve avait l'air pâle.

— Pourquoi dit-il ça ?

Je luttais contre l'hystérie qui me gagnait.

— Il affirme, expliqua Sanau, que la raison pour laquelle nous n'avons jamais vu un tel engin vient du fait que, jusque-là, nous n'avons jamais voyagé seuls. Lors de nos voyages, il y a toujours un vaisseau-mère, et la flottille n'est jamais inférieure à douze vaisseaux. C'est la première fois qu'un vaisseau entreprend seul un tel déplacement. Le jour où nous vous avons repérée, un vaisseau-mère était stationné juste au-delà de l'atmosphère terrestre et onze vaisseaux-frères étaient dans les parages, attentifs à tout signal de danger. Maintenant que nous sommes seuls, cet étrange appareil n'a plus peur d'être vu.

Quelle que fût ma haine pour lui, je ne pouvais qu'être

d'accord avec le raisonnement de Leader Corla. Pourquoi le vaisseau se montrait-il de si près ? Même les Martiens devaient le voir. Je le dis à Sanau et, pour une fois, j'avais fait une remarque pertinente.

Elle fut prompte à réagir.

— Bien sûr ! Pourquoi n'y avais-je pas pensé ? Il faut que nous contactions Mars par radio pour leur demander ce qu'ils ont découvert.

Elle se précipita dans la salle de contrôle. Manifestement, les leaders ne mettaient pas grand espoir dans cette solution. Ils sombraient dans une noire mélancolie. Je restai avec eux, passant sans cesse de l'espoir au désespoir. Lorsque Sanau revint, l'expression de son visage ne fit rien pour accroître ma tranquillité d'esprit.

Elle parla aux leaders qui se levèrent immédiatement et se rendirent dans le poste de pilotage. Puis elle se tourna vers moi.

— C'est une sorte d'agression ennemie. Mars est dans un état voisin de la panique. Ils ont guetté notre arrivée depuis l'aube. Il y a trois heures, ils ont repéré le premier de ces vaisseaux. Naturellement, ils ont cru que c'était une de nos avant-gardes, et ils ont lancé des fusées éclairantes. Immédiatement, le vaisseau a émis un rayon mortel. Six Martiens ont été tués sur le coup, et un cratère de la taille d'une colline s'est creusé dans le sol. Les Martiens se sont mis à l'abri, mais sept groupes de volontaires attendaient notre signal. Ils ont eu peur de nous en envoyer un de crainte qu'il pût être déchiffré, mais ils nous demandent de ne pas atterrir.

Alors, qu'allions-nous faire ? Maintenant, l'épaulard n'était plus seul, il était accompagné de six autres bêtes. Ils entouraient notre vaisseau, mais pour le moment ils n'attaquaient pas.

— Ils doivent probablement savoir que nous pourrions détruire plusieurs de leurs vaisseaux avant qu'ils parviennent à nous anéantir, dit Sanau d'un air sinistre.

Personne ne répondit. Nous pouvions tenir plusieurs jours avant d'être à court de carburant, mais ils étaient sans aucun doute capables d'attendre plus longtemps encore en retournant vers un vaisseau-mère pour y refaire le plein.

Nous tenions bon, immobiles dans l'espace, mais en continuant à gaspiller notre précieux carburant. Les autres aussi nous attendaient.

Il fallait prendre une décision. Tout le monde fit des suggestions. On écouta celles de chacun et on les étudia sérieusement

— y compris les miennes. Mais aucune n'apportait vraiment une solution.

Joindre Yargo par radio pour demander de l'aide était impossible. Il était également devenu impossible d'atteindre Mars par radio. Le cordon de vaisseaux ennemis qui encerclait le nôtre nous enlevait toute chance de faire passer nos messages. Et visiblement, les radars de Yargo ne devaient plus nous suivre. Nous arpentions tous la cabine, de plus en plus tendus à mesure que les heures passaient. Et l'attaque ne venait toujours pas.

Les hublots brillants de nos inquiétants adversaires nous entouraient comme un chapelet de feux de joie. Notre seule chance, Leader Corla le disait avec insistance, résidait dans un démarrage qui les prendrait au dépourvu.

La première décision à prendre concernait notre destination.

Nous n'avions qu'une alternative : retourner vers Yargo ou tenter le coup d'un atterrissage sur Mars. Si nous échappions au filet des vaisseaux, ils nous prendraient sans aucun doute en chasse. Et, comme le soulignait Sanau, ils se sépareraient sûrement en deux groupes — l'un en direction de Yargo, l'autre de Mars.

Elle était d'avis que nous choisissions une destination tout à fait différente, que nous nous y dirigions, puis que nous entrions en contact radio avec Yargo pour obtenir du secours. Tout le monde fut d'accord sur ce point, sauf sur la route à prendre. Où pouvions-nous atterrir ? Leader Kleeba proposa une lune de Yargo, mais comme elle était dans la direction de Yargo, cette solution fut immédiatement écartée. Et puis, tout naturellement, ce fut moi qui proposai :

— Atterrissons sur la Terre.

C'était une idée audacieuse, et, à mon grand plaisir, elle ne fut pas considérée comme complètement irréalisable. Sanau en fit aussitôt part aux leaders. Puis vinrent les arguments pour et contre. Nous n'étions pas à même de tenter un atterrissage secret sur la Terre alors que notre vol devait s'accomplir dans les plus brefs délais. Et, que se passerait-il, si de la Terre, on nous tirait dessus ?

Je m'élevai fermement contre cette éventualité. Les journeaux avaient répété à n'en plus finir que les aviateurs avaient reçu l'ordre de suivre tout objet volant non identifié, mais de ne jamais, en aucun cas, lui tirer dessus. Je fis immédiatement suivre cette déclaration d'un interminable discours sur l'avantage que présentait un atterrissage sur la Terre. A en croire mes divagations, on aurait pu penser que les Terriens étaient là, assis en rond, retenant leur souffle, attendant que nous apparaissions. Mais j'expliquais en toute bonne foi qu'il y avait des gens qui ne rejetaient pas la possibilité de l'existence d'engins spatiaux, et que, lorsque nous entrerions dans l'atmosphère de la Terre, nous pourrions les contacter par radio et je leur parlerais personnellement.

Sanau était sûre que la Terre penserait que c'était une attaque en traître. Leader Corla affirma que les Terriens y verraient simplement une attaque venue d'une de leurs propres nations, et, en plus de tous ces arguments, on souleva le problème de l'atterrissage qui devrait s'effectuer à l'aveuglette. Nous n'aurions pas le temps d'établir des cartes de navigation détaillées, il nous faudrait simplement trouver un terrain découvert et nous laisser tomber. Toutefois, je les avais si bien convaincus du rôle que je pourrais jouer qu'ils décidèrent d'essayer d'atterrir aux Etats-Unis, le plus près possible de l'endroit où l'on m'avait kidnappée. Nous n'avions aucune assurance d'y parvenir. Mais, pour moi, même l'Afrique était une destination qui me mettait du baume au cœur. Du pôle Nord aux déserts d'Australie : n'importe quel endroit, pourvu qu'il fût sur Terre.

Parce que personne n'avait de contre-proposition sérieuse, ils tombèrent finalement d'accord pour la Terre. J'étais littéralement folle de bonheur. J'essayai de tenir en bride cette joie délirante, car je voyais encore une expression de doute dans les yeux de Sanau, de Leader Corla et de Leader Kleeba. Mais quelle autre solution leur restait-il, si ce n'était de me ramener chez moi en héros et d'accepter à contrecœur l'hospitalité de ma planète. J'exultais tellement que j'avais envie d'envoyer des baisers à ces affreux engins-requins noirs qui nous avaient contraints à ce changement radical de destination.

On appela les pilotes pour leur exposer le projet. On établit des cartes à toute vitesse. Selon leurs calculs, nous pourrions atteindre la Terre en cinq heures, sauf obstacles imprévus. Cependant, nous avions tous péniblement conscience que le succès de l'entreprise reposait uniquement sur une fuite surprise. Nous devions partir à l'heure juste, c'est-à-dire dans dix minutes exactement.

Les pilotes retournèrent à la salle de contrôle. La tension et le silence régnèrent pendant ces dernières minutes d'attente. Je priais par à-coups. Tant de choses dépendaient du succès de ce voyage que j'avais de la peine à exprimer mes prières par des mots. Je me contentais de méditer paisiblement, réconfortée à la pensée que les puissances célestes connaissaient bien mes désirs. Il est un moment où il n'est pas nécessaire de prononcer vraiment des prières. Sanau était elle aussi silencieuse. Peut-être pensait-elle au Yargo et se disait-elle qu'elle ne le reverrait plus. Ou, même si tout allait bien, qu'il n'apprécierait peut-être pas le plan d'action qu'elle avait été obligée d'adopter. En fait, ce voyage vers la Terre allait contre la volonté de toute la planète. Il était resté ferme dans sa décision de m'empêcher de rentrer. Alors que penserait-il de Sanau et des leaders qui allaient s'y rendre ainsi en visite. Je devais, moi aussi, affronter l'éventualité de ne jamais le revoir, à moins qu'il ne se laissât attendrir et vînt nous rendre visite pour nous remercier de notre hospitalité. C'était possible.

— *Allez-y* !

La voix sifflante de Sanau emplit la cabine.

Je sentis que notre vaisseau bondissait en avant. Plus haut... plus haut... plus haut... C'était notre seule chance. Monter de plus en plus haut et nous enfoncer dans l'atmosphère. Je me mis à avoir des bourdonnements d'oreilles. J'avais l'impression que mes côtes allaient écraser mon cœur. Dans l'affolement général, ils avaient oublié de me faire une piqûre pressurisante. L'obscurité m'enveloppa, et je sentis que je devenais aveugle. Je me mis à respirer par brèves saccades... et puis, nous poursuivîmes notre route à une altitude constante.

Nous étions sains et saufs ! Les lumières des engins ennemis qui nous encerclaient n'avaient pas bougé. Nos adversaires étaient loin en-dessous de nous, ravis à l'idée que leur gros poisson était encore à l'abri dans leur filet. Nous nous éloignâmes à pleine vitesse, jusqu'au moment où ces lumières menaçantes se réduisirent à de simples veilleuses.

Puis ils remarquèrent brusquement notre absence ! Même à la distance où nous nous trouvions, nous pûmes les voir s'agiter dans tous les sens comme un troupeau d'animaux furieux, incapables de croire que leur proie leur avait échappé.

Ils se scindèrent en deux groupes, l'un prenant la direction de Mars, l'autre de Yargo. Sanau avait eu raison ! Nous étions sains et saufs !

Sains et saufs ! Et en route vers la Terre !!!!!

Chapitre 16

Quelques heures plus tard, nous aperçûmes la Terre. Oh, mon Dieu ! Comme elle avait l'air désert ! Elle ressemblait exactement à Mars ou à n'importe quelle boule grise et verte roulant dans l'espace. Pauvre petite Terre qui se croit si importante et qui ignore à quel point elle est insignifiante dans le système céleste. Elle me fit penser à un enfant gâté, tournant avec tant de fierté sur son axe invisible, un enfant qui s'imagine que le monde entier et tous les gens qui l'habitent n'ont été créés que pour lui.

— Je pense que nous ferions mieux d'attendre que le jour se lève sur la région où nous avons choisi d'atterrir avant de tenter quoi que ce soit, proposa Sanau.

Je ne voulais pas attendre une seconde de plus. Je ne pouvais supporter d'attendre. C'était si près.

J'insistai pour qu'on atterrît immédiatement.

— Non, mon amie, répondit-elle, les gens inconnus, comme les choses inconnues, ont l'air moins effrayant dans la pleine lumière du jour. Il faut que nous tournions en rond au-dessus de notre lieu d'atterrissage pour que les gens voient notre vaisseau. Il faut qu'un de vos avions décolle et prenne contact avec nous. Essayons même d'obtenir d'eux qu'ils nous guident pour que nous descendions tranquillement car, avant toute chose, nous ne devons ni surprendre ni effrayer les Terriens.

Je fus bien obligée de reconnaître que sa décision était logique, ce qui ne m'empêcha pas de continuer à la discuter. L'élément qui plaidait en faveur d'un atterrissage immédiat était la menace toujours présente des vaisseaux requins. Tant que ces maraudeurs se cachaient quelque part dans le ciel, je ne pouvais me sentir en sécurité. Mais Sanau était décidée à appliquer son plan, et leaders et pilotes étaient pleinement d'accord avec elle. Il n'y avait donc qu'une seule solution : attendre.

L'aube commença lentement à apparaître sur cette partie de la Terre. L'argent et l'or se mirent à zébrer la nuit noire, dissipant les nuages et l'obscurité. Nous entamâmes notre lente approche de l'atmosphère. Nous avions cinq mille kilomètres à parcourir, cinq mille kilomètres avant de devenir une simple tête d'épingle de lumière pour les habitants de ma planète. Et pourtant, par les lentilles télescopiques des hublots de nos cabines (destinées à percevoir l'approche d'un météore à des kilomètres de distance), la Terre avait l'air très proche de nous.

Je me collai au hublot, et mon bonheur croissait aussi vite que la boule de terre que j'appelais « mon chez moi ». Elle grossit de plus en plus jusqu'au moment où nous fûmes sur le point d'entrer dans l'atmosphère. Ce n'était qu'une question de minutes, puis je respirerais mon air, je me chaufferais à mon soleil, lequel donnait maintenant des reflets argentés à notre vaisseau. Mon soleil, mon monde !

Puis, nous eûmes tous le souffle coupé. Je criai !

Car, sur notre trajectoire, apparut la forme vague du vaisseau-requin ! Enorme et noir, avec ses affreux hublots qui nous lorgnaient, il ridiculisait notre dérisoire tentative d'évasion.

Après, tout se passa trop vite. Je sais que nous montâmes en chandelle. Puis, au moment où mes côtes m'écrasèrent le cœur et où mes poumons firent des efforts désespérés pour trouver un peu d'air, j'éprouvai un malaise, je perdis soudain la vue et m'évanouis.

Sanau me fit revenir à moi. Je repris conscience en criant. Nous avions échoué ! Leader Corla et Leader Kleeba, furieux, étaient lancés dans une discussion violente avec l'un des pilotes. Il était évident que nous ne savions pas vers quoi nous nous dirigions. Personne n'avait commandé au pilote de s'éloigner aussi rapidement. Il en avait pris seul l'initiative. A présent, il était venu chercher des instructions plus précises.

Il n'y avait pas d'instructions à donner. Elle était partie, ma merveilleuse petite Terre ! Je me tenais près du hublot et je la regardais fondre dans le lointain. Elle avait été si proche. J'éclatai en sanglots hystériques.

Sanau se précipita vers moi.

— Janet, il faut vous contenir. Nous sommes tous en danger de mort. Seuls le calme et la réflexion peuvent nous tirer de là.

Je fis un effort pour reprendre mon sang-froid, car il y avait une authentique sympathie dans la voix de Sanau. Elle n'avait pas dissocié mon intérêt de celui des autres et elle m'avait appelée par mon prénom. Bref, elle me traitait pour la première fois en égale.

Et, comme preuve supplémentaire de la nouveauté de nos rapports, elle poursuivit :

— Nous devons tous réfléchir sans nous laisser égarer par la peur. Y compris vous. Après tout — elle s'arrêta et reconnut avec un sourire mi-figue mi-raisin —, c'est vous qui avez proposé d'atterrir de nuit. Peut-être serions-nous en ce moment tous sains et saufs si nous avions suivi votre conseil. Allons, essuyez vos larmes. Nous devons rester calmes et nous entraider.

Nous gagnions de l'altitude ainsi que notre poursuivant. Le vaisseau était exactement derrière nous et avertissait probablement par radio ses congénères. Nous le distancions légèrement, mais sans destination précise, notre fuite ne rimait à rien.

Ce fut, cette fois, Leader Kleeba qui émit la proposition qui fut acceptée par tous.

Vénus !

Vénus. C'était notre seul havre. Une planète lointaine et, pour autant que nous le sachions, inhabitée. Elle nous donnait la possibilité de nous dissimuler dans son épaisse couche de nuages, nous permettant d'attendre l'occasion d'échapper une fois encore à l'ennemi.

Cette fois, promit Sanau, nous ne nous amuserions pas à faire de la stratégie et nous atterririons tout de suite, en pleine nuit.

Je cessai de renifler et commençai à me sentir mieux. Tout n'était pas complètement perdu. Vénus n'était qu'à six heures de là. Nous ne devions pas fournir au requin la moindre indication sur nos intentions. Ainsi commença donc le jeu du chat et de la souris.

Nous nous élevions et le requin nous suivait — il était à présent accompagné de la moitié de sa flotte. Nous nous dirigions sur la gauche en direction de Vénus, et les requins en faisaient autant. Puis nous gagnions de l'altitude et nous nous déplacions un peu vers la droite pour donner l'impression que nous n'avions pas de but précis. Et, de nouveau, la même manœuvre. Plus haut, puis encore à gauche, puis quelques degrés à droite, sans cesser de nous rapprocher de Vénus.

Finalement, nous réussîmes ; nous atteignîmes les doux et compacts amoncellements de nuages de Vénus qui ondoyaient comme une houle. Nous nous y enfonçâmes. On ne voyait rien. La nuit nous entourait et, pour parachever notre succès, aucune lumière des vaisseaux ennemis ne se montrait.

Ils semblaient craindre les amoncellements de nuages. Sanau

affirma qu'ils n'avaient probablement pas dressé la carte de cette planète.

Nous dûmes attendre une fois encore, puis faire le tour de Vénus pour ressortir du côté opposé.

Quels étaient leurs plans ? Aucun de nous ne pouvait hasarder une conjecture. Il ne faisait pas de doute qu'ils étaient hostiles. Leur attaque sur Mars le prouvait, comme leur façon délibérée d'encercler notre vaisseau. Pourtant, ils n'avaient jamais essayé de nous faire des signaux ou de prendre contact avec nous et, jusque-là, ils n'avaient pas ouvert le feu.

Sanau réaffirma qu'elle avait l'impression qu'ils voulaient s'emparer de nous sans perdre un seul de leurs vaisseaux et que la seule solution pour eux était de nous traquer dans l'espace jusqu'à ce que nous fussions à court de carburant. Ils pourraient alors s'approcher de nous en toute sécurité et nous guider vers n'importe quelle destination à leur convenance.

Et alors ! Voulaient-ils s'emparer de nous ou de notre vaisseau ? Si cela se produit, déclara Sanau, nous ne leur permettrons jamais de nous prendre. Nous nous précipiterons dans l'atmosphère et nous auto-détruirons.

C'était une noble pensée, mais elle m'apportait peu de réconfort. Pas avec cette merveilleuse boule qu'était la Terre à six heures de là. Mais, pour le moment, nous étions sains et saufs. Je ne perdais pas espoir. Je m'accrochai à cet espoir pendant l'heure où nous restâmes cachés dans les nuages de Vénus.

Puis Leader Corla fit signe aux pilotes de foncer en avant. Nous allâmes nous enfouir au cœur des amoncellements de nuages, puis nous contournâmes la planète invisible et ressortîmes de l'autre côté de Vénus. Commença alors la lente et silencieuse manœuvre en arrière, vers l'endroit où nous attendaient les lumières des requins. Ils étaient bien là, montant la garde. Mais il y avait une large ouverture à l'abri des regards par laquelle nous pouvions nous glisser.

J'allais retenir mon souffle et prier le ciel pour que nous passions à travers les mailles de leur filet quand, soudain, sans raison apparente, nous déviâmes de notre trajectoire et revînmes à l'amoncellement de nuages. Nous nous y enfonçâmes profondément et nous arrêtâmes. Sanau et les leaders se précipitèrent dans le poste de pilotage, tandis que je demeurais paralysée de peur, dans l'attente des événements.

Ils furent inattendus et désastreux. Sanau réapparut avec une expression de chien battu.

Nous étions presque à court de carburant. Les leaders

revinrent d'un pas lourd, le même air de défaite peint sur le visage. Il n'y avait aucune chance de rejoindre la Terre dont nous étions à six heures de vol, sauf imprévu, et notre carburant durerait au maximum trois heures.

Pour une fois, je ne fis aucune suggestion. Je me demandais comment ils avaient osé entreprendre ce voyage avec si peu de carburant.

Sanau expliqua qu'ils l'avaient entrepris dans d'excellentes conditions, avec plus de carburant que nécessaire pour atteindre Mars, et revenir sur Yargo. Leurs réservoirs en contenaient assez pour deux jours de vol et, par précaution, ils transportaient du carburant supplémentaire qui devait leur permettre de tenir deux jours de plus. Mais nous volions depuis près de trois jours. Nous avions consommé la moitié de notre provision pour atteindre Mars, faire le détour par la Terre et jouer à cache-cache en allant vers Vénus. Même un vaisseau comme celui-ci n'avait pas des réserves inépuisables de carburant.

Nous n'avions pas le choix. Il fallait remplir les réservoirs avec le carburant de secours. Les moteurs devaient être revérifiés après qu'on eut fait le plein, ce qui était impossible en vol.

La seule solution était de tenter d'atterrir sur Vénus. Sanau essaya de calmer ma panique en affirmant que, tout bien considéré, c'était extrêmement simple. Nous pouvions atterrir sur Vénus, remplir les réservoirs et décoller immédiatement.

Atterrir sur une planète dont on ne possède pas de cartes précises n'est pas une tâche facile. Vénus était probablement recouverte de forêts et de marécages reposant peut-être sur des sables mouvants. Le vaisseau pouvait s'enfoncer dans le sol et ne jamais en ressortir. Il était également possible qu'il n'y eût pas de terrain dégagé. Les pilotes devraient sortir du vaisseau pour remplir les réservoirs. Nous avions des masques adaptés à l'atmosphère de Mars, mais conviendraient-ils sur Vénus ?

— Si elle ressemble à la Curasiz de notre système solaire, disait Sanau, elle doit être d'une chaleur tropicale. Curasiz est située à vingt mille kilomètres de moins de notre planète que Vénus ne l'est de la vôtre, mais elles sont à la même distance du soleil, et c'est cela qui détermine les conditions climatiques. Curasiz, qui est faite de terrains marécageux, est habitée par de gros insectes et des serpents. Nous sommes entrés dans son atmosphère, mais elle a trop sinistre allure pour qu'on y tente un atterrissage. Il n'y aurait aucun intérêt à troubler le repos de cette planète pour le peu d'avantages que nous pourrions en retirer.

J'écoutais d'une oreille distraite tandis que nous plongions de plus en plus profondément dans les nuages. Puis, avec une rapidité surprenante, nous crevâmes le plafond et découvrîmes Vénus. Sanau ne s'était pas trompée. Nous ne voyions que la brousse, une végétation aussi dense que dans les films tournés en Afrique. Je n'aurais pas été autrement surprise d'y trouver Tarzan voltigeant de la cime d'un arbre à l'autre.

Nous décrivîmes des cercles durant une heure. En y regardant de plus près, nous distinguâmes plusieurs clairières. Nous optâmes pour l'une d'elles et commençâmes à descendre. Nous avions choisi une île flanquée d'une petite montagne, avec des bouquets d'arbres en son centre. Pour le reste, elle était totalement dénudée. Je retenais ma respiration pendant que l'appareil descendait de plus en plus bas. Les pilotes déterminèrent alors la composition de l'atmosphère. Il n'y avait même pas besoin de masques à oxygène. Nous fûmes surpris de notre chance, et Sanau déclara que c'était presque incroyable. La température était de 55°, même en pleine nuit, mais nos combinaisons pressurisées pallieraient cela. Confectionnées pour nous protéger contre le froid de Mars, elles nous protégeraient tout aussi bien de la chaleur de Vénus.

L'appréhension de Sanau était totalement dissipée et avait fait place à la joie de l'explorateur qui a découvert une nouvelle planète habitable pour son bien-aimé Yargo.

Sa jubilation était si évidente que je commençai à penser qu'elle était secrètement ravie que se fût produit ce malheureux incident. C'était toujours la même Sanau, la Sanau pour qui rien n'importait plus qu'une bribe de connaissance nouvelle.

L'atterrissage se fit en douceur. Tout le monde sortit du vaisseau. Les pilotes se mirent immédiatement à remplir les réservoirs. Leader Corla prit quelques spécimens de la bizarre végétation et puisa dans une bouteille un peu d'eau de l'étrange rivière. Sanau et moi nous étirâmes, humant l'air et écoutant les bruits insolites de Vénus.

Tout aurait pu être parfait, n'eût été l'insatiable soif de connaissance de Sanau.

Si Vénus possédait de l'oxygène et pouvait entretenir une végétation et des insectes, se dit-elle, alors, pourquoi pas une certaine forme de vie intelligente ? Elle insista soudain pour entreprendre un bref voyage d'exploration.

Je me sentis soulagée lorsque Leader Kleeba et Leader Corla s'opposèrent immédiatement à cette proposition, mais Sanau se montra inflexible. Il était inconcevable d'atterrir sur une planète inconnue et habitable et d'en repartir en en sachant si peu sur

Chapitre 17

Je restai clouée sur place. Pendant un moment, il y eut un tel silence que les criquets eux-mêmes semblèrent se taire. Puis tout le monde se mit brusquement à s'agiter dans tous les sens. Leader Corla, Leader Kleeba et un des pilotes vinrent me rejoindre immédiatement. Avec une bravoure dont je ne me serais pas cru capable jusque-là, je fonçai tête baissée et les conduisis au sommet de la colline. Il n'y avait pas trace de Sanau, pas plus que de l'objet qui flottait sur l'eau.

Nous nous allongeâmes à plat ventre et fouillâmes du regard le bas de la colline. Peut-être avait-elle perdu l'équilibre et était-elle tombée ? Nous savions que ce n'était pas vrai, mais nous nous accrochions à cette idée en nous laissant glisser sur l'autre flanc du monticule. Nous cherchions avec frénésie, acharnés à agir, mais sans espoir, car chacun de nous savait au fond de son cœur que ce qui était arrivé à Sanau était bien plus horrible qu'une simple chute.

Nous ne trouvâmes aucune trace d'elle sur la colline. Nous restâmes là, désolés, sans savoir que faire. Passer la planète au peigne fin prendrait des mois, des années. Nous ne pouvions partir sans elle et, d'un autre côté, nous ne pouvions rester ici indéfiniment. Nous prîmes le chemin du retour et escaladâmes la colline. Arrivée au sommet, je me remis à plat ventre et scrutai le lac du regard. Il était clair et beau, et semblait bien inoffensif. Les leaders suivirent mon exemple. Peut-être sentaient-ils bizarrement que j'essayais de leur dire ce qui était arrivé. Leurs yeux magnifiques restaient posés sur moi, comme s'il m'imploraient en silence de leur répondre.

Je fixais l'eau sans rien dire. Comment pouvais-je expliquer ce que nous avions vu ? Cela avait l'air si inoffensif, si paisible. Il semblait impossible de croire que quelque chose de dangereux pût s'y cacher.

Soudain, il y eut un autre hurlement à vous glacer le sang d'horreur !

Cette fois, ce n'était pas Sanau. Je bondis sur mes pieds, à temps pour voir un bourdon géant, un bourdon plus grand qu'un homme, se laisser tomber sur Leader Corla comme un bombardier en piqué, le prendre dans ses griffes, le soulever et s'envoler en l'emportant. Par réflexe, je fis demi-tour et descendis la colline. Je regardai par-dessus mon épaule pour voir le pilote disparaître de la même façon. Au moment où un cri étouffé essayait de se frayer un chemin dans ma gorge nouée, je sentis deux puissants bras poilus m'agripper par la taille et me soulever dans les airs.

Je ne peux me rappeler tous les détails. J'avais si peur que mes sens en étaient paralysés. Ces bras filiformes, ces bras d'acier, m'encerclant la taille. Le contact répugnant de cette gorge poilue contre ma nuque. Le bruit, qui me rendait malade, de cet effroyable bourdonnement, presque aussi fort que celui d'un moteur d'avion. Le vent créé par ces grandes ailes agitant l'air de la nuit alors que l'animal m'étreignait, me donnant l'impression d'être une proie dans les serres d'un aigle.

Je hurlais. Je hurlais jusqu'à ce que je ne puisse plus arracher le moindre son à mon gosier à vif et haletant. A la fin, je me contentai d'essayer de respirer, de respirer et de rester en vie. Et alors, ce monstre descendit en décrivant des cercles jusqu'à une clairière qui ressemblait à un petit village où s'alignaient des ruches aussi grandes que les immeubles d'habitation d'une ville.

Le bourdonnement était presque assourdissant. Toute la communauté était dehors ! Ces créatures assemblées par milliers et certaines atteignant presque six mètres de haut !

On me conduisit à l'intérieur d'une ruche. Elle était propre, nue et d'une agréable fraîcheur. Le monstre me déposa avec une certaine délicatesse sur le sol, et je vis Sanau recroquevillée dans un coin. Elle était aussi pétrifiée que moi, mais jusque-là saine et sauve.

Lorsque le monstre sortit, je m'approchai en rampant de Sanau et me collai contre elle. Elle ne fit rien pour me repousser. La peur fait naître d'étranges amitiés et, à ce moment-là, nous étions unies comme nous ne l'avions jamais été par une commune terreur d'un immense danger.

Sanau fut la première à reprendre son sang-froid. Son premier souci fut le sort des autres membres de notre groupe.

— Ils ont tous été capturés ? demanda-t-elle.

Je hochai la tête d'un air lugubre.

— Tout le monde, sauf le pilote qui montait la garde près du vaisseau. Il a dû voir ce qui se passait et il a probablement couru se mettre à l'abri.

Sanau était tenaillée par l'inquiétude à la pensée de ce qui avait pu arriver à Leader Corla, à Leader Kleeba et à l'autre pilote. Elle considérait leur absence ici comme un signe de mauvais augure.

Bien que nous ne fussions ni ligotées ni bâillonnées, nous admîmes toutes deux qu'il était vain de tenter de nous échapper. A l'extérieur de la ruche, nous voyions l'ombre d'un monstre qui s'y tenait tapi.

Sanau se mit tout de suite à supputer nos perspectives d'avenir. Elle ne me fit miroiter que peu d'espoir de survie. En fait, elle semblait prendre un plaisir morbide à prophétiser les divers moyens par lesquels nous pourrions trouver la mort.

— Ils ressemblent effectivement à des abeilles, comme vous dites, murmura-t-elle d'un ton rêveur, mais, d'un autre côté, il est possible qu'ils appartiennent à la classe des arachnides. Je me demande si leur intelligence va au-delà de la convoitise de l'animal en quête de nourriture. On nous a sûrement mises en réserve à cet usage.

Je lui dis que je ne croyais pas qu'il s'agissait uniquement de carnassiers, car le géant avait pris trop de précautions pour s'emparer de moi. Un insecte géant, uniquement à la recherche d'une proie, m'aurait probablement un peu grignotée tout de suite pour voir si j'étais une chair appétissante. A plusieurs reprises, au cours du vol, ma tête aurait pu se cogner contre les rochers, ou j'aurais pu facilement m'égratigner contre la cime des arbres. L'abeille avait délibérément manœuvré pour me protéger des obstacles et, bien que ses bras ressemblassent à des liens d'acier, elle avait pris soin de ne pas m'écraser. Bien qu'aucune de ces réflexions ne calmât ma panique, elles m'amenèrent à croire que ces créatures avaient conçu à notre sujet un plan qui dépassait le simple domaine de la nutrition. En plus, quelque chose d'une aussi grande taille devait être équipé d'un cerveau. Sur ce, Sanau me fit remarquer immédiatement que les monstres de la préhistoire avaient un corps énorme comparé à leur minuscule cerveau.

Nous échafaudâmes des théories contradictoires sur cette histoire de cerveau pendant près d'une heure avant que ne réapparût une de ces choses effrayantes. Elle entra à quatre pattes. Ses yeux en forme de perles étaient gros comme des pommes et ses antennes visqueuses avaient près d'un mètre de haut. Puis elle se mit debout et émit des espèces de pépiements comme si elle essayait de nous parler.

— Ça signifie quelque chose, murmurai-je à Sanau. Essayez de communiquer avec cette créature !

— Oh, si seulement Sa Grâce Toute-Puissante était là... il est capable de comprendre le langage des insectes.

— Sanau, essayez ! Pour l'amour de Dieu !

Elle essaya effectivement. Elle essaya avec des chiffres, mais aucun signe de compréhension n'apparut dans ces yeux vitreux. Elle émit d'étranges sons avec des résultats encore moins encourageants. Finalement, elle abandonna et se laissa tomber par terre, prise de faiblesse — l'apparence de cette chose lui inspirant une véritable horreur. Je me trouvais moi aussi dans l'incapacité de la regarder sans éprouver une irrépressible répulsion.

Puis, sans avertissement, la chose approcha et tendit vers moi un bras poilu. Je hurlai et me réfugiai dans un coin. Elle continua à approcher lentement, comme un chat traquant une souris. Je reculai jusqu'à ce que mon dos collé au mur me fît mal. Sanau se blottissait tout contre moi, la femme supérieure qu'elle était, non moins effrayée que l'autre, l'inférieure. Au moment où l'animal tendit la patte pour s'emparer de moi, elle prouva qu'elle avait le droit de se prétendre supérieure en se jetant devant moi, comme un bouclier. D'un seul mouvement, vif comme l'éclair, la créature nous saisit toutes deux dans ses bras et nous emporta hors de la ruche.

Des milliers de ses semblables nous attendaient dehors. Il y en avait partout. Certains se tenaient verticaux et mordillaient les feuilles des arbres, d'autres étaient allongés sur le sol. Leurs ailes étincelaient au clair de lune et leurs corps d'ébène avaient des reflets métalliques. Un autre monstre s'approcha et se saisit de Sanau, tandis que le premier m'enlaçait d'un bras ferme. Comme à une sorte de signal, il y eut une envolée massive.

Nous nous élevâmes dans les airs, mon ravisseur dirigeant le groupe. Ils étaient si nombreux que le ciel en était noir. Je frissonnais. Si c'était ça la population de Vénus, il était heureux que cette affreuse planète fût cachée par des nuages impénétrables. J'espérais que la Terre ou n'importe quelle autre planète n'enverrait jamais personne patauger dans ces marécages !

Nous volions bas, effleurant la cime des arbres. La créature me berçait presque comme une mère l'aurait fait pour son enfant, et je dus reconnaître que ses horribles yeux me regardaient avec quelque chose qui ressemblait à de l'admiration.

Nous arrivâmes à une immense clairière et il me suffit d'y jeter un coup d'œil pour que mes craintes se transformassent en une panique insurmontable : juste devant mes yeux, alignés en rangées bien nettes sur le sol, se trouvaient des centaines de ces vaisseaux en forme de cigare qui nous avaient poursuivis. C'étaient donc ces créatures qui les manœuvraient.

On nous déposa délicatement au centre de la clairière. A notre immense soulagement, nous vîmes que Leader Corla, Leader Kleeba et l'autre pilote étaient là, eux aussi, mais on ne les avait pas traités avec la même considération. Les trois hommes étaient attachés à des arbres par une substance visqueuse. Leader Corla avait une grande estafilade sur le front, et la combinaison spatiale de Leader Kleeba était presque en lambeaux. Le pilote, à demi fou de terreur, semblait n'avoir subi aucun sévice. Je me demandais si le désordre qu'on voyait dans les vêtements et les cheveux des leaders venait du fait qu'ils avaient essayé de lutter contre leurs ravisseurs ou si ces blessures leur avaient été infligées intentionnellement. On nous conduisit, Sanau et moi, au centre de la clairière, et deux des monstres nous tinrent doucement mais fermement. Sanau grimaça un semblant de sourire pour inciter les leaders à reprendre courage. Nous restâmes debout tandis qu'apparemment, les monstres s'installaient. Il était évident que nous attendions quelqu'un ou quelque chose.

— Probablement leur chef, murmura Sanau.

Elle avait raison une fois de plus. Soudain, le ciel s'obscurcit à l'approche d'un nouveau vol. Mais, au centre, volait une reine monstrueuse, si sinistre et grotesque qu'on n'aurait pu l'imaginer que dans le cauchemar d'un fou.

Elle devait avoir dans les sept mètres de haut. Sa tête était trois fois grosse comme la mienne, et son envergure atteignait facilement six mètres, six mètres cinquante. Elle atterrit avec grâce et aisance, puis elle nous évalua du regard, Sanau et moi. Enfin, d'un air décidé, elle se dirigea à pas lourds vers les leaders et le pilote captifs. Pendant un moment, elle resta immobile, les transperçant de son regard sinistre. Puis ce qu'elle fit par la suite fut si rapide et si violent que mon cerveau ne put sur le moment en saisir la signification.

Par deux fois, elle s'éleva et plongea lentement et laborieusement devant les hommes, avant de parvenir à se mettre en position verticale face à Leader Corla. Pendant un instant, je pensai qu'elle essayait d'entrer en contact avec lui. Ce fut ce qu'il pensa aussi, le pauvre, car il inclina sa belle tête, dans l'expectative. Elle s'approcha davantage encore et alors, sans avertissement, une langue en forme de lance, longue d'un mètre, jaillit de sa bouche et lui transperça la gorge de son dard. Sanau gémit. On aurait dit que des seaux de sang se déversaient du leader Corla tandis qu'il hurlait de douleur. Il lui fallut dix bonnes minutes, en pleine conscience, pour mourir. Je gardai les yeux baissés, en grinçant des dents, mais je me retrouvai quand même en train de faire des efforts pour vomir. Sanau murmurait une prière. Je savais que c'était une prière car j'entendais le nom de Yargo revenir dans sa douce mélopée.

Leader Kleeba et le pilote étaient des hommes courageux. Ils savaient que leur tour allait venir, et ils étaient prêts à subir leur sort. Ils regardaient la reine sans sourciller, attendant leur horrible fin.

Mais la reine n'avait manifestement pas l'intention de continuer à gaspiller son énergie royale pour ces captifs. Elle fit demi-tour et s'éloigna à quatre pattes. Puis, se remettant verticale, elle fit un signe à la foule et s'envola. La moitié des participants la suivit.

Nous restâmes là à regarder le corps inanimé et sanglant de Leader Corla qui était maintenant tombé comme une masse au pied de l'arbre. Leader Kleeba et le pilote avaient le regard fixé dans le lointain. Je suis sûre qu'ils voyaient comme dans un rêve le Yargo et leur planète bien-aimée qui leur donnaient du courage.

Comme pour justifier mes pires craintes, six monstres sortirent des rangs et vinrent se placer devant les deux hommes. C'était le peloton d'exécution. Les intentions de la reine devenaient maintenant évidentes : elle avait simplement pris Leader Corla au hasard pour montrer ce qu'elle voulait qu'on leur fît. C'était à ses subordonnés de terminer le travail.

Pour je ne sais quelle raison, nous devions être épargnées, du moins pour un certain temps. Sanau et moi fûmes brusquement emportées dans les airs, mais pas assez vite pour ne pas entendre les hurlements de douleur de Leader Kleeba et du pilote.

Chapitre 18

On nous laissa seules, Sanau et moi, sans nous faire aucun mal, pendant vingt-quatre heures. Les créatures ne se montraient que pour nous apporter à manger. Ce qu'elles nous donnaient avait un goût de miel, mais se présentait sous une forme solide. Nous le grignotions en silence, évitant toutes deux soigneusement d'aborder le sujet de notre malheureux avenir. Il ne nous restait qu'un espoir, auquel nous nous accrochions : le pilote manquant.

Apparemment, ils n'avaient pas encore découvert notre vaisseau. Mais que pouvait un pilote, seul contre une telle armée ? Même s'il essayait de s'enfuir, il serait bientôt rattrapé par leur flotte.

Non, ce n'était qu'une question de temps avant qu'ils ne le capturent et ne le mettent à mort de la même manière que les autres. Tandis que je persistais à envisager tous les moyens de nous évader, Sanau était complètement résignée et trouvait vaine mon agitation.

Elle pensait, personnellement, que les monstres nous gardaient en vie uniquement jusqu'à ce que leur reine décidât quel genre de mort atroce nous subirions pour la divertir.

Lorsque je fus persuadée que notre sort était sans espoir, je proposai carrément que nous missions fin à nos jours. Même si nous nous y prenions très maladroitement, ce serait sûrement moins pénible que ce que la reine nous réserverait.

Sanau fit la sourde oreille à cette proposition. Elle semblait tout occupée à émettre une sorte de gloussement et quelques bruits bizarres. Au moment où je commençais à craindre que la peur lui eût fait perdre la raison, je compris qu'elle essayait de reproduire les sons formés par la créature, et s'efforçait de les interpréter. Je devais lui tirer mon chapeau. Alors que moi j'envisageais des méthodes d'évasion sorties tout droit des histoires de cowboys et d'indiens ou que je me laissais aller à penser au suicide, cette femme luttait avec son cerveau et son intelligence jusqu'à la dernière limite.

Elle travailla sans relâche pendant des heures et des heures. De temps en temps, elle griffonnait quelques chiffres sur le sol avec une brindille et essayait de calculer mathématiquement ce qu'elle avait découvert. On aurait presque cru que la ruche possédait l'air conditionné et qu'il y avait une sorte d'éclairage indirect. Je sentis mes membres se détendre, et je pense m'être vraiment endormie car la première chose dont j'eus conscience ensuite fut Sanau qui me secouait.

— Janet ! J'ai trouvé ! J'ai enfin trouvé !

Je repris aussitôt mes esprits. Ses yeux brillaient. Elle semblait transportée de joie.

— Ça marche !

Je regardai fixement les hiéroglyphes dessinés dans la terre — des chiffres, des fractions et d'étranges signes. Elle les effaça rapidement du pied et égalisa le sol.

Je demandai, incrédule :

— Vous voulez dire que vous comprenez vraiment leur langage ?

Elle acquiesça avec une émotion contenue. Je la contemplai avec un réel sentiment d'envie car, en cet instant, Sanau avait tout oublié : le danger imminent, les créatures elles-mêmes, tout avait été oblitéré par le bonheur d'avoir réussi.

Elle l'avait rigoureusement calculé, jusqu'à la dernière voyelle et à la dernière consonne. Elle essaya de m'expliquer ses découvertes. Naturellement, je n'en compris pas un mot.

Bouillant d'impatience, elle bondit sur ses pieds.

— Je vais appeler tout de suite une de ces créatures, dit-elle, jubilante. Je lui parlerai dans sa propre langue.

Je me brisai presque une cheville en m'élançant comme une folle pour la rattraper avant qu'elle atteignît l'entrée, où se tenait tapie l'ombre massive d'un gardien. Je parvins à l'arrêter à temps.

— Ne soyez pas stupide, murmurai-je, c'est notre seul avantage. Nous les comprenons, mais ils ne nous comprennent pas. Tant qu'ils ne le sauront pas, ils ne feront rien pour nous cacher quoi que ce soit quand ils discuteront ensemble.

Elle hésita un instant, pas complètement convaincue. Sanau, la super-femme, ne connaissait ni la fourberie ni la ruse. Et c'était moi qui me lançais soudain dans la bagarre avec la tactique d'un habitué de la rue, comme le chat de gouttière que j'étais.

Je continuai sur mon élan.

— Sanau, que voulez-vous faire ? Aller vous entretenir avec la reine ? Lui révéler ce que vous avez découvert, l'exploit que vous avez réalisé, et être tuée comme Leader Corla et les autres ? Ces créatures ne sont pas des Yargoniens, vous savez. Avez-vous oublié ce qui s'est passé ?

Ce dernier argument la rallia immédiatement à ma façon de voir. Elle retourna au fond de la caverne et s'y assit. Ses yeux avaient perdu un peu de leur éclat.

— J'imagine que vous avez raison. Pourtant, même si la mort en était le prix, ajouta-t-elle avec un soupir, ce serait merveilleux de parler avec un membre du royaume des insectes. Oh, si seulement le Yargo pouvait être au courant de ce que j'ai accompli !

Je comprenais très bien son désir. Moi aussi, j'aurais aimé que cet homme tout-puissant sût que je ne m'étais pas conduite comme une parfaite idiote lors de ce voyage. Après tout, certaines de mes suggestions n'avaient pas été totalement dénuées d'intérêt.

Je me laissai tomber par terre à côté d'elle, lasse et silencieuse. Ce n'était pas le moment de rêver de gloriole. Il fallait que j'oblige mon cerveau à travailler à plein rendement.

Dans tous les romans d'aventures que j'avais lus, les héroïnes se battaient jusqu'au bout, trouvaient des moyens d'évasion époustouflants, et s'en sortaient victorieuses. Elles ne se contentaient jamais de rester avachies dans un coin en attendant leur funeste et inévitable destin. Mais, en l'occurrence, mon imagination délirante refusait de fonctionner.

Nous restâmes ainsi pendant des heures, aucune de nous n'ayant la moindre idée valable. Plusieurs fois, nous eûmes la visite de deux de ces créatures et nous reçûmes la même mixture à base de miel. Sanau écouta attentivement leurs étranges bourdonnements. Au moment où elles disparurent, elle se tourna vers moi, absolument stupéfaite.

— A présent, ils s'inquiètent de notre santé !

— Notre santé ?

Elle acquiesça.

— C'est ce que j'ai déduit de leur conversation. L'un a dit : « Penses-tu qu'elles peuvent se maintenir en vie avec cette nourriture ? » et l'autre a répondu : « Je crois que leur corps a besoin de la chair d'animaux vivants. » Alors le premier a répliqué : « Peut-être de la chair d'oiseaux ? Il faut qu'on essaie. La reine nous mettrait immédiatement à mort s'il leur arrivait quelque chose. »

Aucune de nous ne pouvait très bien comprendre le tour étrange que prenaient les événements. Evidemment, Sanau était d'avis d'aller directement voir la reine pour avoir une conversation avec elle. Une fois encore, il me fallut lui rappeler brutalement l'horrible destin des trois hommes pour l'en dissuader.

Je n'étais pas le moins du monde optimiste. D'une façon ou d'une autre, ce souci inédit pour notre santé nous promettait de nouveaux dangers. Même lorsque les créatures revinrent avec de petits oiseaux plumés, je persistai à craindre le pire. Il me fallut presque coller la main sur la bouche de Sanau pour l'empêcher de demander qu'on les vidât et qu'on les fît cuire. J'insistai pour que nous continuions à manger le miel plutôt que de révéler l'existence de notre seule arme secrète. Elle soupira de déception, mais elle admit mon point de vue. Nous repoussâmes toutes deux les oiseaux et nous nous forçâmes à avaler notre miel. A la longue, cela devenait écœurant, et je commençais à avoir très envie d'eau. La nouvelle passionnante selon laquelle la reine s'intéressait soudain à notre bien-être ne me donnait aucune raison d'espérer. J'étais certaine qu'elle nous épargnait dans le seul but de célébrer une fête quelconque. J'envisageai la possibilité de me laisser mourir de faim.

Nous passâmes une nuit blanche. Lorsque les créatures nous apportèrent, le lendemain matin, une nouvelle ration de miel, nous nous sentions faibles tant nous étions déshydratées. Je continuai à conseiller fermement à Sanau de ne le leur signaler en aucun cas dans leur langue, même si nous mourrions littéralement de soif.

Finalement, je voulus bien que nous essayions de leur montrer que nous devions boire, en nous exprimant par signes.

Nous écartâmes le miel. Ils demeurèrent pendant un moment interloqués par notre refus. Sanau se mit avec application à faire le geste de puiser de l'eau dans un ruisseau, mais je dus me détourner et lui laisser le soin de leur expliquer. La vue de ces horribles insectes me rendait physiquement malade.

Sanau poursuivit ses mimiques, tout en murmurant à mon intention qu'ils étaient bien ennuyés et se consultaient.

Elle me prit la main et fit un geste en direction de la porte. Ils nous autorisèrent docilement à passer. Nous sortîmes. La chaleur était insupportable. Nous pénétrâmes dans les bois. Il n'y avait aucun cours d'eau en vue, mais nous nous y engageâmes, nous frayant un chemin au milieu des herbes sauvages et des fourrés de l'épaisse forêt, suivies par les craquements de branches accompagnant la progression de nos affreux ravisseurs.

Nous trouvâmes enfin un ruisseau. Il était boueux, jaunâtre et peu attirant.

— Peut-être est-il pollué, dis-je.

Sanau se pencha et lampa avidement.

— J'espère bien qu'il l'est, répliqua-t-elle avec ferveur.

Je tombai à genoux et puisai un peu d'eau dans mes mains. Je bus abondamment. Je sentis des grains de sable, mais ça m'était bien égal. Sanau avait raison. Ce serait la solution la plus simple. Je me lavai le visage, le cou, et me mis même un peu d'eau sur les cheveux.

Nous revînmes sur nos pas. Sanau dit que les monstres n'étaient nullement surpris. Ils avaient simplement fait des commentaires sur leur stupidité de ne pas nous avoir offert d'eau, et ils étaient fiers d'avoir eu l'esprit assez large pour nous permettre de montrer de quoi nous avions besoin. Ils étaient impatients de rapporter cette nouvelle découverte à la reine.

— Oh ! ils sont doués d'intelligence, dit Sanau, mais jusqu'à quel point, je ne sais pas. Un indigène cannibale de votre planète est doué d'intelligence. Un bon cheval est doué d'intelligence...

— Et un criminel aussi, ajoutai-je d'un air morose.

Nous nous réinstallâmes pour attendre la fin d'une nouvelle journée interminable. Je fermai les yeux, mais le sommeil refusait de venir. Lorsque je les rouvris, je remarquai que Sanau regardait au loin, dans l'espace, avec une expression presque pensive. Je me sentais proche d'elle. Il m'était difficile de me rappeler à quel point je l'avais détestée sur sa propre planète.

— A quoi pensez-vous ? demandai-je.

Tout en posant la question, j'eus conscience que je n'aurais jamais osé me montrer aussi impertinente sur Yargo, mais nous n'avions rien d'autre à faire que parler.

— Je pensais à Sa Grandeur Toute-Puissante.

C'était tout. Si je m'étais autorisée à penser, beaucoup de choses me seraient venues à l'esprit. David, ma mère, mon foyer, et oui Sa Grandeur aussi. N'y a-t-il personne d'autre à qui Sanau prêtât attention ?

Je demandai avec curiosité :

— Avez-vous des enfants, Sanau ?

— J'en ai eu vingt-sept qui étaient acceptables.

J'en sursautai. Elle avait dit vingt-sept comme j'aurais dit : « Oh ! deux ou trois. »

Quand ma voix eut repris son ton normal, je demandai encore :

— Qu'entendez-vous par « acceptables » ?

Elle ne répondit pas immédiatement. Je comprenais que sa première réaction était de feindre d'ignorer le cours qu'avait pris la conversation. Puis peut-être se rendit-elle compte qu'il était plus sage de bavarder que de ruminer nos pensées morbides, car après un long silence elle dit :

— Ma chère Janet, sur Yargo, la gestation de la femme n'est pas la même que sur votre planète. L'acte de conception est identique, mais là s'arrête toute similitude.

— Mon Dieu, comment avez-vous remédié à ce genre d'imperfection ? Je croyais que cela n'avait en rien changé depuis le début des temps.

— D'une certaine façon, nous n'avons pas progressé. En fait, c'est seulement bien plus simple.

— Allons, Sanau, ne me dites pas que vous pondez des œufs ?

Elle sourit.

— C'est sensiblement la même chose. Sur notre planète, lorsqu'une femme sait qu'elle a conçu, elle prend au bout de quatre mois une « pilule de reproduction ». Six jours après, elle expulse un « œuf ». La pilule de reproduction a formé un disque hermétiquement clos autour du fœtus, plus solide que l'acier et plus doux que la chair. Il est comparable à la matrice féminine et pourvu d'un environnement qui fait vivre le fœtus pendant quarante-huit heures. La mère apporte aussitôt le disque à la « banque » la plus proche et donne l'heure exacte à laquelle elle a accouché. On accroche alors au disque une étiquette portant son nom...

— Pas celui du père ?

— C'est le produit de la mère. Le père est sans importance.

Elle s'étendit par terre et ferma les yeux, me signifiant que la conversation était terminée.

La curiosité me poussa néanmoins à poursuivre.

— Mais, Sanau, vous ne m'avez toujours pas expliqué ce que vous entendiez par « acceptable ».

Elle répondit d'une voix somnolente et sur un ton monocorde.

— Pour avoir une race parfaite, il faut qu'il y ait égalité. Donc, quand une cellule est apportée à la « banque », on en étudie d'abord les imperfections, puis on détermine le sexe. Si c'est une femelle et s'il y a surabondance de femelles à ce moment-là, on la détruit.

— Même si elle est parfaite ? dis-je, horrifiée.

Elle acquiesça.

— La même règle s'applique s'il y a surabondance de mâles. Il n'y a pas de discrimination quant au sexe. Du reste, si la cellule est parfaite et si les contingents ne sont pas atteints, elle devient acceptable. Elle est alors placée dans une banque d'incubation où lui est donné tout ce qu'elle retirerait ordinairement du corps maternel. De cette façon, le fœtus se développe et cela épargne à la femme l'ennui d'une charge parasitaire.

— Qu'est-ce qui arrive ensuite ? Je veux dire quand le bébé a terminé sa croissance, ou, si l'on veut, qu'il est né. Est-ce qu'on le rend alors à la mère ?

Sanau secoua la tête.

— La mère revoit rarement l'enfant.

— Elle ne voit jamais son enfant ? Mais, Sanau, pourquoi ? Comment peut-elle le supporter ?

— Parce qu'elle est yargonienne, et le produit d'une race parfaite. Une race non émotive.

Je discutai cette question avec chaleur.

— Une race ne peut être parfaite si elle n'éprouve pas d'émotions. Des émotions fortes.

Elle s'assit, dos au mur. On lisait de nouveau une certaine ardeur dans son regard. Ne discutait-elle pas de sa planète bien-aimée ? Vénus, les monstres, et ma présence elle-même étaient temporairement effacés.

— Un peuple émotif ne saurait être sans défauts. (Sa voix était basse et vibrante.) « Vous avez des guerres. Dites-moi : quelles en sont les causes ? Des désordres d'ordre émotif, l'aspiration à la richesse et à la puissance, ou la goinfrerie. Cette propension amène un dirigeant à soulever la colère de son peuple pour une cause qu'il invente. Ça peut être la religion. Pensez à votre histoire. Les premières guerres, sur votre planète, ont été des guerres de religion : les croisades, ou votre dernier conflit mondial qui a été déclenché par haine pour une secte religieuse. Souvenez-vous de cela, mon amie : il ne peut y avoir de guerre si les gens ne sont pas emportés par une émotion.

« Eliminez la luxure et l'avidité, et les leaders eux-mêmes n'auront nulle envie de devenir dictateurs. Quand la véritable puissance ne vient que du savoir, il n'y a pas de problème. Que peut procurer l'argent si le seul critère de richesse réside dans les facultés intellectuelles de quelqu'un ? Si une civilisation toute entière partage ce point de vue, le concept même de guerre et de biens inutiles devient absolument infantile. On peut avoir alors un seul leader, une seule langue et faire naître le désir universel de parfaire sa planète et de demeurer, avant tout, la planète supérieure à toute autre dans n'importe quel système solaire. »

— D'accord, Sanau, dis-je pour interrompre son laïus. Je partage votre point de vue sur l'élimination de la guerre. Il est possible que vous en veniez à bout par une logique non émotive, mais je pense que mettre au monde un enfant, l'élever, comme aimer un mari et vivre avec lui procurent des émotions bénéfiques. Ça rend la vie plus épanouie.

— Toutes les émotions, même les « bonnes » empêchent d'être rationnel. Pour détruire un mal, on doit être absolu. Tant que le désir de possession d'un être à l'égard d'un autre n'est pas effacé et la soif de pouvoir abolie, la première proposition ne peut être réalisée.

Dehors, la nuit tombait. Un jour de crainte s'était écoulé et demain nous attendait. Peut-être Sanau eut-elle la même pensée car elle fit un effort pour revenir à son sujet comme si, grâce à cette discussion, elle oubliait le présent.

— Le mariage est à base de sentiments, poursuivit-elle, et c'est pour cela qu'on l'a supprimé. Il retarde le progrès d'une race. Réfléchissez-y, qu'est-ce que la plupart des femmes attendent du mariage ? Elles ont des raisons nombreuses et variées, je le reconnais volontiers. L'une d'elles, et la plus altruiste, est de recréer une forme humaine à leur image. De reproduire leur propre moi.

— Eh bien, qu'y a-t-il de mal à cela ? demandai-je.

— Regardez simplement les maux qui en découlent. Les enfants sont, en mettant les choses au mieux, une grande responsabilité. Les hommes subissent cette charge, et l'on exige d'eux qu'ils restent avec une seule compagne pendant toute leur vie ou qu'ils risquent de ne plus être respectés par la société s'ils rompent cette union. Allons, mon amie, comment peut-on accéder à la pleine maturité si on doit passer toute sa vie d'adulte avec un seul compagnon ? L'organisme humain appelle à grands cris la diversité. Personne ne peut vivre en s'appuyant exclusivement sur l'amour et la dévotion d'une unique personne, et pourtant c'est ce que demandent les lois de votre monde. Lorsque les gens de chez vous sont obligés de contrevenir à ces règles, secrètement ou non, ils paient leur écot à la société avec des consciences débordantes de sentiments. S'il n'y a pas d'échappatoire, les gens qui souffrent le martyre se sentent frustrés et cherchent à se libérer par des voies anormales. C'est ainsi que se forment toutes sortes de complexes et de névroses.

— Mais que se passe-t-il pour les enfants de votre planète ? insistai-je. Comment sont-ils élevés ? Comment peuvent-ils être normaux, sans connaître jamais les soins et l'amour d'une mère ? Est-ce qu'on les garde à la « banque » jusqu'au moment où ils deviennent adultes ?

— On les élève avec des soins maternels accomplis.

— Mais vous avez dit que les mères voyaient rarement leurs enfants.

— J'ai parlé de soins maternels, pas de soins de la mère. Il y a une grande différence. Sur votre planète, combien de mères sont réellement maternelles ?

— Toutes les femmes ont l'instinct maternel, affirmai-je avec chaleur.

— L'instinct, oui, mais combien de mères sont, en fait, des domestiques ?

J'y réfléchis avant de répondre. Malheureusement, je voyais bien où elle voulait en venir. Je connaissais trop de jeunes mariées qui considéraient les journées passées au bureau comme une période d'insouciance et de bonheur. De filles qui se plaignaient des interminables corvées auxquelles elles devaient s'astreindre pour élever leur bébé et tenir leur maison. En fait, à ce moment-là, il ne me venait pas à l'esprit le nom d'une seule amie mariée qui était heureuse de pousser une voiture d'enfant ou de préparer de la bouillie. De temps en temps, il y avait un cas isolé : quelque intrépide qui trimbalait un nouveau-né dans une poussette — avec un gosse de trois ans trottinant derrière — et allait joyeusement son chemin, pas troublée le moins du monde par ces activités intenses. Mais je dois reconnaître qu'elles étaient plutôt considérées comme des cas particuliers que comme des exemples sublimes par la plupart de leurs camarades. Tout ce qui me passait par la tête servait à renforcer l'argument de Sanau. Pour la majorité des femmes modernes, élever des enfants était une nécessité et une obligation plutôt qu'un plaisir recherché, bien qu'on les aimât. Je voulais un enfant. J'avais même affirmé à David que j'en voulais deux ou trois, mais je ne pouvais honnêtement admettre que je me réjouissais à la pensée de me lever tôt et de les nourrir avant l'aube. De plus, peut-être un grand amour pour l'enfant rendait-il le fardeau plus lourd encore car la conscience de la mère se mettait alors à lui susurrer que ce n'était pas bien de détester ces tâches.

Sur Yargo, on avait changé tout cela. Sanau poursuivit son explication. Il y avait des centaines et des centaines d'années, on avait fait une étude sur ce sujet et elle avait révélé que vingt pour cent des femmes seulement aimaient élever leurs enfants et en prendre soin. Sur ces vingt pour cent, huit pour cent étaient soit stériles, soit sans enfant pour une raison ou pour une autre.

On avait donné des postes à la « banque » aux vingt pour cent qui aimaient vraiment cette tâche. Elles y soignaient le fœtus depuis le moment où il était accepté. De cette façon, des bébés parfaits devenaient des enfants heureux et satisfaits à qui était épargnée l'anxiété de mères irritables constamment surchargées de travail, harassées de fatigue et d'une extrême sensiblerie quand il s'agissait du bien-être de leur chérubin.

— Cette idée, sous sa forme la plus élémentaire, commence à peine à faire son chemin chez les gens de chez vous. Certains de vos psychiatres ont achoppé sur la théorie selon laquelle l'amour et de tendres soins sont fondamentaux pour qu'un enfant soit normal et bien équilibré. L'amour sans hystérie, sans sensiblerie. Vous en êtes tout juste à apprendre que la démence n'existe pas, à moins qu'un enfant soit né avec un cerveau physiquement endommagé. Un enfant méchant n'existe pas non plus. Ce sont les troubles émotifs qui créent le mal. On devrait les annihiler avec la célérité que l'on met à soigner une tumeur maligne. Pour aller encore plus loin : si l'émotion était bannie, aucun enfant ne souffrirait de troubles émotifs.

— Mais l'amour de la mère ? insistai-je. Ne manque-t-il pas quelque chose à l'enfant s'il ne sait pas qu'il appartient à quelqu'un ?

— Les enfants découvrent que la planète Yargo leur appartient. Ils apprennent à adorer le leader tout-puissant et à le considérer comme un exemple à suivre. Les petits garçons, sur votre propre planète, ne regardent-ils pas leur père comme une idole, pour être ensuite complètement désillusionnés dans leur prime adolescence ? Pensez, ma chère amie, aux désordres qui peuvent naître d'une telle situation. Sur Yargo, l'enfant ne peut être trahi par son idole car elle est la perfection même. Ainsi, en prenant modèle sur un tel dieu, ils désireront ardemment contribuer à leur tour à quelque chose qui ne périra pas. On donne à l'enfant une généalogie complète de la famille de sa mère. Celle-ci est libre de lui rendre visite et de se tenir au courant de ses progrès aussi souvent qu'elle le désire. C'est certainement supérieur et bien préférable à une mère qui déborde d'amour sentimental, mais doit partager son temps entre la cuisine, le lavage et la soumission aux exigences de son mari. Cette malheureuse est si absorbée que fréquemment elle doit dire au gosse : « Ne pose pas tant de questions » ou : « Par pitié, amuse-toi avec tes jouets, tu ne vois donc pas que ta mère est occupée ? » Par moments, elle peut aller jusqu'à lui donner une gifle si l'enfant se conduit mal. Combien de fois un petit garçon a-t-il entendu sa mère dire à une voisine : « Oh, si je pouvais seulement abandonner ma maison pendant quelques heures, avoir enfin une journée à moi, je ne ferais rien d'autre que dormir » ?

Malgré moi, j'éclatai de rire. La mimique de Sanau était parfaite. Je le lui dis.

— Mais vous oubliez, me rappela-t-elle, qu'il y a des milliers d'années, nous avons vécu une expérience semblable. Rien de tout cela ne peut se produire aujourd'hui. Dans nos « banques » et nos nurseries, tout le monde est là parce qu'il ou elle souhaite y être. Chacun se consacre aux soins de l'enfant lequel apprend que le monde attend qu'il joue un rôle dans l'ordre de la nature.

— Qu'arrive-t-il ensuite ? (J'étais fascinée.) Je veux dire quand l'enfant est prêt à entrer à l'école.

— Le système est sensiblement identique, répondit-elle. Lorsque les enfants grandissent, on les envoie vivre à l'école. Notre théorie sur l'enseignement va dans le même sens. En somme, seul un certain pourcentage de gens désirent vraiment enseigner. Je vous assure que, sur votre planète, plus de cinquante pour cent des professeurs sont de pauvres malheureux qui sont obligés d'embrasser cette profession par nécessité économique, sous la pression de leurs parents ou parce qu'ils n'ont pas eu l'occasion de se marier. Ils sont tristes, frustrés. Ils ont l'impression de stagner, et leur cœur s'endurcit. Quel genre de gens sont-ils donc pour tenir entre leurs mains le destin d'une génération future ?

Je pensai à Mlle Massinger et soupirai, d'accord avec Sanau.

Elle se hâta d'expliquer que les enfants n'étaient pas astreints à étudier un sujet donné. On les guidait dans les disciplines pour lesquelles ils faisaient montre d'un véritable intérêt. Bien sûr, les esprits des enfants n'étaient pas formés et il fallait les aider à découvrir ce qui les intéressait. Mais on ne leur imposait jamais une matière. S'ils ne réagissaient pas, on présentait la leçon de façon plus attrayante, le professeur y mettait plus de cœur. Si ces efforts se révélaient vains, on éliminait immédiatement la matière en question et on en proposait une autre. Jamais on n'aurait pu imaginer un enfant donné en spectacle et humilié en public quand il subissait un échec.

Sur Yargo, il était assez courant de rencontrer un homme qui était un véritable prodige dans le domaine des mathématiques et presque ignare dans celui de la langue et des arts. On ne le blâmait pas pour ses points faibles. On le louait pour le savoir qu'il possédait et on l'encourageait à en parler longuement. En revanche, il écoutait avec un grand respect l'homme dont le point fort était la littérature et les arts. Ils éprouvaient une admiration mutuelle pour leurs talents respectifs.

Les femmes, qui n'avaient plus la charge de mettre au monde un enfant et de l'élever, de soigner un mari et de chercher à être belles physiquement, étaient également libres de poursuivre leurs études. Puisque le sexe en soi était un facteur mineur, hommes et femmes travaillaient en complète harmonie, sans éléments de perturbation. L'égalité absolue des sexes était une réalité, et il n'était pas besoin de lois pour la proclamer. Elle était là, dans les faits.

J'avais envie de poser d'innombrables questions sur certains points. Devant un tel déluge, Sanau écarta mes objections d'un geste de la main. Il avait fallu aux Yargoniens des milliers et des milliers d'années pour arriver lentement, pas à pas, à ces conclusions. Il serait vain d'espérer que quelqu'un comme moi accepterait tout à trac des révisions aussi fondamentales de la structure sociale.

Bien que j'éprouvasse des craintes quant au triomphe de ces théories, je dus bien me résoudre à y voir une certaine logique fondamentale. Mon propre cas était un excellent exemple. J'avais voulu devenir comédienne et maintenant, sur cette étrange planète, face à l'éventualité de la mort, je compris soudain que ce n'était pas uniquement un rêve d'adolescente. Cela avait été un désir réel, sincère et pendant un moment, mes yeux furent inondés de larmes retenues à la pensée de ces ambitions non réalisées. Je me demandai s'il y avait un théâtre sur Yargo. Je posai la question à Sanau.

Bien sûr, il y en avait un. Et à son tour, avec un intérêt surprenant, Sanau me demanda pourquoi j'en avais abandonné l'idée sans en faire sérieusement l'expérience. Pourquoi était-ce resté au stade du désir au lieu de devenir une réalité ?

Cela me fit rire.

— Ce n'était pas vraiment abandonner une idée, expliquai-je. C'était une lubie, quelque chose d'improbable et d'irréalisable. D'abord, comme vous le savez, il existe encore sur Terre un facteur appelé « argent ». Pour devenir comédienne, il était nécessaire que j'aille à New York ou en Californie et que j'aie de quoi subsister pendant un an. Ça fait pas mal d'argent, et il m'aurait fallu peut-être même plus d'un an avant de trouver un emploi de figurante ou un petit rôle pour tenter ma chance. Pendant ce temps, qui m'aurait entretenue ?

— Alors, vous avez renoncé sans même essayer vraiment ?

— C'est exact. Ça n'a pas été trop difficile, il est vrai, à partir du jour où j'ai été obligée de reconnaître que c'était logique.

Sanau se contenta de me regarder fixement pendant un moment. Puis, avec une expression d'incrédulité dans ses beaux yeux, elle demanda :

— Vous voulez dire que le travail de toute votre vie est devenu pour vous... une idée irréalisable ? Si ce désir était en vous depuis votre enfance, alors cela veut dire que vous y étiez destinée. Et pourtant, vous êtes passée outre et vous avez changé votre destin, comme ça, tout simplement ?

— Ma foi... (Je me rendais compte que je m'embourbais.) Oui je crois qu'on pourrait dire que j'ai abdiqué. J'ai pris des cours de secrétariat et trouvé un métier qui me plaisait bien. Je ne peux pas dire qu'il me plongeait dans le ravissement ou qu'il développait mon intelligence. C'était un travail de routine. Puis j'ai rencontré David. Nous nous sommes fiancés. En fait, nous devions nous marier en septembre.

Je soupirai à la pensée des plaisirs auxquels je devais maintenant renoncer.

Sanau soupira également, non par sympathie pour mon sort, mais pour celui de notre civilisation.

— C'est d'une infinie tristesse. En étant ici sur Vénus, je laisse derrière moi une planète merveilleuse, une race supérieure, et le leader le mieux fait pour commander. Je suis à plaindre, mais vous, vous devriez vous féliciter d'avoir échappé à la vie qui vous attendait.

— Je ne peux pas dire que je préfère cette ruche à mon nouvel appartement !

— C'est une comparaison de mauvais goût, répondit-elle. La vie qu'on vous offrait sur Mars était certainement meilleure. Au moins, vous auriez eu la possibilité d'apprendre quelque chose sur une race nouvelle et de consacrer vos efforts à une tâche qui aurait pu vous plaire.

— Sanau, je ne suis pas tellement évoluée. Je crains

d'aimer mieux les plaisirs simples de mon nouvel appartement avec David que les délices de Mars.

Elle secoua la tête, très mécontente.

— Ma chère amie, si seulement vous pouviez vous entendre parler. Vous écouter sans sensiblerie et d'une façon détachée. Toute votre vie se réduit à une succession de fuites. Fuite par rapport à vous-même, puis fuite par rapport à la vie elle-même. Vous continueriez à courir jusqu'à ce que la mort vous tende les bras pour vous réconforter. Pour vous, elle serait synonyme de paix, en mettant fin à votre douleur et à une pauvre existence minable d'être frustré. Pour nous, la mort ne fait qu'offrir un doux repos bien gagné après une vie remplie.

— Ce n'est pas aussi mal que vous le croyez, insistai-je.

— Que faites-vous qui vous plaise réellement ? Comment quelqu'un peut-il trouver le bonheur sur votre planète si vous en êtes un exemple type ?

— Sanau ! (Je criai presque d'exaspération.) Je suis en effet un exemple type et je ne suis pas malheureuse. Peut-être que selon vos normes ma vie est stagnante, mais rappelez-vous que tout est relatif. La vôtre ne m'attirerait pas spécialement.

Elle me regarda dans les yeux.

— Vous m'avez révélé que vous vouliez devenir comédienne, ou du moins avoir une chance d'essayer de le devenir. C'était un désir très fort. Pourtant à présent, vous en convenez avec une espèce de honte parce que vous avez été obligée d'y renoncer en le considérant comme un vain rêve — sans vous donner la peine de voir si, au fond de votre cœur et de votre esprit, existait un authentique talent créateur. Après, vous vous forcez à étudier quelque chose — la sténo, je crois — que vous n'aviez nulle soif d'apprendre, et, à la suite des cours que vous aviez suivis, vous vous êtes contrainte à trouver un travail qui ne vous offrait aucune joie. Vous sombriez de plus en plus profondément dans les sables mouvants du malheur et de l'insatisfaction, mais vous vous êtes arrangée pour y échapper en découvrant David. Vous vous êtes rapidement convaincue que le soulagement que vous procurait la fuite était de l'amour. Même si je ne suis pas capable d'éprouver ce sentiment, je sais parfaitement bien que ce n'est pas de l'amour, ma chère amie.

— Vous vous trompez, dis-je avec chaleur. Je n'étais pas obligée d'épouser David. Je connaissais d'autres hommes et j'ai choisi David entre tous. Ecoutez, toutes mes amies m'envient et...

— Oui, vous l'aimez et vous l'avez choisi contre la dactylographie et le travail fastidieux que vous étiez obligée d'accomplir dans ce bureau, mais c'est tout. Au regard du labeur qui vous était imposé, David représentait une véritable chance. Peut-être même en le comparant à certains des petits copains de vos camarades, ce David est une aubaine. Probablement ses traits sont-ils plus réguliers. Sans doute est-il capable de gagner davantage d'argent. Alors, vous vous dites que tout est bien, que vous êtes très heureuse. Et après ? L'anesthésie provoquée par l'excitation de vos fiançailles portée à son plus haut point par le mariage lui-même. Quelques mois pour vous enivrer du luxe tout neuf de l'émancipation à l'égard de votre famille, avant que vous appreniez que le mariage vous tient la bride encore plus serrée. Vous jouissez de cette fausse sécurité. Vous contemplez avec fierté les quelques biens minables que vous pouvez maintenant appeler les vôtres. Vous savourez le moment où vous les montrez à vos amies moins chanceuses qui sont peut-être encore enfermées dans le bureau d'où vous vous êtes échappée. Puis vient votre accomplissement, comme vous dites. Vous vous apercevez que vous attendez un enfant. Vous pensez avoir réalisé quelque chose d'extraordinaire, quelque chose que nulle autre n'a fait avant vous, oubliant que des animaux idiots ont plusieurs portées par an. Vous regardez avec horreur votre corps gonfler jusqu'à ce qu'il ait une taille et une forme grotesques. Pendant des mois, vous vous trimbalez partout, passant du plaisir à la tristesse et de la tristesse au doute, tout aussi mystérieux les uns que les autres. Allez-vous mourir ? Votre enfant vivra-t-il ? Sera-t-il normal ? Serez-vous, vous-même, aussi belle et aussi désirable qu'avant ? Votre mari vous aime-t-il encore de cette passion mêlée d'admiration des premiers temps ? Retrouverez-vous jamais ce merveilleux romantisme qui vous faisait frémir à son contact ? Oubliera-t-il cette créature difforme que vous êtes devenue et se souviendra-t-il de la jeune mariée éthérée qu'il adorait jadis ? Serez-vous capable d'être une bonne mère tout en étant une bonne épouse et une bonne amante ? Ce David aura-t-il du succès et gagnera-t-il assez d'argent pour donner à votre enfant ce dont il aura besoin ?

— Arrêtez ! dis-je avec une telle violence que cela fit apparaître la créature qui était de garde à l'extérieur de la caverne. Elle entra à quatre pattes et nous regarda toutes les deux, son immense antenne battant l'air, comme si elle écoutait pour s'assurer que nous allions bien. Puis, elle fit demi-tour et s'éloigna, mais nous vîmes son ombre se dessiner sur le sol.

— Excusez-moi, dis-je radoucie. Sanau, vous donnez une

signification si épouvantable aux seules choses merveilleuses de la vie. Bien sûr, on peut rendre noir le blanc. Vous prenez notre vie et vous la regardez de vos yeux dénués d'émotion. Sans le sentiment qui sous-tend ces événements, je reconnais qu'ils doivent sembler aussi déplaisants que vous le prétendez. Une promenade solitaire dans le désert peut être une longue marche épuisante et étouffante. Mais faites cette même promenade avec quelqu'un que vous aimez, elle devient un événement mémorable, et même un désert peut devenir un paysage pour amoureux. Je pense que ce n'est pas très juste que vous analysiez notre vie en vous plaçant du point de vue d'un spectateur tellement impersonnel.

— Pas si impersonnel que vous le croyez, répondit-elle. Vous semblez oublier que nous sommes passés, nous aussi, par ces expériences. Jadis, nous éprouvions des sentiments. Ni moi, ni ma mère, ni ma grand-mère, mais nous avons des pièces historiques ainsi que des romans qui parlent de ces émotions et de ces faits. Exactement comme vous possédez des documents qui vous apprennent les coutumes des indigènes des brousses africaines, des Indiens, et même les rites et cérémonies de leur mariage. Je parle donc en connaissance de cause quand je fustige les coutumes de votre planète qui pèsent sur l'être humain.

Je secouai la tête.

— Fustigez, fustigez. Si j'étais restée sur la Terre, j'aurais pu jouir d'expériences et d'émotions telles que vous n'en connaîtrez jamais. Vous vous appesantissez sur les mauvaises choses, l'enflure du corps, les doutes, mais vous omettez les expériences merveilleuses qui font que toutes les inquiétudes et les tourments valent la peine qu'on les subisse. Sanau, peut-être que tout cela en vaut la peine pour le merveilleux et unique moment que vous avez complètement négligé. Etre allongée, après ces longs mois de crainte et d'angoisse, et éprouver alors le bonheur d'avoir un bébé dans ses bras. Savoir que c'est votre chair et votre sang, unis au sang de l'homme que vous aimez. Savoir que tout ce qu'il possède, il l'a tiré de votre corps, et vous enivrer de la joie qu'on vous ait permis de le donner pour cette vie. C'est une chose vivante, vivante grâce à vous. Je sais parfaitement bien qu'un chat de gouttière met bas une portée, mais celle-ci est plus comparable aux vingt-sept enfants que vous avez conçus, car ils ne sont que le délivre d'un moment de plaisir physique. Si j'avais eu la chance d'épouser David et d'avoir un enfant, ç'aurait été la preuve concrète et vivante de l'apogée du véritable amour.

— Le véritable amour qui durerait, comme vous le dites, un

jour, un mois, un an. (Elle n'essaya pas de cacher son sourire méprisant.) Mais que représente une semaine ou une année de bonheur égoïste face aux années de travail pénible, quand on a renoncé à toute ambition ? Vous oubliez tous les espoirs et les rêves que vous avez dû abandonner en échange de cette brève extase. Vous oubliez votre désir de devenir comédienne. Vous oubliez l'ennui d'apprendre un métier dont vous n'aviez que faire. Pensez-y, une année entière consacrée à un travail sans intérêt. Janet, on peut perdre toutes les richesses du monde et les réacquérir, mais jamais vous ne pourrez retrouver le temps perdu. Et, qu'arrivera-t-il après ce grand moment où vous êtes allongée et vous réjouissez du miracle d'avoir donné le jour à un enfant ? Vous pousserez votre compagnon à travailler à un rythme plus rapide et il se soumettra, et ainsi il mourra bien plus tôt que la nature ne l'avait prévu. Vous passerez vore vie à lésiner sur tout, le nécessaire et le superflu, pour cet enfant. Vous serez obligée de vous charger de tâches ménagères supplémentaires qui ne vous procureront aucune joie et ne vous inspireront pas. Avant longtemps, vous aurez transigé avec tout ce qui symbolisait autrefois pour vous la notion de bonheur. Puis, après tant d'années de travail, d'ennuis et de privations, votre enfant atteindra la maturité. Si c'est une fille, elle se précipitera dans les bras d'un homme et mènera la même vie que vous. Si c'est un garçon, il viendra vous parler de ce qu'il veut faire dans l'existence. Neuf fois sur dix ce ne sera pas ce que vous avez voulu pour lui, ou ça ira contre les désirs de la femme qu'il a choisie comme compagne. Ou bien ce sera un individualiste qui s'opposera à vous tous, éprouvant des remords de conscience pour vous avoir rendue malheureuse et pour tout ce qu'il a perdu. Aucun succès ne lui apportera la paix de l'esprit ou un authentique sentiment d'accomplissement. Ou bien, s'il agit comme quatre-vingt-dix pour cent des gens de votre civilisation et suit la pente de la plus grande facilité, il se lancera dans un travail qui ne lui procurera aucune satisfaction intellectuelle et deviendra un de ces automates que vous appelez des êtres humains. Ainsi le cercle sera bouclé, et tout recommencera.

Je m'allongeai sur le sol frais. Comme orateur, Sanau n'avait pas sa pareille. Sentimentalement, j'étais opposée à ses arguments, mais intellectuellement, je n'étais pas de taille à réfuter sa manière de voir. Je m'abstins donc de poursuivre la discussion. De plus il subsistait un doute qui me rongeait : peut-être n'avait-elle pas tellement tort.

Comme pour nourrir cet embryon de doute, elle continua à

me donner des détails sur la façon dont j'avais laissé s'anéantir mon ardeur.

Si j'avais eu la chance de naître sur Yargo, on m'aurait donné la possibilité de réaliser mon désir de devenir comédienne. Au terme de mes études, on m'aurait placée sous la direction du Conseil du Théâtre. Sous son égide, l'occasion m'aurait été donnée d'interpréter n'importe quel rôle. Le public aurait tenu lieu de juge et de jury. Il n'existait ni critiques ni agents de publicité qui avaient le pouvoir de promouvoir ou de détruire la carrière d'un artiste. Alors, au bout d'un certain temps, si on avait jugé mon talent insuffisant (ce qui était improbable puisque quiconque aimait vraiment son métier et y travaillait en toute liberté échouait rarement), j'aurais pu néanmoins persévérer dans cette voie et essayer d'arriver à la perfection. Si j'avais désiré changer, on m'aurait trouvé une situation dans la profession que j'aimais, comme professeur ou décorateur.

— Vous comprenez, ma chère amie, ajouta-t-elle, l'amour existe vraiment sur notre planète, mais pas tel que vous le concevez. C'est l'amour pour le travail et la création et non celui d'un être pour un autre.

— Vous voulez dire qu'il n'y a pas d'être que vous aimiez vraiment. (Ça semblait incroyable.)

— J'aime tous les habitants de ma planète, bien que ça ne soit pas de l'amour au sens où vous l'entendez, et je respecte le travail qu'ils font. Lorsqu'on n'aime pas un être en particulier, il ne peut y avoir ni jalousie, ni haine, ni intrigue. Il n'existe personne à qui je garde rancune, ce qui, j'en suis sûre, n'est pas ce qu'on pourrait dire d'un être humain de votre Terre.

Il faisait complètement noir à présent. Une créature entra d'un pas lourd, portant du miel et de l'eau dans des coupes rudimentaires faites de feuilles géantes. Nous mangeâmes et bûmes en silence. Pendant un moment, j'avais oublié le péril réel qui se tenait tapi à l'extérieur de la ruche. Il était curieux qu'en cette nuit lourde de dangers et de mauvais présages nous ayons pu parler si raisonnablement des usages de nos planètes.

Je finis mon triste repas et m'étendis pour la nuit. Je me souvins que David avait un ami qui, pendant son service, était dans un camp de prisonniers de guerre outre-mer. Six de leurs copains étaient passés devant le peloton d'exécution, et ils avaient conscience que l'aube leur réservait le même sort. Et ainsi, au cours de leur dernière nuit, ils s'étaient assis en rond et avaient parlé de leur foyer et de leurs enfants, discuté de politique et de la philosophie de la vie en général. Ils avaient parlé de tout, sauf du destin qu'ils affronteraient bientôt. Ce ne fut que deux heures avant le lever du jour que les Alliés foncèrent sur le camp et les libérèrent. Mais Sanau et moi ne pouvions compter sur les Marines ou les aviateurs pour nous délivrer. Nous vivions nos dernières heures, et nous n'avions plus le moindre espoir.

Au moment où je fermai les yeux, l'immunité que m'accordait l'obscurité me donna le courage de poser à Sanau la question qui m'avait obnubilée pendant toute cette soirée.

Je lui demandai si elle était amoureuse du Yargo.

Elle n'exprima ni surprise ni colère.

Avec un calme magnifique et une absence totale d'artifice, elle répondit :

— Bien sûr que je l'aime. L'aimer, c'est comme aimer son travail ou sa planète. Car, aussi bien sur cette planète que sur n'importe quelle autre, tout ce qu'un mortel peut réaliser, il est capable de l'égaler ou de le surpasser.

Puis elle se tut et sombra probablement dans des méditations sur le Yargo qui la plongèrent dans l'extase.

Et ainsi se passa notre deuxième nuit sur Vénus.

Chapitre 19

Le lendemain matin, la monotonie de notre séquestration fut rompue par un vol surprise. Dès que nous eûmes terminé notre sempiternel miel, nous fûmes soulevées dans les airs par les monstrueuses créatures et emportées de l'autre côté de la planète.

Le soleil perçait la brume légère aussi peu fréquemment que le faisait la lune, et pourtant le temps était clair et chaud sur Vénus. Je m'émerveillais du calme avec lequel j'acceptais maintenant ces petites balades aériennes. Je flottais dans l'air sans autre protection que ces immenses bras poilus, sachant que le vombrissement de moteur que j'entendais n'était que le bourdonnement d'un insecte tueur d'hommes, et cependant ma seule crainte venait des événements qui m'attendaient.

Le voyage se termina devant une ruche géante, d'une architecture surchargée, qui faisait ressembler notre logement à une fourmilière. Je présumais que c'était la résidence de la reine. Je ne me trompais pas.

Elle — ou ça — nous attendait, lorsque Sanau et moi fûmes déposées dans son domaine. Je me tenais tout près de Sanau afin qu'elle pût me traduire les bribes de conversation qu'elle entendrait et comprendrait, mais à ma grande déception, Sanau n'ouvrit pas la bouche et je sentis croître mon angoisse. L'activité était intense. Il y avait un constant bourdonnement, et des tournoiements d'antennes, d'abord du côté de la reine, puis de son état-major, puis d'un autre groupe qui exprimait son opinion. Le bruit devenait assourdissant. On aurait dit une immense scierie. Je poussai Sanau du coude et lui jetai un regard implorant, mais elle se conduisait comme si elle était en transe, comme si elle était incapable de me comprendre, et, à plus forte raison, de comprendre ces étranges créatures.

Soudain, la reine souleva sa grande et grosse carcasse pour se mettre debout et émit un bruyant bourdonnement. C'était un spectacle à vous glacer le sang : cet insecte monstrueux posé sur ses pattes arrière, ses énormes ailes tombant par terre, ses yeux effrayants fixés sur la pièce. Je me détournai.

La reine donnait manifestement un ordre et, lorsqu'elle eut fini, elle s'assit sur son derrière. Un effroyable tapage emplit la pièce, suivi d'un brusque silence.

Sanau s'était évanouie !

Je pense qu'elle reprit connaissance toute seule. Les créatures se montraient passablement inquiètes et lui mettaient de l'eau et du miel sur les lèvres. Elle réussit à ouvrir les yeux avec un visible effort et se remit péniblement debout. Je la tenais par le bras malgré ma soudaine faiblesse, car je savais que si Sanau avait perdu connaissance c'était qu'elle avait entendu quelque chose, quelque chose concernant notre avenir à toutes les deux. Si elle s'était évanouie, elle, alors moi, on m'aurait probablement emportée, délirante et poussant des hurlements. Il était sans doute préférable pour le moment que Sanau eût été la seule à comprendre.

Mais je m'interdisais d'avoir de telles pensées. En cet instant, mon principal souci était que ces créatures n'apprissent pas que Sanau les comprenait. Fort heureusement, leur seule préoccupation dans l'immédiat semblait être le bien-être de Sanau. Elles se précipitèrent pour nous emmener et nous ramenèrent avec sollicitude à notre prison.

Lorsque nous nous retrouvâmes seules, je tournai un visage blême de peur vers Sanau. Elle se déroba et poussa des gémissements désespérés. Je baissai la voix pour la supplier de me révéler toute la vérité ; quand elle refusa de répondre, je me mis à la secouer tant je me sentais frustrée.

— J'exige de savoir, criai-je. J'ai le droit de savoir !

Elle me regarda, les yeux brillants d'angoisse.

— Ma petite amie, je ne sais rien. C'est simplement la chaleur qui m'a fait défaillir.

Elle n'était pas très rompue à l'art des faux-fuyants. Je revins à la charge.

— Une Yargonienne ne perd pas connaissance dans des circonstances qu'une Terrienne peut supporter, Sanau. Vous ne me dites pas la vérité.

Elle refusa encore de répondre et s'étendit par terre en me tournant le dos.

Je passai inutilement une heure à la supplier, la cajoler, la menacer, sans parvenir à la faire parler.

Lorsqu'on nous apporta, pour notre repas du soir, le miel et l'eau qui maintenant me donnaient la nausée, mes efforts intempestifs et vains m'avaient presque épuisée. Qu'avait-elle entendu qui avait pu lui faire perdre connaissance ? Qu'est-ce qui avait pu à ce point décontenancer cet esprit supérieur ?

Je me mis à grignoter le miel du bout des dents.

— Je vous conseillerais de ne pas manger, dit-elle d'une voix atone.

Je laissai immédiatement tomber le miel.

— Est-ce qu'ils vont nous empoisonner ?

— Une telle mort serait une preuve de compassion de leur part, répondit-elle.

Je repoussai la nourriture et l'eau, et boudai. Je lui fis remarquer que je trouvais son attitude assez moche. Quelle que fût la mort qui nous attendait, l'incertitude qui me tourmentait était plus effrayante que la vérité.

Elle m'étudia comme si elle voulait s'assurer de l'honnêteté de mon assertion. Ajoutant manifestement foi à mes paroles, elle revint sur sa décision et laissa tomber le masque.

— Je voulais vous le cacher, ma chère amie, pour votre bien, pour vous permettre de passer au moins une nuit de repos. je peux simplement affirmer que le suicide est le seul choix qui nous reste.

Elle commença à fouiller la ruche dans l'espoir d'y trouver quelque outil rudimentaire qui pourrait servir à cet effet, mais la pièce était vide. Même les ustensiles dans lesquels on mettait notre nourriture étaient faits de feuilles tendres.

— Une branche d'arbre ferait l'affaire, dit-elle avec affolement, nous pourrions nous arranger pour nous ouvrir les veines des poignets.

Je la suivis partout, tout le temps, l'aidant dans ses recherches et l'incitant à me dire toute la vérité. Après s'être rendu compte de la vanité de ses efforts, elle s'assit en face de moi. On lisait dans son regard un désespoir absolu.

— Ce n'est pas un bien joli tableau, Janet. Je les ai nettement sous-estimés. Bien qu'on ne puisse en aucune façon les comparer intellectuellement aux Yargoniens, ils dépassent dans tous les domaines les habitants de votre planète. En fait, à un certain stade, ils ont joui de la même constitution physique que les êtres humains qui peuplent votre Terre.

Ces abeilles avaient jadis été des hommes ? C'était impossible à croire, mais, tandis que Sanau poursuivait, je commençai peu à peu à comprendre. Elle avait glané la plupart des faits qu'elle connaissait dans les discussions entre la reine et ses sujets.

C'était la reine et elle seule qui avait décidé de notre sort. Au début, le problème avait provoqué des dissensions parmi son peuple. Certains voulaient nous voir mises à mort immédiatement de la même façon que les leaders et le pilote. Mais aujourd'hui, on avait mis la question à l'ordre du jour pour un débat général suivi d'un vote. Finalement, la terrifiante proposition de la reine avait été acceptée à une écrasante majorité.

La planète Vénus, expliqua Sanau, avait jadis joui des mêmes conditions climatiques que la Terre et Yargo. Après sa période glaciaire, alors que la Terre était pour l'essentiel un globe désert d'eau et de glace, Vénus avait été la première à se réchauffer suffisamment pour qu'une race d'êtres humains pût y vivre. Puis, au bout de millions d'années, la température de Vénus était devenue plus intense et ces êtres humains avaient peu à peu évolué pour aboutir à une race de créatures géantes ressemblant à des insectes.

Ils avaient finalement appris à s'accommoder de leur climat impossible en construisant des logements qui absorbaient et dissipaient la chaleur et l'humidité. Cela expliquait l'agrément de la ruche dans laquelle on nous gardait.

De temps en temps, un mutant naissait, retour atavique à la souche originelle dont ils descendaient. Ce mutant était souvent moitié homme moitié abeille, ou bien c'était une abeille possédant certains caractères humains. Heureusement, le mutant vivait rarement plus longtemps que quelques années, mais les monstres eux-mêmes étaient vaniteux et ne se reconnaissaient pas dans les créatures qu'ils étaient devenus. Ils nourrissaient l'espoir que, peut-être, ils pourraient en fin de compte retrouver leur forme humaine primitive.

Pour entretenir ce désir, la reine avait donné naissance à un mutant qui ressemblait presque à un être humain. C'était un mâle.

J'avais suivi cet étrange conte avec un certain intérêt, teinté de compassion, mais quand Sanau s'arrêta, ma compassion se transforma immédiatement en panique. Je n'avais pas besoin d'attendre sa conclusion. Elle se voyait comme le nez au milieu de la figure ! Sanau continua de parler. J'écoutais, espérant contrairement à toute logique, que mes pires craintes ne se réaliseraient pas.

— Et maintenant, nous entrons dans le vif du sujet, dit-elle à voix basse. Nous aurons le privilège de fonder une nouvelle génération. Nous donnerons naissance aux rejetons de ce mutant abeille qui s'est débrouillé, je ne sais comment, pour survivre à l'âge de la puberté.

Je voulais perdre connaissance. J'aspirai à cinq minutes d'inconscience pour oublier l'horrible histoire qu'elle m'avait racontée.

Mais, non. Je restai simplement là, les yeux dans le vague. Ça ne pouvait pas m'arriver à moi !

— Ils sont très intelligents, continua Sanau d'une voix monocorde. Ils ont conçu ce plan il y a quelque temps et ils n'attendaient qu'une occasion comme celle-ci. Ils ne pouvaient atterrir ni sur votre Terre ni sur ma planète. Tenter un kidnapping présentait un trop grand danger. Ils n'osaient pas attaquer nos vaisseaux. D'ordinaire, nous voyageons toujours avec une flotte au grand complet. En fait, ils ont pris beaucoup de précautions pour demeurer invisibles à nos yeux car ils savaient que nous étions de force supérieure et que nous pouvions facilement les anéantir. Trouver un vaisseau isolé était ce à quoi ils aspiraient.

Vous aviez raison quand vous affirmiez qu'ils n'avaient pas l'intention de nous attaquer. Ils attendaient que nous soyons en panne de carburant pour pouvoir nous forcer à atterrir sur Vénus. En nous échappant comme nous l'avons fait, nous sommes tombés directement entre leurs mains.

— Mais pourquoi ont-ils tué Leader Corla et les autres ? Je croyais qu'ils voulaient le plus grand nombre possible d'êtres humains.

Sanau sourit.

— Vous oubliez que c'est une race d'abeilles. Il n'y a pas de femelles reproductrices en dehors de la reine. Si le mutant avait été une reine, alors Leader Corla, Leader Kleeba et le pilote auraient été épargnés et nous aurions subi leur sort. Comme ce mutant est un mâle, nous sommes nécessaires. Selon leur plan, nos enfants devraient se marier et se croiser avec d'autres mutants. De cette façon, en fin de compte, une race d'êtres humains recommencera à se développer.

— Vous avez dit « marier », Sanau.

Elle acquiesça de la tête.

— Avec la race telle qu'elle est, avec une femelle régnant sur une race d'ouvrières et de faux-bourdons inutiles, le mariage est impossible. Mais ils sont si désireux de recréer leur ancienne civilisation qu'ils ont l'intention de se conformer à toutes les coutumes humaines qu'ils ont jadis connues.

Je ne répondis pas. Nous tombâmes toutes deux dans une insondable dépression, torturées par nos propres visions. Je ne peux me rappeler comment nous avons passé ces heures épouvantables. Nous ne dormîmes ni l'une ni l'autre cette nuit-là, et nous ne parlâmes pas non plus. Je sais seulement qu'avec les premières lueurs de l'aube apparurent les effroyables monstres. Ils arrivèrent tôt en ce jour exceptionnel pour nous amener au prince de la couronne qui nous attendait.

Notre futur mari !

Chapitre 20

Nous fûmes transportées comme par enchantement à la vaste clairière qui, visiblement, leur servait de principal lieu de réunion et où ils tenaient leurs grands rassemblements rituels.

La reine était perchée sur une petite souche, les quelques créatures de son entourage direct placées juste derrière elle. Toute la population de Vénus était, je le présume, massée en face d'elle. Il devait y avoir près d'un million de sujets, ce qui est peu par rapport à la population de la Terre ou de Yargo, mais nous anéantit littéralement, Sanau et moi. La clairière mesurait plusieurs hectares, mais l'espace se révélait assez restreint pour cette foule considérable. Ces géants monstrueux étaient juchés jusque dans les arbres et se montraient aussi passionnés que les spectateurs des places bon marché des terrains de base-ball.

On nous conduisit directement devant la reine. Elle se leva avec sa maladresse habituelle et fit un signe.

On amena le prince héritier en personne. Dans une cage ! Nous avions devant nous le monstre qui, avec notre concours, allait transmettre la vie humaine sur Vénus.

Il ressemblait exactement à ce qu'avait décrit Sanau : moitié homme moitié abeille. On aurait dit que son esprit et son corps avaient mal pris cette erreur de la nature car il arpentait sa cage dans une colère bleue, en grognant comme un animal sauvage, en bourdonnant et émettant d'étranges sons gutturaux qui donnaient l'impression qu'il tentait de former des mots.

Même comparé à un homme, il était petit — guère plus d'un mètre vingt. Son torse et ses jambes étaient tout à fait humains quant à la forme. De la taille aux épaules, il était couvert d'un duvet qui avait l'aspect de la fourrure. Au lieu de bras, il avait de vagues semblants de pattes d'abeilles qui paraissaient incapables de rien faire d'autre que de s'agiter sous le coup de la colère. Et, sur son dos voûté, on voyait deux grandes ailes inertes et difformes. C'était sa tête qui était encore la plus grotesque.

Elle ressemblait à une tête d'homme, mais deux fois plus grande et sans cheveux. L'espèce de duvet qui couvrait son corps formait une bande au milieu de son crâne et sur sa nuque. Il avait des antennes, de grands yeux d'abeille à facettes et un nez plat. Dans sa colère, il continuait à pousser des grognements qui découvraient ses crocs.

Il était évident que son intelligence n'était pas comparable à celle des autres habitants de la planète. La nature avait manifestement dépensé toute son énergie pour créer ce corps étrange et inquiétant et avait oublié le cerveau. La cage démontrait qu'il était également violent, car, pour quelle autre raison, un prince héritier aurait-il été traité avec un tel manque de respect ?

Je remarquai un bizarre mélange de fierté et de détresse dans le regard de la reine qui semblait évaluer son malheureux fils. Je suis sûre qu'au fond de son cœur elle aurait préféré qu'il ne fût qu'une monstrueuse abeille comme les autres, heureux de survoler les marécages, libre de se livrer à une activité normale, doté d'un esprit lui permettant de la respecter et de l'aimer. Au lieu de cela, le sort de sa race dépendait entièrement de cet esprit et de ce corps déformés.

Elle se tourna immédiatement vers ses sujets, redevenue la reine — oubliant qu'elle était une mère — et bourdonna très vite quelques ordres. Je vis Sanau chanceler dans les pattes du géant qui la tenait. Mon courage m'abandonna, car, bien que je n'eusse aucune idée de ce qui nous attendait, il me suffisait de regarder l'expression de Sanau pour me sentir alarmée.

Un petit groupe armé de lances taillées dans des branches d'arbres marcha droit sur la cage et y pénétra. La créature qui y était enfermée grogna, siffla et émit une sorte de braiment. On aurait dit qu'un millier de bêtes sauvages étaient prises au piège. Les abeilles qui entrèrent se tinrent à distance respectueuse, se servant de leurs lances comme un dompteur se sert d'une chaise pour parer les coups d'un lion. Au bout de dix minutes de cris et de grondements à vous faire dresser les cheveux sur la tête, ils parvinrent à coincer le prince — qui était devenu livide — et l'attachèrent à une des parois de la cage. Ils sortirent et s'inclinèrent profondément devant la reine qui bourdonna un nouvel ordre. Sanau perdait visiblement contenance. Deux monstres s'approchèrent de nos gardiens et s'emparèrent de nous. Ils entreprirent de nous conduire vers la cage ! Je reculai en hurlant comme une folle mais les pattes d'acier me tenaient fermement. C'était une lutte perdue d'avance. On nous poussa, Sanau et moi, dans la cage. La porte se referma d'un coup, nous laissant face à cette créature folle furieuse d'être attachée.

Tout le monde s'approcha. Ça promettait d'être un spectacle passionnant. Sanau et moi nous serrâmes l'une contre l'autre dans un coin, laissant toute la longueur de la cage entre la créature et nous. Grondant encore contre le traitement humiliant qu'on lui infligeait, elle n'avait même pas remarqué notre présence.

L'animal sembla soudain s'apercevoir qu'il n'était pas seul et leva les yeux en poussant un grognement perçant. Ses yeux protubérants rencontrèrent les miens. J'enfonçai mon poing dans ma bouche pour étouffer un cri, de peur de déclencher une nouvelle crise de violence. Si ces cordes lâchaient, nous pouvions recommander nos âmes à Dieu.

Sa fureur prit brusquement fin et il devint étrangement calme. Il porta son regard vers Sanau, puis de nouveau sur moi, comme s'il nous évaluait toutes les deux. J'éprouvais l'épouvantable fascination que doit ressentir le lapin sous le charme du serpent. Il se produisit alors une chose surprenante. Les lèvres humectées de salive de la chose s'écartèrent doucement et grimacèrent. Je suis sûre que ça voulait être un sourire, mais les crocs jaunis étaient si effrayants que je fus prise de violents frissons. Puis la chose commença à agiter la tête, le regard fixé sur moi.

Sanau murmura :

— Restez calme, rien n'arrivera maintenant. Ils ont l'intention de nous mettre dans sa cage jusqu'à ce qu'il s'habitue à nous. C'est un faible d'esprit.

J'inclinai la tête. J'essayai même de sourire. L'animal commença à agiter ses petits bras qui ne lui servaient à rien et à battre l'air de ses antennes, créant ainsi une légère brise qui fit voler mes cheveux. La salive coula sur son menton et il se mit à piaffer comme un poulain. Je me demandais s'il était aussi évident aux yeux des monstres qu'aux miens que la chose avait un faible pour moi !

Sanau fit un pas en avant pour me protéger, mais nous ne nous étions imaginées ni l'une ni l'autre que l'imbécile n'avait qu'une idée en tête. Il se mit immédiatement à grogner et à se débattre, prouvant indubitablement qu'il désirait contempler l'objet de son amour. Moi !

Il ne voulait absolument pas de Sanau.

Pour ne pas provoquer un nouvel éclat, elle s'écarta. La chose cessa de manifester sa colère et posa sur moi un regard de velours. On ne voyait pas de pupilles dans ses grands yeux.

— Je mettais son intelligence à l'épreuve, murmura Sanau. Je voulais l'empêcher de vous voir pour me rendre compte s'il aurait autant de plaisir à me regarder ou s'il avait vraiment une préférence.

— On dirait qu'il en a une, dis-je tristement.

— Peut-être vont-ils me tuer. (On sentait dans sa voix un véritable espoir.)

— Je ne le crois pas. Ils vont probablement vous garder en réserve. (Je n'avais pas l'intention de plaisanter, c'était venu comme ça.) Après tout, il leur faut attendre la suite des événements. Il est possible que je me révèle stérile avec cette chose...

Je dus m'arrêter car ce que cachaient mes mots m'apparut et je compris quel serait mon inéluctable destin.

Sanau soupira elle aussi comme si la même pensée lui était venue à l'esprit. La chose se laissa tomber sur son derrière et me regarda avec une évidente satisfaction.

Elle resta calme jusqu'à ce qu'on nous fît sortir de la cage, et alors, avec une soudaineté et une violence incroyables, elle bondit. Elle semblait, si c'était possible, plus enragée que jamais et pendant un moment je fus certaine qu'elle allait briser ses liens et s'échapper. La reine était peut-être elle aussi inquiète car elle lança un nouvel ordre. On enleva immédiatement la cage tandis que son occupant hurlait ce qui, j'en suis sûre, devait être l'équivalent vénusien de virulents jurons.

Puis on nous ramena à notre prison.

Dès que nous fûmes seules et eûmes repris notre souffle, Sanau m'informa des plans qui nous concernaient. Notre futur mari, semblait-il, ignorait absolument tout de la vie. En raison de ses déficiences mentales évidentes, on l'avait maintenu en captivité. Aucune dame abeille douée d'une intelligence normale ne voulait de lui. La reine ne souhaitait pas le fatiguer pour rien, car on doit ménager les forces fragiles d'un mutant. On l'avait donc voué au célibat dans l'espoir de capturer un jour un véritable être humain ou encore qu'une autre créature donnerait naissance à un mutant femelle. Mais, à présent, le destin avait transformé leur rêve impossible en réalité. Comme des insectes pris dans une toile d'araignée, nous avions délibérément atterri sur leur planète, et le mutant s'était montré ravi de cette aubaine. Désormais, ils étaient prêts à agir.

— J'imagine que maintenant on va faire son éducation sexuelle, dis-je en faisant un effort pour prendre cette situation impossible avec quelque légèreté.

Je vis l'esquisse d'un sourire sur le visage de Sanau.

— D'une certaine façon oui, dit-elle. Ils vont le mettre avec une femelle de leur race qui s'est portée volontaire — une sous-reine. Au lieu de se livrer à une lutte à mort avec la reine actuelle — ce qui serait son destin normal — elle sera largement récompensée et on lui donnera une petite province à gouverner.

— Vous voulez dire qu'il y a plus d'une reine ? (J'étais surprise.)

Sanau fit un tel effort pour mettre de l'ordre dans ce qu'elle avait découvert que son front se plissa.

— D'après ce que je peux observer, ils ne se comportent pas comme les abeilles de la Terre ou de Yargo. Cette reine, de toute évidence, gouverne la planète et est chargée de la reproduction de l'espèce. Dans le monde des abeilles, quand naît une autre reine, elle se livre à une lutte à mort avec l'ancienne et celle qui gagne règne. Mais évidemment, comme leur planète est très vaste, la jeune reine peut se contenter d'aller dans une autre province et déclencher une guerre si elle pense pouvoir gagner. Cette reine-là est seule à gouverner pour l'instant. Je crois aussi qu'elles ne pondent pas d'œufs mais qu'elles mettent au monde leur petit comme des mammifères.

Il y eut un instant de silence. Je brisai finalement ce calme effrayant en posant la question que nous avions toutes deux en tête sans oser la formuler.

— Qu'allons-nous faire ? Nous n'allons pas nous contenter de rester là passives en attendant que cette chose épouvantable se produise, n'est-ce pas ?

— Je crois que nous devrions faire la grève de la faim.

Sanau avait répondu tranquillement et presque comme si cela allait de soi. Je fis, tout aussi sereinement, un signe d'acquiescement. Le suicide est un acte de violence. Pour être en accord avec le désir qui en fait naître l'idée, on devrait l'accomplir rapidement. Mais la grève de la faim apparaissait comme la seule solution du moment, malgré la peur de mourir. A partir de l'instant où on savait ce que la vie nous réservait, le suicide devenait une pensée réconfortante.

Quand on nous apporta notre nourriture, nous fîmes semblant de l'accepter. A la seconde même où les créatures disparurent, nous creusâmes des trous dans le sol, y déversâmes le miel et l'eau, les rebouchâmes avec de la terre, égalisâmes le sol et rendîmes les récipients vides.

Nous fîmes exactement la même chose le lendemain matin. J'étais déçue de constater que nous n'éprouvions pas de crampes et que nous ne ressentions aucune faiblesse. J'avais la certitude que nous serions toutes deux encore en vie quand le prince serait prêt à tenter l'expérience. Pour ajouter à cette crainte, les créatures devaient avoir prévu notre réaction car elles assistèrent à notre repas du soir. Sanau me fit signe de manger. Comme nous ne pouvions nous permettre d'éveiller leurs soupçons, j'obéis. Dès qu'ils furent partis, elle me tira vers un coin de la ruche et nous nous forçâmes à vomir. Cette opération accomplie, nous enterrâmes les traces.

Je commençais maintenant à me sentir faible. Je ne sais pas si cela venait des efforts que j'avais faits pour restituer le repas ou du véritable manque de nourriture, mais j'avais la tête vide et j'éprouvais de violentes douleurs dans le ventre. Sanau reconnut qu'elle ne se sentait pas particulièrement bien elle non plus, et nous eûmes la joie de vivre un moment d'espoir macabre. Chaque nausée nous remontait le moral. Nous commencions à mourir !

Totalement à bout de forces, je m'écroulais sur le sol, le visage collé contre la fraîcheur de la terre. Je n'avais jamais réellement pensé à la mort. J'avais toujours caressé le secret espoir que, lorsqu'en viendrait le temps pour moi, je serais dans une bienheureuse inconscience. La mort ne pouvait être terrifiante si on ne savait pas qu'elle était là. Ce serait comme d'aller se coucher, fermer les yeux et glisser dans l'inconscience, sans jamais se réveiller. Après tout, les inquiétudes que nous éprouvons face à la mort ne viennent pas vraiment de l'incertitude quant à ce qu'il adviendra de nous, mais plutôt du chagrin de quitter ceux qu'on aime et de renoncer aux joies de l'existence.

En vérité, en ce qui concernait les plaisirs qui font que la vie vaut d'être vécue, j'étais morte à l'instant où le rayon du vaisseau yargonien m'avait arrachée à ma Terre.

Même sur Yargo, il m'était impossible de vivre. Le souverain, aussi splendide fût-il, n'était pas tout à fait réel. La joie de vivre que me donnait sa présence n'était que le fruit de mon imagination. Le charme qu'il irradiait ne m'était pas destiné. Pas plus que son sourire qui me coupait le souffle. L'aimer et l'admirer seraient aussi satisfaisants sentimentalement qu'aimer un beau tableau ou une quelconque œuvre d'art. Ce serait comme d'adorer le sommet d'une montagne ou le coucher du soleil et d'en rêver. Beaux, irréels et tout aussi inanimés.

Oui, j'étais morte sur les dunes d'Avalon. A présent, je ne pouvais qu'attendre que ma mort devînt effective.

Chapitre 21

J'étais si faible le lendemain matin que j'eus du mal à me mettre dans la position assise. Je parvins à ouvrir les yeux et, par les fentes de la porte rudimentaire, je vis que c'était l'aube. J'étais complètement réveillée et je n'avais plus envie de dormir. Cependant, je sentis mes paupières s'alourdir et je retombai lourdement sur le sol, sans avoir ni le désir ni la force de me lever.

Mais Sanau était d'une meilleure trempe. Elle s'agenouilla avec inquiétude à côté de moi.

— Vous allez bien, Janet ?

Je bougeai un peu pour montrer que hélas ! je vivais encore.

— Réveillez-vous. Obligez-vous à vous asseoir, m'ordonna-t-elle. Le sommeil redonne des forces. Malheureusement, je me sens en pleine forme ce matin. A partir de maintenant, il ne faut plus que nous dormions.

Je me contraignis à obéir. Ma tête était si légère que j'en avais la nausée. Ma gorge se crevassait et réclamait de l'eau.

— Il faut que nous marchions, insista-t-elle.

Elle me tira pour que je me misse debout.

— Il faut que nous arpentions cette pièce pour épuiser les forces qui nous restent. C'est ça l'ennui. Pour nous laisser mourir de faim, il nous faudrait des jours et des jours et nous ne disposons que de quelques heures. Nous devons, en plus, amoindrir notre résistance par l'activité physique.

Nous nous sommes donc mises à marcher pour mourir. Je ne sais comment j'y parvenais. J'avais l'impression de marcher en dormant. Tout en me tirant derrière elle, Sanau m'enviait de m'affaiblir aussi facilement. En même temps, je pense qu'elle m'était reconnaissante de constituer un fardeau supplémentaire susceptible de venir à bout de sa trop robuste constitution. Finalement, nous fûmes incapables de supporter cette épreuve et nous nous effondrâmes. J'étais inondée d'une sueur poisseuse.

— Combien de temps croyez-vous que ça prendra ?

J'essayai de retrouver mon souffle et j'avais l'impression que mon cœur allait exploser dans ma poitrine.

Elle me mesura longuement du regard.

— Il ne fait pas de doute que vous serez la première à mourir. Vos forces s'épuisent rapidement. Pour une fois, j'envie l'infériorité des Terriens.

— Continuez à marcher, dis-je avec insistance. Ne vous asseyez pas pour me consoler.

Elle obéit sagement. On aurait vraiment dit un animal qui arpente sa cage et elle ne s'arrêta que lorsque deux créatures vinrent nous apporter notre repas.

Cette fois encore, ils restèrent là pendant que nous nous contraignions à manger. La fadeur de la nourriture était certainement compensée par son pouvoir vitaminique. Je sentais presque physiquement une force nouvelle pénétrer mon corps, mais je ne m'en inquiétais pas. Naturellement, nous avions toutes deux l'intention de répéter la cérémonie, dégoûtante mais nécessaire, de la veille.

Mais nous fûmes consternées de voir qu'un seul des deux géants quittait la pièce. Après une brève consultation entre eux, l'autre s'installa à côté de nous.

— Qu'allons-nous faire ? murmurai-je à Sanau.

Elle haussa les épaules.

— Il est trop tard, ma petite amie. Il semble que l'accouplement du jeune prince s'est curieusement fort bien passé, et que son manque d'intelligence est compensé par sa virilité. Maintenant qu'on lui a aiguisé l'appétit, il est impatient de nous avoir.

— N... o... n !

Le mot s'étouffa dans ma gorge. Il me suffisait de voir l'expression des yeux de Sanau. Je me détournai.

— Etranglez-moi, suppliai-je. Je serai la première, je le sais. Je vous en prie, Sanau, tuez-moi.

— J'aimerais le pouvoir. (Il y avait de la compassion dans sa voix.) Mais, même si j'essayais de le faire, notre gardien m'en empêcherait.

Je me glissai derrière elle.

— Allez-y, demandai-je à voix basse. Il ne peut pas me voir. Tendez la main, étranglez-moi. Je vous en prie !

Elle essaya effectivement. Elle glissa sa main derrière son dos et me prit doucement par la gorge. Je n'offris aucune résistance. J'appelais la mort de mes prières. Elle serra les doigts, délicatement mais fermement... plus fort... plus fort... Je sentis mes poumons se vider d'air. J'eus l'impression qu'ils se remplissaient d'eau et, contre ma volonté, contre tous mes vœux, mon corps se révolta contre cette tentative de destruction. Je me débattis et, lorsque je commençai à étouffer, la créature bondit immédiatement. Sanau relâcha instantanément son étreinte et se retourna vers moi avec une inquiétude feinte. Bien que notre gardien n'eût aucune idée de ce que nous avions tenté de faire, il décida de rester près de moi avec une sollicitude proprement paternelle.

Je repris mon souffle et ne ressentis bientôt plus aucune douleur, si ce n'est que j'éprouvais des remords en pensant à cet échec.

Nous reçûmes peu après la visite d'un comité. L'offrande effective était sur le point d'avoir lieu.

On nous emporta de nouveau dans les airs jusqu'à la clairière où toute la population était une fois encore assemblée. On nous amena directement, Sanau et moi, devant la reine qui donna un ordre d'une voix sifflante. Et, sans le moindre avertissement, deux monstres commencèrent à nous dépouiller de nos combinaisons spatiales.

Manifestement les habitants de Vénus ne les trouvaient pas convenables comme robes de mariées.

On enleva d'abord les vêtements de Sanau. J'aidais obligeamment mon monstrueux gardien à défaire quelques agrafes réfractaires lorsque je m'arrêtai, gênée, et haletante de rage. Ils enlevaient le reste des vêtements de Sanau. Elle n'offrait aucune résistance. Elle se dressait nue et belle, la tête haute et les yeux fixés droit devant elle d'un air méprisant. On aurait dit qu'elle voulait me donner l'exemple.

Puis, on me déshabilla, moi aussi. Les créatures ne manifestaient aucun intérêt pour nos corps. Ce n'était qu'une expérience clinique.

A ma grande surprise, on choisit d'y envoyer d'abord Sanau. On la présenta à la reine qui acquiesça d'un signe de tête, et on apporta la cage sur la scène. Le prince s'immobilisa en voyant Sanau. La blancheur de son corps semblait l'hypnotiser. Je frémis d'horreur quand je m'aperçus que, cette fois, il n'y avait pas de cordes pour le retenir. Pendant un moment, il regarda Sanau sans faire un geste, puis il cria et tendit ses bras parcheminés entre les barreaux, tâtonnant dans sa direction. Maintenant qu'il avait goûté aux plaisirs de la vie, il se montrait moins exigeant. Il ne prit même pas la peine de jeter un regard dans ma direction.

On la conduisit à la cage. Je criai et essayai de me précipiter vers elle, mais deux bras solides me retinrent. Je ne sais pas exactement ce que j'avais l'intention de faire. Ce n'était que le réflexe inconscient que nous avons tous pour sauver quelqu'un de la mort : on tend la main pour l'empêcher de tomber, sans que ce soit une vraie preuve de courage.

Je me détournai. Ils la menaient à la cage. C'était trop horrible à voir. Je sanglotais, autant pour Sanau que pour moi et, au milieu de mes cris, j'entendis sa voix.

— Janet ! Gardez votre calme ! Rien ne peut désormais nous blesser, ni vous ni moi, si ce n'est notre peur. Forcez-vous à la surmonter. Imaginez que ça n'arrive pas vraiment. Pensez à Yargo, à votre planète, à David.

Je n'en entendis pas davantage. La chose poussa un rire de hyène. J'ouvris les yeux. Sanau attendait devant la cage, tandis qu'une des créatures allait en rampant lui ouvrir la porte. Elle se tenait très droite, la blancheur de sa peau incroyablement belle se détachant sur ses longs cheveux noirs qui lui tombaient sur les épaules. Son courage inébranlable m'émerveillait. Elle ressemblait à une prêtresse païenne allant fièrement s'immoler par le feu.

Une vraie Yargonienne jusqu'à la fin, appliquant la règle première de sa croyance. Pas un cillement d'émotion. Pas même un affaissement des épaules qui aurait pu trahir d'une façon quelconque sa panique. Froidement, avec presque un air de défi, elle affrontait cet animal qui bourdonnait et bavait. Il ne restait entre eux que les barreaux, quelques secondes à peine la séparaient de son horrible destin, et elle ne fléchissait pas. Eperdue d'admiration, je saluai bien bas sa supériorité. Il était trop facile de dire que, même en ces derniers instants, elle conformait sa vie à ses plus ardentes déclarations. J'aspirais à éprouver la même bravoure, tout en sachant que, lorsque viendrait mon tour, on serait obligé de me traîner, hurlant comme une hystérique.

Maintenant tout était prêt pour le dernier acte. Le gardien se tenait à la porte, sur le point d'ouvrir la cage. Il se retourna vers la reine, attendant son ordre, mais elle crut bon de se laisser tomber à genoux et de se livrer à une petite cérémonie avant d'en venir au rituel proprement dit. Tous ses sujets l'imitèrent. Ce retard ne faisait que prolonger la torture de Sanau. Elle était toujours immobile devant la cage, regardant la chose qui l'attendait à l'intérieur. Je priai pour elle. Je priai pour moi, et d'innombrables abeilles prièrent aussi peut-être pour que cette fantastique expérience eût un heureux dénouement.

Je les observais avec horreur. Leurs corps noirs luisants donnaient l'impression que le sol était en ébène. Il semblait incroyable qu'elles fissent, elles aussi, des prières. Je me demandais à quel genre de dieu. Etait-il possible que nous eussions le même ? Je regardai les cieux comme pour y chercher une réponse. Le soleil avait filtré à travers la masse de nuages, un pauvre soleil faible, minable, comme s'il était gêné d'être témoin de ces cérémonies sinistres.

Et alors je le vis !

Tout d'abord, je pensai que le soleil me jouait des tours ou que c'était peut-être le fruit de mon imagination. Je fermai les yeux, attendis de ne plus être éblouie, puis les rouvris pour m'en assurer. Mais il était bien là — un petit disque argenté ! Je tombai à genoux et me remis à sangloter. Il était possible que ce ne fût pas trop tard. Mes sanglots dominèrent la mélopée bourdonnante des insectes. Sanau m'entendit et se retourna.

— Janet ! (Sa voix était basse et calme, et la panique qu'elle devait ressentir n'y perçait pas.) Janet, ne pleurez pas pour moi. Ça se passera très bien. Economisez vos forces. C'est une chose que nous devons toutes deux affronter et accepter.

— Levez les yeux, Sanau ! (Nouveaux sanglots.) Regardez dans le ciel...

Elle le vit à son tour. Je m'en rendis compte à son regard et en voyant sa gorge se serrer brusquement. Puis elle effaça toute expression de son joli visage et se tourna, très raide, vers le forcené qui était dans la cage.

Je gardai les yeux rivés sur le ciel. Je savais que c'était dangereux, mais je ne possédais pas la force de caractère de Sanau. Je n'étais que moi — Janet — une fille effrayée venue de la Terre, qui priait le Seigneur que cet espoir ne fût pas vain.

Notre vaisseau n'était pas seul. J'en comptais six, de la taille d'une petite pomme. Ils venaient à notre secours. Le second pilote avait dû trouver le moyen de s'échapper et de partir pour Yargo chercher de l'aide, mais ce serait trop tard pour sauver Sanau.

Le rituel était accompli. On la conduisait maintenant à la porte. Je criai de nouveau.

— Ne dites rien, Janet ! ordonna-t-elle. Notre seule chance réside dans une attaque surprise.

Je continuai à regarder le ciel. La bravoure de Sanau était vraiment renversante. Elle ne pensait plus à son destin, mais au mien. Son sort funeste lui importait moins que l'espoir qui me restait.

— Je vais crier et montrer le ciel du doigt ! lui dis-je.

— Je vous l'interdis ! (Elle était à la porte de la cage. La créature avait bondi et attendait.)

— Ne dites rien ! insista-t-elle. Autrement, ils les attaqueront avec leurs vaisseaux. Aucun Yargonien ne doit mourir inutilement. Je n'en vaux pas la peine.

Je me mordis la lèvre pour ne pas hurler et je sentis un goût de sang. La reine, ayant jeté par hasard un regard vers le ciel, aperçut aussi nos vaisseaux. Elle hurla, et on aurait dit que des milliers de scies se mettaient à couper du bois. Une maison de fous en plein délire. Le garde restait avec Sanau devant la cage, attendant que la reine lui donnât de nouveaux ordres. Pour ajouter à l'hystérie croissante, l'animal frustré grognait pour montrer que ces lenteurs lui déplaisaient et arrachait presque, dans sa fureur, les barreaux de sa cage.

Sanau, le prince héritier enragé et moi-même fûmes temporairement oubliés devant cette provocation inattendue. Des masses d'abeilles furieuses, métamorphosées par la déception et la crainte de l'invasion, se précipitèrent aux postes de commandement. Plusieurs escadrilles survolèrent les arbres pour rejoindre les vaisseaux requins. Au milieu de ce vacarme, la reine ne cessait de bourdonner des ordres.

Sanau et moi nous trouvions toujours aux mains des deux gardiens. Je sentais leur désarroi. Ils étaient là, craignant de relâcher leur proie et refusant pourtant de ne pas participer à la contre-attaque. Plusieurs fois, ils bourdonnèrent à leur reine pour lui demander des instructions mais elle était bien trop occupée à organiser la riposte de ses guerriers pour leur prêter la moindre attention. J'entendis le vrombissement des moteurs, puis le décollage de leurs vaisseaux.

Toute une flotte était maintenant en route. Des flammes perçaient les cieux obscurs. La reine restait à terre et observait le combat. Elle avait à ses côtés douze sentinelles qui jouaient le rôle de messagers. Le groupe pitoyable que nous formions se trouvait au centre de cette terrifiante arène. Sanau, les deux sentinelles et moi, tous le regard levé vers le ciel, chacun priant pour sa cause. Seul le monstre dans sa cage continuait à se désintéresser de ce qui se passait autour de lui. Outragé qu'on lui eût refusé son trésor, il rugissait au point de couvrir presque le vrombissement des moteurs et le bruit des flammes qui jaillissaient et se rabattaient vers le sol.

Le tumulte ne cessait pas au-dessus de nos têtes. Un de leurs vaisseaux s'écrasa à proximité, tuant deux des créatures. Leurs camarades dégagèrent les corps, et je fus étonnée par la couleur du sang qui jaillissait de leurs blessures. Il ne m'était pas venu à l'esprit qu'il serait rouge comme le nôtre.

J'étais tendue, mon cœur cognant si fort que, dans ma nudité, je voyais ma poitrine se soulever et s'abaisser. Je priai pour qu'aucun vaisseau yargonien ne fût abattu. Je priai pour Sanau. Je priai pour nous tous.

Je me rendis compte que nous étions en train de gagner. Un nombre sans cesse croissant de vaisseaux en forme de cigare s'écrasaient au sol ou revenaient pour tenter des atterrissages forcés. Les gardes de la reine s'occupaient exclusivement des soins à donner aux blessés. On l'avait laissée seule, et elle hurlait des ordres en agitant ses grandes antennes tant elle était furieuse de savoir sa défaite imminente. Nos vaisseaux commencèrent à descendre. Ils étaient nombreux — près d'une centaine. Je pouvais compter encore une dizaine de vaisseaux tigres qui fonçaient de-ci de-là avec l'acharnement des insectes, mais la bataille était bien engagée. J'avais envie de crier victoire, mais nous n'en demeurions pas moins captives. Nos gardes ne semblaient pas avoir l'intention de nous relâcher, bien que leur regard allât continuellement de Sanau et moi au combat qui se déroulait au-dessus de nos têtes et à la créature hurlante qui tendait encore les mains à travers les barreaux dans la direction de Sanau.

Soudain, la reine descendit de la souche d'arbre qui lui tenait lieu de trône. Elle se dirigea vers le centre de la clairière et regarda le ciel, puis elle évalua l'importance des destructions sur sa planète. Elle savait que notre victoire serait bientôt complète.

Elle émit alors un ordre d'une voix sifflante, ce qui fit sortir en clopinant de la forêt plusieurs milliers de monstres. Certains étaient visiblement blessés, d'autres portaient les moins valides, mais tous avaient une expression pitoyable de défaite.

Elle donna un dernier ordre. Nos gardes nous abandonnèrent pour suivre la reine et son groupe qui battirent précipitamment en retraite vers les épaisses forêts alentour. Pendant un moment, Sanau et moi en restâmes clouées au sol. Nous ne pouvions croire à notre liberté. Puis, prise d'une vague d'émotion, je me précipitai vers Sanau. Son soulagement était si grand qu'elle recula et porta la main à sa tête, comme pour prévenir un brusque évanouissement.

Cela se passa si vite que c'était fait avant que j'eusse même eu le temps de crier. Je ne me souviens que d'un rire tonitruant de victoire ! Nous avions toutes deux oublié la chose qu'ils avaient laissée dans sa cage. Quand Sanau avait reculé, il avait tendu un de ses membres qui semblaient ne servir à rien et l'avait agrippée.

Elle s'écarta instantanément, mais il la tenait par le bras. Elle tira avec tout ce qui lui restait de forces, jusqu'à en blêmir de douleur, mais elle ne put se libérer.

Je me précipitai vers elle, en faisant bien attention de me tenir hors de portée du monstre, pris son bras libre et tirai à mon tour de toutes mes forces. En vain.

— Ne vous inquiétez pas, haletai-je. A nous deux, nous pouvons vous en sortir. Il ne pourra pas vous faire entrer de force dans la cage si nous conjuguons nos efforts. Nos vaisseaux atterriront et on le tuera.

Elle acquiesça d'un signe et regarda vers le ciel. Un des vaisseaux décrivait des cercles, se préparant à atterrir. Il plana au-dessus de nous, puis il envoya un rayon de lumière. Je compris immédiatement. Nous étions censées rester dans le rayon de lumière, être soulevées et mises en sûreté. Je hochai la tête, criai et désignai Sanau. Manifestement, le vaisseau ne pouvait pas bien voir ce qui gênait la manœuvre, mais il remonta bien sagement et se prépara à atterrir.

Ce n'était plus maintenant qu'une question de minutes, mais le bras de Sanau devenait bleu. La main du monstre était un véritable étau qui empêchait le sang de circuler.

— Ça ne sera pas long, dis-je pour la réconforter. Elle resta immobile, son air calme démentant la souffrance qu'elle ressentait.

Je faisais moi-même un effort épuisant. Nous étions deux contre un dans cette macabre partie de traction à la corde, mais le prince faisait preuve d'une force extraordinaire. J'éprouvais une douleur lancinante dans le cou et le dos, mais je savais que si je relâchais ma prise fût-ce une seule seconde, il tirerait Sanau et la ferait passer entre les barreaux de la cage.

Je me mis à tousser et pensai, au début, que cela venait de la fumée qui s'était dégagée pendant la bataille. Mais je me rendis compte que toute résistance active avait depuis longtemps cessé et que la plupart des feux avaient été éteints. Je me retournai pour voir d'où venait la fumée.

Je tombai de haut, et mes espoirs avec moi. De la forêt, une substance noire, huileuse, filtrait lentement vers nous, flétrissant tout sur son passage. Cela ressemblait à du pétrole ou à du goudron brûlants, mais à la façon dont les arbres et le feuillage se racornissaient et crevaient, j'eus la certitude qu'il s'agissait plutôt d'un acide d'une très grande puissance.

C'était donc là leur dernière arme secrète pour empêcher les vaisseaux d'atterrir et de nous sauver. Ils n'en avaient probablement pas déversé sur toute leur planète, mais uniquement sur les terrains d'atterrissage et les quelques kilomètres carrés qui s'étendaient autour de nous. Tout était fini à présent, au moment où l'espoir s'était trouvé à portée de main.

Un de nos vaisseaux revint et se balança au-dessus de nous. Il vit la matière qui progressait vers nous et la vanité de toute tentative d'atterrissage. Il fut instantanément rejoint par deux autres vaisseaux. Je sus à cet instant que les brillants esprits yargoniens qui volaient là-haut associaient leurs efforts, essayant fiévreusement de mettre au point un plan pour nous sauver. Bien sûr, il y avait le rayon de lumière, mais il ne pouvait venir en aide à Sanau et je ne pouvais l'abandonner.

— Ils vont envoyer le rayon, Janet. Ils sont probablement entrés en communication les uns avec les autres maintenant. Pour moi, c'est fichu. Quand le rayon arrivera, lâchez-moi et sautez dedans. La créature ne m'aura pas. La matière brûlante m'aura atteinte avant.

Je secouai la tête.

— Je ne vous abandonnerai pas. (Je me mis à sangloter, à sangloter pour nous deux.)

Elle sourit, mais la douleur était visible dans son regard. Son bras avait doublé de volume sous l'étreinte du monstre et le sang n'y circulait plus.

— Quand le rayon arrivera, allez-y, Janet. Je ne crains pas cette matière brûlante. Ce n'est pas la pire façon de mourir. Dites seulement au Yargo que je n'ai pas eu peur. Dites-lui que je suis morte avec sa sainte image devant les yeux.

La matière incandescente glissait vers nous. Elle n'était plus qu'à une cinquantaine de mètres. J'avais du mal à respirer dans la fumée. Le vaisseau spatial était juste au-dessus de nos têtes où il continuait à se balancer comme s'il était en proie à l'indécision — une indécision ressemblant fort à celle qui dominait mes propres sentiments.

Puis, au milieu de l'horreur et de la mort, je fus témoin de la démonstration la plus primitive d'amour et de dévotion qu'il m'ait jamais été permis de voir. Oubliant le péril qu'elle courait elle-même, la reine arriva en volant au-dessus des forêts enfumées. Elle devait avoir pleinement conscience qu'elle était pour le vaisseau argenté une cible si facile que c'en était pathétique, Mais je ne saurai jamais si la notion du danger ou l'instinct de conservation avaient effleuré son esprit d'insecte. Ce que je sais, c'est qu'au dernier moment son seul souci fut de sauver cet affreux monstre qui étouffait de rage dans sa cage. Elle n'avait probablement pas remarqué qu'il tenait le bras de Sanau. Elle s'abattit comme un oiseau de proie sur le dessus de la cage, tentant de la soulever ainsi que son occupant, et de survoler ces lieux de mort pour rejoindre la cachette où ses autres sujets étaient en sécurité. Elle aurait pu y parvenir s'il n'y avait pas eu le poids de Sanau et le mien qui la retenaient au sol.

Pendant tout ce temps, la matière incandescente continuait à se rapprocher. Elle n'était plus qu'à deux mètres. La reine bourdonna de frayeur et tira avec l'énergie du désespoir. Son fils poussait des cris d'animal en fureur, tandis que Sanau et moi nous débattions avec nos dernières forces.

Il ne restait plus qu'une seconde. Je sentis Sanau se détendre. Elle avait cessé de lutter.

Puis le rayon jaillit du ciel comme un éclair. Il décrivit une longue courbe en essayant de trouver un angle favorable par rapport à nous. Il s'arrêta à quelques centimètres, attendant que je me misse à l'abri.

— Allez-y, Janet ! me supplia Sanau d'une voix faible. Pensez à votre salut, je vous en prie.

J'hésitai. J'aurais peut-être obéi s'il n'y avait eu, pour Sanau, que le danger de cette matière desséchante. Mais je savais que, si je relâchais ma prise, la reine parviendrait indubitablement à s'élever dans les airs avec la cage, la créature et Sanau. Alors, elle serait vivante, à la merci de cette chose et de ces monstres enragés.

J'avançai vers la lumière et, en même temps, saisis des deux mains le bras libre de Sanau et tirai de toutes mes forces. Je tirai jusqu'à ce que son bras se déboitât. Je continuai à tenir bon, brusquement aussi décidée que l'était la créature dans sa cage.

J'étais exactement dans le rayon de lumière et il commença à me soulever. Il se révéla un auxiliaire précieux en me tirant tandis que, moi, je tirais Sanau. Après un dernier effort particulièrement violent, Sanau fut libre ! Je tins son corps sans poids dans mes bras alors que nous montions dans l'atmosphère. Je fermai les yeux mais pas assez tôt pour éviter de voir le spectacle affligeant qui se déroulait au sol. La reine emporta la cage et son affreux occupant qui se mit à hurler de colère en contemplant avec déception son maigre trophée — le bras blanc inanimé de Sanau qu'il serrait entre ses griffes !

Chapitre 22

Le voyage de retour à Yargo fut un cauchemar. On nous avait enveloppées dans des couvertures et donné de l'alcool à boire. Les pilotes m'abandonnèrent pour s'occuper immédiatement de Sanau. J'enfilai péniblement une salopette qui se trouvait à bord et ne m'éloignai pas, pour pouvoir prêter mon concours si nécessaire, mais j'eus déjà bien du mal à rester consciente. Chaque fois que je regardais la blessure sanglante, je me sentais prise de nausées.

Ils travaillèrent fiévreusement sur Sanau. Son bras avait été carrément arraché de son articulation, mais ils s'arrangèrent je ne sais comment pour mettre un tourniquet sur les lambeaux de son épaule. J'étais heureuse que la perte de sang consécutive à cette amputation l'eût finalement plongée dans l'inconscience.

Elle gisait sur la couchette, la couverture qui couvrait son corps parfait révélant un horrible vide à l'endroit où s'était trouvé son bras droit. Bien que le vaisseau fût équipé d'une antenne médicale complète et qu'on lui eût administré tous les soins voulus, on ne lui avait rien donné pour calmer la douleur qui allait bientôt s'emparer de tout son corps. Car, après avoir fait les pansements nécessaires, les pilotes me demandèrent d'un signe de la veiller et regagnèrent la salle des machines. Leur désir d'atteindre la suprématie totale englobait-il aussi la perfection physique ?

Cinq minutes s'écoulèrent et je remarquai alors son premier clignement de paupières. J'avais envie de m'éloigner en courant mais je restai fidèle au poste. Il fallait qu'elle apprenne la vérité. Si seulement je pouvais ne pas être celle qui la lui dirait !

Elle ouvrit les yeux. Elle ne parla pas, mais l'expression de son visage était éloquente et surtout elle exprimait sa gratitude. Puis une brusque vague de douleur attira son regard sur son bras. Elle essaya de dégager d'une secousse sa main de la mienne et de se mettre dans la position assise afin de constater de visu les dommages qu'elle pressentait. Cette fois, ce fut moi qui l'emportai et elle retomba sur la couchette, épuisée par ses efforts.

Elle ferma les yeux. Au bout d'un moment, elle dit :

— Il n'est pas arraché. Ce n'est pas possible. Je sens encore des douleurs dans les doigts, dans le poignet.

Je ne répondis pas, mais les larmes me vinrent aux yeux.

Elle me regarda alors bien en face.

— Il est arraché, n'est-ce pas, Janet ?

Je n'eus pas besoin de répondre. Les larmes qui coulaient sur mon visage lui dirent que le pire était arrivé.

Elle se détourna. Et, quand elle se mordit les lèvres, je ne sus pas si c'était à cause de la douleur physique ou de la peine d'avoir perdu son bras. Quelques minutes plus tard, les yeux à nouveau fermés, elle dit doucement :

— Je regrette de ne pas avoir pensé à vous remercier de m'avoir sauvé la vie, ma petite Janet.

— Ne vous inquiétez pas pour votre bras, Sanau. (J'ânonnai péniblement comme un gosse en essayant de la réconforter.) Sur la Terre, il y a des guerres où des hommes perdent à la fois les bras et les jambes. Ils survivent et mènent des vies utiles et heureuses. Nous, nous sommes inférieurs à vous et nous nous débrouillons, alors ce ne sera pas un problème pour un être supérieur comme vous. Et puis, on n'a pas vraiment besoin de deux bras.

Je sais que je devais faire preuve d'une maladresse presque touchante de naïveté en m'efforçant de la remonter, mais je parlais avec mon cœur, je n'essayais pas de faire des phrases. Jusqu'à notre bref séjour sur Vénus, j'avais pesé la plupart de mes mots de peur d'être ridicule. Mais le passé sur Yargo et l'attitude jadis méprisante de Sanau s'étaient depuis longtemps effacés de ma mémoire. Je n'éprouvais qu'admiration pour son courage et sa force de caractère. Je n'oublierais jamais avec quelle fermeté elle avait essayé de me consoler quand elle se dirigeait à ses risques et périls vers la cage où s'agitait la créature. Je sentais maintenant qu'il fallait absolument que je fisse tout ce qui était en mon pouvoir pour l'aider à traverser cette sinistre épreuve.

Comme pour exprimer sa reconnaissance à mon égard, elle fit un effort pour me sourire et effleura ma tête d'un geste d'affection — si rare chez elle.

— Pour un être inférieur, dit-elle d'une voix douce où perçait la douleur, vous avez agi d'une façon tout à fait exceptionnelle. Je ne sais pas si un Yargonien aurait fait preuve de plus de courage.

Après un bref silence, elle reprit lentement, péniblement :

— Quant à mon bras, il me manquera certainement, mais je m'arrangerai. Ah ! si j'avais eu cet accident en accomplissant quelque chose pour mon leader et pour ma planète. C'est triste d'en être privée pour rien. (Ses derniers mots se perdirent dans un affreux cri de souffrance.)

— N'y a-t-il rien qu'on puisse vous donner pour calmer la douleur ? demandai-je.

Elle secoua la tête et fit un effort pour préciser :

— On ne peut administrer nos antalgiques dans l'espace. Ils nécessitent trop d'oxygène.

— Et la piqûre qu'ils m'ont faite pour m'emmener ? Ne vous calmerait-elle pas un peu ?

— Non. Nos organismes ne réagissent pas à des sédatifs aussi légers. Ça me ferait autant d'effet qu'une piqûre d'eau.

De nouveau, tout son corps fut agité de tremblements. J'étais incapable de l'aider. Je ne pouvais rien faire d'autre que de rester là à regarder cette femme magnifique qui conservait un visage impassible et les yeux fermés pour lutter contre cette douleur pénétrante, insupportable.

Je m'aperçus que je priais pour qu'elle perdît connaissance... n'importe quoi pour la soulager de cette souffrance. Mais elle demeurait consciente et silencieuse, ne montrant que de temps en temps, par une grimace ou une crispation nerveuse, la violence de ce qu'elle éprouvait. Une heure passa ainsi. Le vaisseau se déplaçait de son étrange façon, avec cette immobilité que seul permet l'espace. On avait un peu l'impression de se trouver dans une pièce insonorisée, comme si tous les bruits du monde avaient soudain cessé, comme si toutes les choses vivantes avaient brusquement péri, en vous laissant solitaire dans un univers étrangement sourd. Il n'y avait rien que ce calme inimaginable, et cependant je savais que nous avancions à la vitesse de la lumière. J'étais seule dans un monde silencieux, un monde mort, face au visage muet de la femme blessée étendue sur sa couchette.

De petites perles de sueur se formèrent sur son front et sa lèvre supérieure. Je déchirai la poche de ma salopette, l'humectai d'eau et la lui passai sur le front et le visage. Elle ouvrit des yeux fiévreux. Je lui étreignis la main, en un geste de sympathie muette. Elle me répondit par un sourire où s'exprimaient presque des excuses, comme si elle regrettait de me contraindre à être témoin de son supplice.

Elle me demanda un peu d'eau d'une voix faible. Je bondis pour aller lui en chercher et la soutins tandis que je lui en faisais couler dans la bouche. Elle se sentait fiévreuse. Je fus moi-même prise d'une brusque nausée. Elle tendit la main pour me tâter le front.

— Janet, allongez-vous sur l'autre couchette, vous n'êtes pas bien.

Je secouai la tête en déclarant que j'allais fort bien, mais j'avais des vertiges et de violents maux de ventre. Ce n'était pas le moment d'être malade.

— Donnez-moi des vêtements, demanda-t-elle. Je ne veux pas qu'on me sorte d'ici sur un brancard. J'ai l'intention de sortir debout.

J'admirai cette nouvelle manifestation de courage, bien que je ne fusse guère convaincue qu'elle aurait la force d'y parvenir. J'allais néanmoins dans le poste de pilotage et fis comprendre par gestes ce que je voulais. Je revins avec une salopette et l'aidai à la passer. Je me rendais compte qu'elle évitait de regarder son bras amputé, mais nous ne pûmes ni l'une ni l'autre feindre d'ignorer la manche vide.

— Ç'aurait pu être pire, dit-elle avec l'ombre d'un sourire, la créature aurait pu me tenir par le cou.

Elle se laissa retomber sur sa couchette avec un léger gémissement, et, cette fois, son visage fut inondé par la transpiration. Elle luttait contre la douleur, elle luttait avec toute sa supériorité, mais elle était perdante. Moi de même. Sa douleur nous assiégeait toutes les deux, nous brisait. J'avais la gorge sèche et de forts maux de tête. Plusieurs fois, je m'aperçus que je voyais double. Je savais que j'étais sur le point de défaillir. Je n'étais pas de taille à supporter cette épreuve. La vue du sang, même d'une petite coupure, me rendait toujours malade. Je regardai avec envie l'autre couchette. L'oreiller frais m'invitait à y enfouir ma tête pour me soustraire à l'horreur de la douleur. Soudain, je me sentis envahie d'une épouvantable nausée. Je n'abandonnai Sanau que pour me soigner et je revins affaiblie, mais résolue à rester à son chevet.

— J'aimerais sombrer dans l'inconscience, murmura Sanau. Ce serait plus facile pour nous deux.

— Cessez de lutter et détendez-vous, lui dis-je. (Après tout, elle s'était déjà évanouie sur Vénus. Peut-être recommencerait-elle ?)

Elle lut évidemment mes pensées car elle répondit :

— Je ne m'évanouirai pas. Sur Vénus, cela s'est produit sous l'effet du choc et de l'horreur, et aussi à cause de la perte de sang... mais maintenant... (elle sourit tristement.) Pour une fois, je me surprends à souhaiter que nous ne soyons pas une race tellement supérieure. Un Yargonien ne défaille pas de douleur... tout simplement, nous...

Je n'entendis jamais le reste. Cela se perdit dans un gémissement sourd. Elle s'assit aussi soudainement que si elle avait été frappée par la foudre.

— Oh ! Janet, dit-elle en haletant, je ne peux pas le supporter ! Je ne peux pas le supporter !

Je la soutins de toutes mes forces, en lui murmurant toutes sortes d'encouragements. Je la berçais comme une mère et, pendant tout ce temps, je savais qu'elle s'insurgeait vivement contre la consolation qu'elle acceptait. J'imagine qu'un Yargonien n'était pas censé montrer qu'il souffrait. Ce devait être une émotion, cela aussi. Mais elle s'accrochait à moi malgré elle, le visage toujours impassible, le souffle coupé par la douleur.

— Pourquoi ne criez-vous pas ? lui dis-je d'un ton autoritaire. Criez, hurlez, braillez, ou bien pleurez. Ça pourrait vous aider.

— C'est impossible... Un Yargonien ne montre jamais d'émo... » De cela non plus, je n'entendis jamais la suite, mais je sentis ses larmes sur mon cou. Je la serrai contre moi en faisant semblant de ne rien remarquer. Et, tout d'un coup, la violence de la douleur brisa les digues construites par des générations d'individus qui avaient appris à se contrôler. Elle enfouit la tête dans mon épaule pour y cacher ses sanglots, tout en ayant tellement honte d'elle-même qu'elle se croyait obligée de s'excuser.

— Je suis désolée, Janet. Je suis désolée de me montrer si inférieure... Mais je n'y peux rien.

Elle luttait vainement pour reprendre le contrôle d'elle-même, mais la douleur avait totalement pris le dessus. Elle sanglota pendant une heure. Je la réconfortais par des paroles et je ne quittais pas un instant la porte du regard. S'il arrivait par hasard à un pilote d'entrer, j'étais bien décidée à la soustraire à sa vue. Personne ne devait rien savoir de l'émotion humaine qu'elle avait osé manifester ; heureusement personne ne vint nous déranger. Au bout d'un moment, ses sanglots se calmèrent, elle s'accrocha moins fort à moi et chercha comme une enfant à reprendre son souffle. Elle se montra bien plus effrayée par cet étalage de sentiments que par sa blessure proprement dite. Je trempais le morceau de tissu que j'avais déchiré dans de l'eau fraîche et je le lui mis cette fois sur les yeux. Lorsque je fis ce geste, je la vis écarter sa tête de la mienne, Sa gêne était indicible.

Un peu plus tard, elle reprit son sang-froid. Elle dit alors d'une voix calme :

— Janet, voulez-vous traverser la pièce et appuyer sur le panneau de droite.

J'obéis, présumant que cela ferait venir un pilote qui lui apporterait ce qu'elle désirait. A ma grande surprise, la pièce fut brusquement plongée dans l'obscurité, éclairée par la seule lumière des lointaines étoiles. Je m'affalai sur le siège le plus proche, interprétant ce geste comme l'indication qu'elle voulait dormir. Au lieu de cela, elle me demanda de m'approcher d'elle.

Je traversai la pièce à tâtons et me juchai sur le bord de sa couchette. Je pouvais à peine discerner ses traits dans la faible lumière argentée. Elle enleva le morceau de tissu qui lui couvrait les yeux.

Elle semblait faire de grands efforts pour parler.

— Je veux vous remercier. Plus tard, peut-être que je vous serrerai la main et que je vous regarderai droit dans les yeux. Pour l'instant, je suis tellement humiliée que j'ai besoin du couvert de l'obscurité.

— Sanau... commençai-je, mais elle posa sa main sur mes lèvres.

— Je comprends que faire étalage de ses larmes est chose normale pour les gens de chez vous, mais je me suis laissée aller à un grand acte de faiblesse. J'en suis revenue à une émotion primitive dont nous nous sommes défaits depuis des centaines de générations. Moi, seule de tous les Yargoniens, me suis permis une telle faiblesse. Je ne mérite plus d'être une Yargonienne. Je ne mérite plus le titre de leader. Je me suis couverte de honte et j'ai couvert de honte les gens de ma planète.

J'essayai une fois encore de parler, mais elle m'arrêta.

— Je sais que vous êtes prête à jurer que vous garderez le silence. Malgré ma faiblesse et ma douleur, je n'ai pas été sourde à vos paroles de réconfort. Mais je n'oublierai jamais que j'ai fait preuve d'une telle défaillance. Il me faudra vivre avec ça, mon amie.

Lorsque je pus parler, ce fut avec la tendre patience d'un père ou d'une mère s'adressant à un jeune enfant entêté.

— Sanau, je ne suis pas sûre qu'un Yargonien des récentes

générations ait enduré le supplice que vous avez subi pendant ces dernières vingt-quatre heures. Je ne suis pas sûre que le grand Yargo lui-même aurait pu supporter cette douleur sans en rien montrer.

A la seule mention de son nom, les larmes jaillirent de nouveau de ses yeux magnifiques, comme si elle se représentait le courroux du Yargo devant son attitude.

Je me creusai la tête pour trouver toutes les façons possibles de lui démontrer qu'elle n'avait pas vraiment manqué de dignité. Je lui expliquai que les larmes n'avaient rien à voir avec le courage. Que son vrai courage, elle l'avait manifesté en face du danger réel, quand elle avait essayé de me remonter le moral. Je parlai de l'exploit qu'elle avait accompli en déchiffrant le langage des Vénusiens à partir de quelques bourdonnements. S'abandonner à une émotion n'était pas un signe de non-supériorité ou de manque d'intelligence. Je lui expliquai que, sur ma planète, il arrivait parfois à un homme fort de pleurer et que seuls les êtres forts éprouvaient des émotions. Elle m'écoutait paisiblement, mais je me rendais bien compte que je n'avançais guère. Son humiliation la peinait tant que mes efforts demeuraient vains, et, comme pour ajouter à son supplice, sa douleur ne cessait de croître. Alors que je lui cherchais des justifications, elle éclata plusieurs fois en sanglots. Au bout d'un certain temps, je renonçai à parler et à essayer de la rassurer. Je n'avais plus qu'une seule pensée : calmer sa douleur physique, qui dépassait maintenant les limites du supportable. Je lui donnai de l'eau, lui baignai le front, lui frictionnai la nuque. Je la dissimulai à la vue du pilote quand il nous apporta à manger. Je lui fis croire qu'elle dormait sur mon épaule, et il se contenta de déposer son plateau, se souciant apparemment fort peu du bien-être de Sanau. C'était une Yargonienne. Une Yargonienne est faite pour endurer la souffrance. Il ne doutait nullement qu'une super-femme comme Sanau pouvait surmonter n'importe quoi.

Elle n'éleva pas d'objection lorsque j'allumai la lumière afin de pouvoir la faire manger et prendre moi-même quelque nourriture. Pendant tout ce temps, je me battis pour écarter l'idée que ma propre douleur était loin d'être imaginaire ou dictée par la seule sympathie. Mon estomac se refusait à garder les aliments et j'avais de la fièvre. Avais-je contracté une maladie sur cette terre infestée de marécages ou au contact des monstres eux-mêmes ? Depuis combien de temps volions-nous ? Etait-ce une nuit entière ? Ou un jour et une nuit ? Dans l'espace, seule la nuit existe et, soudain, il me sembla que je n'avais jamais rien connu d'autre que ces heures interminables gorgées de douleur. Je regardai Sanau et luttai pour résister à l'hystérie qui, je le sentais, sourdait en moi. Sanau semblait être soudain au plus mal. je commençai à craindre pour sa vie. Son visage était littéralement gris et la douleur gagnait à présent son dos. Je voulus appeler un des pilotes, mais elle me l'interdit. J'avais peur que la blessure ne se fût infectée, mais elle m'affirma que c'était impossible. La plaie avait été complètement stérilisée. Un Yargonien était incapable de commettre une erreur par négligence.

Des heures affreuses s'écoulèrent. Je dus sûrement m'endormir en position assise car, lorsque j'ouvris les yeux, je me retrouvai effondrée dans un fauteuil. Il faisait jour dans la cabine et cela m'indiqua que nous étions quelque part dans le champ du soleil.

Sanau était réveillée. Sa douleur était relativement moins forte, mais ses yeux reflétaient une souffrance plus profonde que la douleur physique qu'elle avait éprouvée : celle de s'être déçue elle-même.

— Nous allons bientôt atterrir, dit-elle tranquillement.

— Et après ? répondis-je.

Elle me regarda d'un air interrogateur.

— Je veux dire... (Je m'arrêtai, sentant que j'abusais de nos nouveaux rapports. Cependant, il fallait bien que je lui pose la question et, n'ayant pas d'autre solution, je me lançai à l'eau.) Qu'adviendra-t-il de moi ? Me renverra-t-on immédiatement sur Mars ?

Elle m'observa pendant un moment, puis elle me répondit paisiblement et sans la moindre émotion.

— Janet, je n'ai pas qualité pour vous faire une telle promesse. Je suis un leader, et ma voix compte comme telle. Nous vivons dans une véritable démocratie et il en sera décidé selon le vote de la majorité. Mais je vous donne ma parole... (elle hésita, puis elle poursuivit avec une difficulté évidente) que j'offrirais volontiers mon autre bras si cela pouvait vous permettre de retourner sur votre planète. Je ne vous promets qu'une seule chose : je vous soutiendrai de tout cœur.

J'approuvai de la tête. C'était suffisant. Je savais à quel point un tel discours, venant de Sanau, était peu dans sa nature. Je n'insistai pas auprès d'elle parce que je ne voulais pas qu'elle réalisât qu'elle se rendait coupable d'un autre péché impardonnable. Celui d'exprimer de la compassion envers un ami. Ce sentiment inexcusable, aboli : l'affection.

Chapitre 23

Je me souviens très mal de notre atterrissage. Il y avait une foule considérable à l'astroport. Des bribes de manifestations délirantes de sympathie, des acclamations se frayèrent un chemin jusqu'à ma conscience. Je revois Sanau descendant la rampe, toute droite et sans l'aide de personne. Je me rappelle l'approbation — impressionnante mais exprimée froidement — manifestée à l'équipage par un groupe de leaders très dignes. J'entendis le bruit assourdissant des ovations qui accueillirent Sanau. Mais quelque temps — des heures, des minutes, des secondes, je ne sais pas — avant notre arrivée, j'avais abandonné mes bonnes résolutions et m'étais laissée aller dans la semi-inconscience que j'appelais de tous mes vœux.

Je n'avais rien, moi, du héros conquérant. Les ultimes vestiges de la force de caractère que je venais d'acquérir étaient morts quelque part dans l'espace. Je descendis de l'engin emportée dans les bras puissants d'un membre de l'équipage, en ayant pourtant conscience que Sanau en débarquait exactement comme elle l'avait voulu — debout... parfaite Yargonienne jusqu'au bout.

Dans les plus sombres replis de mon esprit troublé, je promis à quelque témoin invisible que, quoi qu'il advînt, je ne trahirais jamais ce que Sanau avait appelé sa « faiblesse ». Je me rappelais avoir fait ce serment. Manifestement satisfaite d'avoir pris un tel engagement moral, j'avais ensuite sombré dans une sorte de coma, avec la gratitude d'un insomniaque accueillant le sommeil.

Combien de temps suis-je restée dans cet état, je ne le saurai jamais. J'étais couchée lorsque j'ouvris les yeux et, bien que je ne connusse pas cette pièce, je sentis — je ne sais comment — que je me trouvais dans le palais royal.

C'était une chambre magnifique que mettait en valeur une paroi vitrée offrant une vue saisissante sur la sempiternelle montagne. Dans un des murs, une porte ouverte donnait sur une terrasse. A l'extérieur, deux Yargoniennes étaient en grande discussion avec un homme à l'air sévère.

Je parvins à me soulever pour m'adosser aux oreillers et voulus poursuivre mon effort pour me lever. Vaine tentative. Une affreuse douleur au côté m'en empêcha. Je retombai en arrière, et mon front se couvrit de gouttelettes de sueur. Il m'arrivait quelque chose de sérieux. Mes mouvements attirèrent l'attention du groupe qui se trouvait sur la terrasse, et tous trois vinrent à mon chevet.

Voix d'une femme s'exprimant dans un anglais phonétique :

— Je vous souhaite le bonjour.

Malgré ma souffrance, je souris faiblement. C'était un discours qui avait été, de toute évidence, laborieusement répété en prévision de mon réveil.

La femme, apparemment satisfaite de son exploit, sortit précipitamment pour annoncer — du moins je le supposais — mon retour dans le monde des vivants. Je me recouchai, craignant que, si elle tardait trop, ce retour ne fût qu'une visite de courte durée parce qu'à présent j'avais soudain peur pour ma vie. J'avais si mal que j'avais l'impression qu'on m'enfonçait dans le corps une lame brûlante. Si je n'avais pu me raccrocher à l'image du courage de Sanau, je suis sûre que mes hurlements auraient suffi à attirer à mon chevet le palais tout entier. Imitant de façon impressionnante la force de caractère des Yargoniens, je me mordis les lèvres et m'interdis toute manifestation, hormis la sueur révélatrice qui ne cessait de perler à mon front, trahissant la douleur que j'éprouvais.

Sanau apparut immédiatement. Si j'avais été plus forte, j'aurais tendu les bras pour l'étreindre avec joie, mais il me suffit d'entrevoir l'éclat glacé de ses yeux verts pour me sentir soulagée de m'être évité une nouvelle humiliation. C'était la Sanau d'autrefois, impassible, froide, drapée dans son attitude, son équilibre, sa rigidité yargoniennes. Oui, Sanau était intacte. Seule la manche vide, maintenant rentrée dans sa ceinture, rappelait qu'elle avait une fois éprouvé un véritable sentiment humain.

Elle s'inclina très bas.

— Je sais que vous n'allez pas bien.

Je répondis d'un signe de tête. J'avais envie de crier et de la supplier de redevenir la femme que j'avais connue pendant une brève et douloureuse journée. J'avais envie de hurler :

— Nous sommes des amies, Sanau ! Je vous en supplie, ne rentrez pas par habitude dans votre coquille.

Mais je ne dis rien de tout cela. je me contentai d'un vague geste. Mes yeux scrutaient fiévreusement son visage, à la recherche d'un quelconque signe de l'amitié qui nous avait un jour unies. Mais il était totalement et irrévocablement absent et, pour je ne sais quelle raison, j'étais certaine de ne le retrouver jamais. Je me sentais malade, et cela dépassait la douleur physique. Jamais, sur la Terre, je n'avais eu d'amie vraiment intime. Des relations, oui, mais jamais de véritable amitié. Lors de notre expérience sur Vénus, sans le vouloir, Sanau m'avait précisément fait découvrir ces sentiments que j'avais refusés.

Je l'avais écoutée, j'avais accepté volontiers de me fier à elle, et ça ne m'était pas resté collé au gosier. Elle m'avait offert une protection altruiste et m'avait redonné courage alors qu'elle risquait d'être tuée. Une mère elle-même n'aurait pu en faire davantage. Ma propre mère s'était toujours préoccupée de mon bonheur, mais elle s'était montrée avare de gestes affectueux, comme de me prendre dans ses bras ou de me gratifier d'une caresse, et je crois que mes sentiments à son égard étaient un mélange de crainte et de dévotion. Je n'oublierais jamais la voix calme de Sanau me disant de ne pas avoir peur, pas plus que je pourrais oublier comment elle m'avait supplié de sauver ma vie et de la laisser mourir.

Lors du voyage de retour, j'avais pu dans une certaine mesure m'acquitter de cette dette à son égard, exactement comme j'avais pu donner libre cours à l'affection débordante que j'avais bouclée à double tour dans mon cœur pendant si longtemps.

David n'avait jamais été tendre. Il me prenait rarement la main et, s'il le faisait, c'était plutôt en camarade qu'en amoureux. Lorsque je lui reprochais son manque d'affection, pour me démontrer à quel point je me trompais, il répondait :

— Ecoute, mon petit chou, les gars qui se montrent exagérément démonstratifs sont ceux qui reluquent une autre fille pendant qu'ils baisent le bout des doigts de celle qui est avec eux. Méfie-toi toujours des zèbres qui te baisent les mains. Quant à moi, il est possible que je ne te dise pas des tas de jolies choses, mais ce que je ressens je te le montrerai par mes actes. Je prendrai soin de toi quand tu seras malade. Je t'aimerai quand tu auras des rides sur le visage et que tu t'empâteras. Je t'aime, *toi,* et c'est ça qui compte.

Telles étaient les idées incohérentes qui venaient me

tourmenter tandis que je regardais, muette de déception, la femme qui repoussait mon amitié. Une amitié brève, parfaite sur tous les plans, pour en arriver à ce rejet même dont j'avais souffert tout au long de ma vie.

Comme si elle avait soudain décidé d'en venir à l'affaire à régler, Sanau se tourna vers moi avec une certaine brusquerie.

— Vous avez l'appendicite, affirma-t-elle.

Je parvins presque à m'asseoir.

— J'ai quoi ?

Elle désigna l'homme qui avait regagné la terrasse.

— Un illustre médecin a découvert ce fait ô combien inhabituel chez nous. Ce petit organe qui se trouve sur votre côté droit est enflammé.

— Va-t-il m'opérer ? demandai-je, prise de mon habituelle panique à la pensée d'une intervention chirurgicale.

— Si vous le lui permettez.

Si je le lui permettais ! En avait-il besoin ? Etait-ce sérieux ? Je lui posai ces questions.

Pour la première fois, son visage perdit son expression neutre, et je vis dans son regard une incontestable lueur d'intérêt.

— Nous ignorons à quel point c'est sérieux. Il vous revient d'autoriser ou non l'opération.

— Mais si vous êtes tellement avancés, vous devez être capables de dire si cette inflammation est sérieuse ou non.

— Nous n'avons jamais vu d'appendice, répondit-elle.

Ce fut à mon tour d'ouvrir de grands yeux. Mais elle poursuivait son explication : un appendice était un organe absolument inutile, alors bien entendu, ils s'en étaient débarrassés, comme des dents de sagesse, des amygdales et du coccyx. L'appendice avait été le premier à disparaître, et on n'en avait pas vu trace sur cette planète depuis vingt mille ans. C'était quelque chose de si rare qu'il n'en existait même pas un exemplaire dans un centre médical. Ils ne possédaient, pour les guider, que des photos. Naturellement, ç'avait été un véritable événement que de découvrir l'existence d'un tel organe dans mon corps. En fait, continua-t-elle, le Yargo lui-même serait très intéressé par l'examen de mon appendice.

Avec une grande dignité, j'agitai la main et lui dis que j'autorisais l'opération. Ce serait un grand plaisir que de faire don de mon appendice à la culture yargonienne.

Ou bien les événements qui suivirent se produisirent avec une stupéfiante rapidité, ou bien le fait que je fusse droguée conféra un air d'irréalité et d'extrême célérité à tout ce qui se passa par la suite. Je me souviens vaguement que Sanau fit un signe au médecin qui attendait, je le suppose, mon consentement. Je sentis l'aiguille familière dans mon bras et me rendis même compte qu'on me transportait dans une salle brillamment éclairée ressemblant à une banale salle d'opération de la Terre, sauf qu'elle était bien plus grande. Je me souviens que, lorsque je finis par sombrer dans une complète inconscience, j'étais passablement irritée qu'un si vaste public fût témoin de ce que je considérais comme une opération éminemment personnelle. Dans la salle inondée de lumière, je vis des rangées et des rangées de Yargoniens. Je retrouvai un instant mes forces et fus prise d'une telle colère que je voulus m'élever contre cette violation de mon intimité. Je crois avoir même lutté pour m'asseoir, bien qu'en vérité je n'eusse probablement pas battu d'un cil. Puis je me sentis submergée par l'anesthésique et je m'endormis.

Je vécus un jour et une nuit de demi-sommeil et de conscience vaseuse. Le léger tiraillement au côté que j'éprouvais à chaque mouvement me disait que l'opération avait eu lieu. Je me rendais compte que Sanau me soulevait la tête de temps en temps pour m'obliger à avaler un peu de jus de viande. En dehors de cela, je ne fis pas grand-chose, je somnolai.

Lorsque je repris pleinement conscience de ce qui m'entourait et que je n'eus plus mal, je vis Sanau. Sanau aux yeux froids et dénués d'expression, Sanau qui attendait pour me critiquer.

— Vous vous êtes tirée de l'opération en elle-même avec une relative facilité, mais les ravages de l'expérience vénusienne vous ont laissée dans une piètre condition physique. Il vous faudra plusieurs semaines pour récupérer.

Je sentis qu'il y avait du mépris sous cette remarque. Elle avait subi les tortures du voyage et une amputation affreuse et pourtant son système nerveux supérieur s'en était remis, lui permettant de retrouver tout son sang-froid et toutes ses forces en vingt-quatre heures. D'un autre côté, une banale opération m'avait mise dans cet état pitoyable.

Sans grand espoir, je demandai :

— Que m'arrivera-t-il lorsque je serai rétablie ?

— Le Yargo lui-même vous transmettra ses instructions définitives. (Elle hésita un instant comme si elle avait quelque chose à ajouter à ce propos, et puis estimant manifestement que c'était préférable, elle rentra dans sa coquille et poursuivit :) Je pars ce soir pour un voyage à travers la planète. Je vais faire une tournée de conférences dans chaque état pour les mettre au courant de ce que nous avons découvert sur Vénus.

Pendant une fraction de seconde, nos regards se croisèrent. Je ne connaîtrai jamais les milliers de choses tues qu'elle essayait d'exprimer, ni les véritables pensées qui se cachaient derrière ses paroles guindées, car elle fit brusquement demi-tour et quitta la pièce.

Je m'allongeai et essayai de me faire une opinion sur tout cela, en partant des faits réels pour étayer mes sensations et mes impressions. Je tentai désespérément de me rappeler ses paroles exactes : les choses qu'elle avait dites, non celles qu'à mon sens elle avait essayé de me dire.

Je m'en irais. Cela était acquis. « Le Yargo lui-même vous transmettra ses instructions définitives. » Instructions signifiaient actions. Mais pour où ? Vers Mars une fois encore ? Vers quelque autre lointaine planète ? Je n'entrevoyais aucun espoir de retourner sur la Terre. Ils ne me devaient rien, ces gens. Ils étaient incapables d'avoir un sentiment, et donc incapables d'éprouver celui du devoir. De plus, maintenant, toute obligation morale devait être oubliée, et le fait que j'eusse été kidnappée enterré dans un lointain passé. Selon toutes probabilités, ils devaient plutôt bouillir de colère contre moi. Ne leur avais-je pas causé d'incalculables ennuis ? La perte de trois hommes de qualité, le bras de Sanau, le tracas d'avoir eu à envoyer une flotte à notre secours, de livrer une guerre sans merci avec Vénus ? Oh, oui, j'étais probablement inscrite sur la liste de départ pour la plus lointaine planète de tout le système solaire. Une planète inhabitée, où j'aurais un ours polaire pour tout compagnon.

Oui, c'était ça, et cela justifiait aussi l'étrange attitude de Sanau. Elle se rendait probablement compte qu'elle m'avait laissée tomber. C'était la raison pour laquelle elle avait quitté la ville le plus tôt possible. Pour aller à l'autre bout de la planète. Pour une tournée de conférences ! Elle avait promptement sauté sur l'occasion.

Le coup de massue que m'assenait cette défaite m'affaiblissait plus que la souffrance physique. J'essayai de dormir. J'avais très envie qu'on me donnât un sédatif. J'aurais préféré n'importe quoi plutôt que de rester éveillée à ressasser mes pensées, mais je passai une journée agitée sans parvenir à dormir. Le soleil inondait la pièce où je me trouvais, dispensant une joie que j'étais incapable de partager. Les servantes faisaient de temps en temps une apparition silencieuse, apportant de la nourriture, et lorsque le soir arriva enfin, je sombrai dans l'assoupissement que j'appelais de tous mes vœux, totalement épuisée nerveusement. Au moment où j'allais m'endormir, les servantes entrèrent en poussant des cris et se laissèrent tomber à plat ventre par terre.

Sa Grandeur Royale approchait !

Chapitre 24

En un instant, je fus complètement réveillée. Je serais bien incapable de dire si cette réaction vint de l'émotion que j'éprouvais à la perspective de cette rencontre ou du véritable rayonnement qui émanait de sa personne. Je sais seulement que je fis quelques efforts pour essayer de m'asseoir dans mon lit mais que Sa Grandeur m'en dissuada d'un geste, un geste destiné à m'informer que le protocole de la cour devait être abandonné lors de cette visite. Il venait seul, pour savoir comment j'allais.

Je me laissai retomber sur mes oreillers et succombai à la tentation de le contempler avec une admiration, une terreur et une défiance non dissimulées. Je croyais, je ne sais pourquoi, que cette visite aurait la pompe et la solennité de nos précédentes rencontres. Je m'attendais à ce qu'il fût accompagné de six leaders et de quelques suivantes. Mais mise à part l'excitation fébrile des servantes, il fit son entrée avec la plus grande simplicité. Exactement comme un ami qui passerait voir un malade.

Pour accentuer l'absence de cérémonie, il tira une petite ottomane près de mon lit et s'y assit. Absolument hors de ma portée, devrais-je ajouter.

— Je voudrais louer votre courage, dit-il avec un chaleureux sourire.

Son affirmation était chargée de trop d'ambiguïté pour que je tente de répondre. Comme je ne savais pas très bien à quel courage il faisait allusion — celui sur Vénus ou mon attitude à propos de l'opération — je me contentai de hocher la tête sans un mot. Il supposa que j'avais le trac et il n'avait pas tout à fait tort.

— Sanau était intarissable lorsqu'elle racontait la façon plus que digne d'éloges avec laquelle vous avez réagi. Je compatis infiniment aux nombreuses épreuves que vous avez dû endurer.

— C'est Sanau qui a fait preuve de courage, parvins-je à dire.

Il acquiesça paisiblement de la tête.

— Sanau s'est simplement comportée comme l'aurait fait n'importe quel Yargonien. C'est vous qui méritez des louanges.

J'inclinai encore la tête en silence, car je n'étais pas très sûre de savoir si c'était un compliment ou une insulte.

Puis il ajouta :

— Nous avons célébré le courage de Sanau pendant vingt-quatre heures. Maintenant, elle est partie effectuer sa tournée de conférences.

Je lui fis de nouveau comprendre d'un signe de tête que j'étais au courant de son départ.

— Je désire aussi vous remercier de vous être soumise à cette opération. Comme vous le savez, j'imagine, un appendice est un phénomène très rare sur notre planète. Nous désirions vivement examiner de nos propres yeux un tel organe.

Cette fois, j'en restai vraiment coite, et pourtant je sentis qu'il était grand temps de dire quelque chose et de cesser d'incliner la tête en silence. Mais que pouvais-je dire ? Il me remerciait de m'être soumise à une opération qui était nécessaire pour me sauver la vie. Il se comportait comme si j'avais provoqué cette crise d'appendicite uniquement au bénéfice de la science. Il fallait que je dise quelque chose. Je savais que cette visite n'était de sa part qu'un signe de son sens des convenances et qu'une façon de se conformer aux manières de la cour. C'était probablement la dernière fois que je le verrais, et je ne faisais vraiment rien pour donner à cette rencontre un caractère mémorable ni même pour qu'on se sentît à l'aise.

Alors, dans un ultime effort pour apporter ma contribution à cette rencontre, je déclarai :

— Sanau est venue me dire au revoir. Elle est merveilleuse. Elle ne semble même pas se soucier de la perte de son bras.

Il sembla soupeser ce que je venais de dire.

— Non, puisque cela ne l'empêche nullement de poursuivre son travail. J'avais espéré qu'elle pourrait rester ici jusqu'à ce que vous soyez dans une meilleure condition physique, ajouta-t-il. Ç'aurait été un réconfort pour vous d'avoir à vos côtés quelqu'un qui parle et comprend votre langue, mais elle avait hâte de se mettre au travail.

Je me détournai. Il aurait été plus gentil de sa part de ne pas dire ça. C'était une chose de savoir que Sanau n'éprouvait pas d'affection pour moi, mais c'en était une autre, plus triste encore, de se l'entendre dire.

Il se leva.

— Je suis sûr que vous ferez tout ce qui est en votre pouvoir pour hâter votre convalescence, car, dès que vous aurez repris des forces, nous vous ramènerons sur votre planète.

Je n'en eus pas le souffle coupé. Je ne m'en retrouvai pas en extase. Je ne fis rien de ce que j'aurais imaginé faire. Je me contentai de lui jeter un regard sans expression.

Il sourit devant mon ébahissement manifeste.

— Je ne m'attribue aucun mérite en ce qui concerne cette décision. Elle a été prise sur la seule suggestion de Sanau.

— Mais vous avez dû être tous d'accord ?

— Il n'y a même pas eu de vote, répondit-il. Le respect où les gens tiennent maintenant Sanau... (Il sourit avec bienveillance.) Ses moindres souhaits deviennent leurs propres désirs et, puisqu'elle souhaitait que vous retourniez sur votre Terre, cela n'a même pas été mis en question. Cependant, il doit être clair que vous partirez en jurant solennellement de ne souffler mot de tout ce que vous avez vécu. Sanau semblait croire qu'on pouvait se fier à votre parole.

— Oui, je vous le promets. Mais où dirai-je que je suis allée ? Je suis restée absente pendant près de trois semaines.

Ses yeux pétillèrent.

— Ma petite amie, c'est votre problème. Un Yargonien dit toujours la vérité. Sur Terre, si je comprends bien, vous préférez distordre les faits pour y trouver votre compte. Quand je dis « vous », je n'entends pas vous personnellement, ajouta-t-il vivement. Cela englobe tout les gens de votre planète.

— Oh ! je pense que je trouverai quelque chose, balbutiai-je.

— Je n'en doute pas. Sanau, elle aussi, avait confiance en vous. Manifestement, vous avez produit sur elle une excellente impression.

— Mais elle n'a même pas voulu rester quelques jours...

Ce n'était pas ce que j'avais l'intention de dire, mais je n'étais pas une Yargonienne. Je faisais encore étalage de mes sentiments.

Je le vis cligner légèrement des yeux d'une façon qui trahissait une certaine contrariété. Il m'avait rendu une visite de politesse et avait manifestement hâte de partir. D'une certaine façon, ce que j'avais dit l'avait agacé. Il s'était levé, mais il s'attardait, comme s'il répugnait à partir en laissant en suspens une question importante.

Il se rassit. Pendant un moment, j'eus presque l'impression qu'il cherchait péniblement les mots adéquats et, lorsqu'il reprit la parole, ce fut d'une voix chaleureuse et aimable.

— Ma chère amie, je me rends compte que vous avez appris à apprécier beaucoup Sanau.

Je ne répondis pas, mais mon muet acquiescement sembla le chagriner.

— Bien que je sois capable de comprendre ce sentiment, je ne peux l'éprouver. Je le comprends parce que je sais qu'il existe sur votre planète. Ma petite amie, c'est très bien que vous admiriez Sanau, que vous éprouviez du respect pour ce qu'elle accomplit, que vous vouliez rivaliser avec elle sur tous les plans, mais là doivent s'arrêter vos sentiments. Il faut que vous cessiez d'espérer recevoir de l'affection en retour.

— Alors, comment dois-je la considérer ? demandai-je. Si je respecte et admire une amie, il faut aussi que je l'aime.

— Considérez-la, insista-t-il, dans l'optique de votre retour sur la Terre. Que ses vertus vous guident pour atteindre à une vie plus parfaite. Considérez-la comme un être supérieur, doué de plus de dons créateurs que n'importe quelle femme de n'importe quel monde, mais considérez-la comme aussi inanimée qu'une statue pour ce qui concerne l'amitié que vous cherchez.

Je ne répondis pas immédiatement. J'étais sûre qu'il y avait eu des moments où Sanau m'avait regardée comme une amie. Sa façon de se soucier de mon bien-être n'était dénuée ni de chaleur, ni de sentiments.

— Tous les gens de cette planète sont-ils totalement libérés des sentiments ? demandai-je.

Il approuva de la tête.

— Il nous a fallu éduquer avec le plus grand soin de nombreuses générations pour parvenir à cette transformation, mais à présent, nous sommes heureusement une race parfaite. Nous sommes libérés des sentiments. Nous avons purgé notre race de l'amour égoïste et de l'amour altruiste.

Cette fois, il se dirigea vers la porte. Mais il hésita encore.

— Je suis assez intelligent pour comprendre l'existence de cette force qui est en vous. Je vous assure de ma sincère sympathie. Reposez-vous bien, mon amie. Il est préférable que vous quittiez notre planète le plus tôt possible, sinon je craindrais vivement que vous n'eussiez le cœur brisé.

Il sortit rapidement de la pièce.

Chapitre 25

Je fus stupéfaite qu'il vînt me rendre visite le lendemain et le surlendemain. Et, le soir du troisième jour, j'en fus presque malade de déception lorsqu'il n'arriva pas à l'heure habituelle.

Avais-je dit quelque chose de déplacé la veille au soir ? Je restai allongée, la tête sur l'oreiller, passant soigneusement en revue les paroles que j'avais prononcées et chaque bribe de conversation. Non, ç'avait été une soirée très agréable. Il m'avait parlé de la découverte d'un nouveau système stellaire à quelque trois milliards d'années-lumière de Yargo et j'avais écouté très attentivement, me demandant de quoi il pouvait bien parler. J'étais sûre d'avoir approuvé de la tête, et d'avoir poussé des « ooh ! » et des « aah ! » aux moments opportuns. Où était-il donc ?

Je n'arrêtais pas de peigner mes cheveux et au moment précis où, sur le point de perdre tout espoir, j'allais éteindre la lumière, on frappa doucement à la porte. Je me levai et criai d'entrer sans savoir qui était là. Je n'aurais jamais pensé qu'il pût s'agir de Sa Grandeur car il ne frappait jamais. Il entra avec la soudaineté de la lumière.

Et il fut là, absolument magnifique.

— Il est si tard que je craignais que vous ne fussiez endormie, expliqua-t-il. Il rapprocha l'ottomane du lit et s'assit. Bien que rien dans son attitude ne suggérât la fatigue, je sentis qu'il était épuisé. Pendant un moment, aucun de nous ne parla et nous nous contentâmes de rester assis, douillettement installés et regardant la lune suspendue au-dessus de la montagne. J'avais une vague envie de toucher sa main et de lui demander s'il avait eu une dure journée au ministère. Heureusement, je réprimai une telle impulsion, et, comme je ne savais vraiment que dire, je fus contente de me reposer sur le protocole et d'attendre qu'il entamât la conversation.

Ce qu'il fit en me posant une étrange question.

— Combien d'années avez-vous vécues, ma chère amie ?

Je lui répondis : vingt-deux.

— Je suis surpris qu'à un âge aussi tendre votre puissance de récupération soit aussi faible.

C'était donc ça. Il voulait que je me dépêche de guérir pour quitter sa planète.

— Les gens de notre planète ne récupèrent pas aussi vite que les Yargoniens, lui dis-je. Mais je suis sûre que je pourrai voyager dans quelques jours.

Il fit un signe de tête, comme s'il m'écoutait à peine.

— En dehors de l'auto-destruction, ou des guerres comme vous dites, quelle est la cause la plus courante de mort sur votre planète ?

Je lui dis : les maladies cardiaques et le cancer.

Il hocha tristement la tête.

— Les maladies de cœur. La cause et le remède sont absolument évidents. Trouvez le remède et personne ne vieillira jamais, car, lorsqu'on découvre comment conserver l'élasticité des muscles, des tendons, des nerfs, le cœur demeure solide et le corps ne s'abîme pas. Je suis surpris que certains de vos savants n'aient pas fait cette découverte. Quant au cancer, c'est un adversaire plus fuyant et plus difficile à cerner.

Assez curieusement, ses paroles me donnèrent du courage. Il y avait quelque part un remède à ces maladies et si on l'avait trouvé ici, j'étais sûre que nous le découvririons aussi, un jour ou l'autre. Mais qu'arrivait-il alors ? demandai-je. Jusqu'à quel âge vivaient les gens sur Yargo ?

Il me répondit que l'espérance de vie sur Yargo était de près de trois cents ans. Il en avait lui-même quatre-vingts.

Quatre-vingts !

Eh bien, c'était un vieillard. Il avait dix ans de plus que mon grand-père !

Il saisit le regard incrédule que je lui lançais. Il dut deviner, je ne sais comment, le cours de mes pensées car avec quelque chose qui ressemblait vaguement à de la vanité, il m'assura que sur Yargo, à quatre-vingts ans, on n'était même pas encore à la fleur de l'âge. On ne terminait pas son éducation avant cinquante ans.

J'étais estomaquée. Quel cauchemar !

— Vous voulez dire qu'ici vous allez à l'école jusqu'à cinquante ans ?

— La scolarité réglementaire proprement dite s'achève à vingt-cinq ans. C'est le moment où l'on est vraiment avide de connaissances. Les études que l'on fait alors sont autodéterminées. En somme, durant les vingt-cinq premières années, l'esprit n'est pas encore formé. On prend et on abandonne beaucoup de décisions concernant le travail qu'on fera dans la vie. Il serait insensé de croire que les enfants de moins de vingt ans sont capables de prendre une décision engageant tout leur avenir, ou même d'absorber les connaissances qui leur seront fort utiles pour le reste de leur vie.

Je m'enquis de l'âge de Sanau. Le Yargo dit qu'elle devait avoir près de cent ans.

Je pris cela très bien. Je ne manifestai aucune émotion. Je me mis seulement à suffoquer, c'est tout. Après qu'il m'eut offert un peu d'eau, je trouvai la force de soulever une autre question. Puisqu'ils avaient triomphé de tout... pourquoi pas de la mort ?

Je fus récompensée par un de ces sourires dont je ne vous dis que ça.

Il semblait que j'avais posé une question éminemment intelligente.

— Les gens de ma planète ne sont pas mus par les sentiments, expliqua-t-il. Donc, la mort n'engendre pas la peur. Ici, la mort n'atteint quelqu'un que lorsqu'il le désire. Elle n'a pas d'autre cause.

— Vous voulez dire que quelqu'un se lève un beau matin et dit : « Aujourd'hui, j'ai l'intention de mourir » et voilà !

Nous rîmes tous les deux.

— Ma chère Janet, quand on a vécu pendant trois cents ans, trois cents ans consacrés à un travail créateur, on est content de mourir. Le cerveau devient paresseux. L'homme a vécu et créé assez de choses, et, à la longue, il désire se reposer. Il en fait part à ceux qui l'entourent, ses compagnons de travail et ses amis, et quelque temps après, il se retire. C'est ainsi. La mort ne s'abat sur personne avant qu'on ne l'appelle, et quand on lui fait signe, elle est attendue avec autant d'impatience et de cordialité qu'une bonne nuit de sommeil par les gens de votre planète.

Je ne pouvais le suivre sur ce terrain et je le lui dis carrément. Si j'avais le choix, je voudrais ne jamais mourir.

Il sourit.

— Peut-être puis-je vous faire comprendre ce désir en prenant un exemple personnel. Quand vous étiez très jeune, ma petite Janet, vous pensiez probablement que, si on vous le permettait, vous n'iriez jamais vous coucher. Lorsqu'en venait le moment, vous luttiez contre le sommeil comme tous les enfants, par toutes les astuces possibles et imaginables, j'en suis certain.

Cependant, maintenant que vous êtes plus mûre et que vous pouvez rester éveillée aussi longtemps que vous le voulez, il y a des moments où vous avez envie de dormir et où vous sombrez volontairement dans le sommeil. La mort, c'est cela pour un Yargonien qui a atteint la maturité.

— Oui, mais chaque fois que je vais me coucher avec plaisir, je sais très bien que je me réveillerai en temps voulu, rétorquai-je.

— Janet, en vérité, qu'est-ce qui vous pousse à vouloir rester en vie ?

J'y réfléchis sérieusement avant de répondre.

— La curiosité d'abord j'imagine et l'amour que j'éprouve pour les gens de mon entourage, mais plus que tout je pense simplement l'amour de la vie.

— Et pas la peur de la mort ?

— Ma foi, jusqu'à un certain point, nous avons toujours peur de l'inconnu.

— Oui, mais sur notre planète, aucun de ces facteurs ne joue. Au bout de trois cents ans de vie créatrice, la curiosité dont vous parlez s'amenuise. L'amour des autres, tel que nous le concevons, a été plus que satisfait par nos réalisations et nos efforts créatifs destinés précisément aux autres. Car tout ce que nous faisons tend à l'amélioration de notre planète et du sort des gens qui y vivent. Pour nous, la peur de la mort n'existe pas. Nous connaissons la réponse. Il n'y a aucune incertitude, et n'étant pas lié aux amours humaines, nul n'est épouvanté à la pensée de partir.

— Quelle est la réponse à la mort ?

— L'éternel repos, aussi désirable qu'une bonne nuit de sommeil pour celui qui est las.

— Qu'en est-il du ciel, de l'enfer, de ce qui nous attend après la mort ? De Dieu ?

Il se leva.

— Nous avons assez parlé pour aujourd'hui. Il faut que vous vous reposiez.

Et il en fut ainsi pendant toute une semaine. Quelquefois, il restait près d'une heure ; d'autres fois, ses visites étaient brèves. Je sentais toujours qu'il était d'une nécessité impérieuse que je me hâte de me rétablir et de partir.

Un soir, j'étais décidée à orienter la conversation vers des sujets plus personnels. C'était une soirée merveilleuse : les lumières étaient tamisées, la lune orange, j'étais revêtue d'une liseuse aguichante, et il me racontait comment il avait découvert un remède contre le cancer. Comme toujours je l'encourageais car j'avais remarqué qu'il restait en général plus longtemps quand il tenait absolument à fournir des explications.

D'une certaine façon, ce qui filtra à travers mon cerveau inférieur fut que le remède contre le cancer était aussi simple que celui contre un rhume banal. Le virus du cancer était semblable structurellement à celui du rhume et tout aussi insaisissable. Actuellement, les enfants yargoniens étaient vaccinés à leur naissance contre le cancer comme ils l'étaient contre la désintégration de leur structure musculaire et de celle de leurs vaisseaux sanguins.

J'écoutais ce discours avec des sentiments mitigés où se mêlaient admiration et frustration. J'avais eu la chance qu'il me rendît visite tous les soirs pendant une semaine entière, et je retournerais sur la Terre en ne sachant que peu de choses sur lui en tant qu'individu. Je serais bourrée de connaissances que je n'oserais pas révéler. Je brûlais du désir de connaître quelque peu l'homme, d'emmagasiner des souvenirs pour de longues soirées d'hiver à la maison. Il fallait que j'associe quelque chose de personnel à son éclat irrésistible et à son sourire éblouissant. Avec une impudence impardonnable, je laissai échapper :

— Votre Grandeur, avez-vous des enfants ?

Sans la moindre hésitation, il répondit qu'il n'en était pas très sûr.

Puis, devant mon air de totale incrédulité, il se lança dans une longue explication.

— Avant de devenir le Yargo, plusieurs « cellules » ont été envoyées aux banques par des femmes avec qui j'avais eu des relations sexuelles. Cependant, comme seule l'ascendance maternelle est enregistrée, il n'existe pas de preuves de la paternité de la progéniture. Mais, à présent que je suis le Yargo, les femmes que je fréquente pour mon plaisir détruisent immédiatement la « cellule ». On ne saurait l'accepter dans aucune banque.

En m'efforçant de me montrer aussi indifférente que lui, je demandai pourquoi.

— Parce qu'on ne doit jamais pouvoir prétendre au trône du Yargo pour une raison autre que le mérite. Si un lien de sang existait, et si le descendant faisait montre de quelque capacité, vous pouvez aisément vous rendre compte que des préjugés joueraient en sa faveur. L'honneur d'être le Yargo doit demeurer possible pour tous et être revendiqué par celui qui, par ses facultés intellectuelles et ses réalisations, est digne de ce rang.

— Mais, si vous transmettiez votre hérédité, votre planète

n'en tirerait-elle pas bénéfice ? objectai-je. Après tout, pour un cerveau supérieur, il y a quelque chose à transmettre génétiquement.

— Cela créerait des préjugés. Une famille considérerait qu'elle est supérieure à une autre. Cela entraînerait des rancunes personnelles et ferait naître une caste, ce que nous ignorons chez nous. Non, il est préférable de laisser les gens développer leurs propres facultés personnelles avec des lignées différentes qui apportent des forces créatrices nouvelles. Cela favorise l'épanouissement d'une race plus forte où règne l'égalité.

Il me souhaita une bonne nuit.

Vraiment, cette soirée avait été un grand succès ! Une heure de discussion sur la sexualité, avec autant de sentiment que dans un cours de biologie au lycée.

Je me demandais s'il dormait. Probablement pas. Après tout, certaines femmes avaient des rapports avec lui. Pourquoi pas moi ? Qu'est-ce que je racontais ? Il était grand temps d'aller me coucher, de quitter la planète et de retrouver David... David.

J'éteignis la lumière.

Chapitre 26

Dieu merci, Sanau réapparut le lendemain. Elle revenait d'une tournée triomphale et elle avait l'intention de s'arrêter vingt-quatre heures avant de s'embarquer pour un autre voyage. Naturellement, elle était allée directement faire son rapport au Yargo.

Elle me gratifia d'une brève visite de politesse. Ce fut aussi pénible pour l'une que pour l'autre. Avec ce que j'éprouvais, il m'était difficile de ne pas prendre un air de reproche. Elle fit remarquer que j'avais l'air en forme et suggéra que je semblais assez forte pour entreprendre très bientôt mon voyage.

Au moment où elle était sur le point de partir, je m'enquis, de la manière la plus cavalière, de la vie sexuelle du Yargo.

Sa stupéfaction venait du fait que j'avais discuté d'un tel sujet avec Sa Majesté. Lorsqu'elle fut sûre que c'était vrai, elle m'expliqua, de son air le plus affable, le rituel compliqué qui présidait à la vie amoureuse de Sa Grandeur.

Le palais, semble-t-il, était pourvu d'un véritable harem, constitué de femmes qui ne demandaient rien d'autre dans la vie que de servir le Yargo en la matière. On choisissait les femmes destinées à recevoir cet honneur de la même façon qu'on choisissait un Yargonien pour n'importe quelle autre tâche sur la planète. La domesticité était également sélectionnée parmi les femmes qui aimaient tenir une maison, cuisiner et servir un homme.

— Les rapports sexuels, dis-je avec étonnement, sont-ils vraiment considérés comme une occupation de choix, légale et tout et tout ?

Sanau fit remarquer qu'une attirance sexuelle n'accompagnait pas nécessairement l'amour, et que celui-ci, même tel que je le connaissais, n'entraînait pas souvent un très grand désir physique.

— Certains sont dotés de glandes et d'hormones qui exigent plus de relations, exactement comme certains organismes ont besoin de plus de sucre et de graisses que d'autres. Certaines femmes ne prennent jamais aucun plaisir lors des rapports sexuels et il n'y a donc pas de raison pour qu'elles cherchent à en avoir. Pourtant, sur votre Terre, les femmes qui n'éprouvent aucun plaisir doivent prétendre le contraire pour avoir des enfants et garder leur compagnon. Au lieu d'être considérée comme un simple acte physique, la sexualité est revêtue de secret et travestie en « amour », et elle constitue la base de toute votre civilisation. C'est absolument insensé. Qu'est-ce qui arrive à la femme que la nature a dotée d'une abondance d'hormones qui exigent d'être satisfaites ? Elle ne peut être comblée que si, par hasard, elle a pour compagnon un homme qui désire ardemment ces relations constantes. Si l'union n'est pas parfaite, elle doit refuser à son corps ce qu'il demande. Elle devient une femme malheureuse, frustrée, qui élève les membres de la génération suivante de telle façon qu'ils deviendront le reflet de sa névrose. Si, toutefois, elle s'abandonne à son besoin irrésistible, elle est condamnée par la société et regardée avec mépris. Vous prenez, sur votre Terre, une position fausse en niant le désir chimique qui est réel, et en le présentant comme de l'amour qui est irréel.

— Et chez vous, demandai-je, les femmes qui éprouvent cet ardent désir sont celles qui sont sélectionnées pour le Yargo ?

Sanau opina de la tête.

— C'est exact. Ces femmes font connaître ce désir et répondent aux sollicitations, et, parmi elles, seules les plus parfaites sont retenues. Elles viennent au palais et y demeurent pendant toute leur vie.

— Mais alors, le Yargo n'est pas absolument intouchable ?

— Les femmes qui ont des relations avec le Yargo deviennent à leur tour intouchables. Elles habitent ici, retirées du monde, et leur vie est vouée à Sa Grandeur Toute-Puissante.

— Mais cela est en soi rétrograde, insistai-je, et apporte des arguments contre toute votre théorie. Si ces femmes ont le sang chaud au point de souhaiter consacrer toute leur vie à la recherche du plaisir, vous n'allez pas prétendre qu'elles sont heureuses de rester cloîtrées, à attendre d'un souverain avec qui elles ne peuvent même pas s'entretenir d'égal à égal un caprice qui ne se produit que de temps en temps ?

— Vous oubliez que ces femmes sont précisément volontaires pour exercer un tel emploi en pleine connaissance de cause de tous les risques qu'il comporte. Cette brève rencontre est comme une expérience religieuse. Rien n'est plus satisfaisant pour elles que de savoir qu'il leur a été permis de plaire et d'apporter des joies voluptueuses au plus parfait des hommes.

Elle se retourna brusquement vers moi, comme si elle était furieuse d'avoir trahi un tel secret.

— Si vous reteniez votre curiosité et consacriez votre énergie à restaurer vos forces, votre guérison serait bien plus rapide.

— Mais je ne peux résister à la tentation de me montrer curieuse de tout ce qui vous concerne, objectai-je.

— En quoi cela vous avance-t-il de savoir ce genre de choses ? Vous retournez sur votre planète en ayant fait le serment de garder le silence, et pourtant vous semblez vouloir discuter de tout.

Elle se dirigea vers la porte.

— Vous reverrai-je, Sanau ?

Elle me regarda sans détour.

— Je ne le crois pas. Je vais partir pour une semaine. Je suppose que vous ne serez plus là quand je rentrerai.

Elle quitta rapidement la pièce.

Ainsi donc maintenant, c'était à moi de jouer. Manifestement, le Yargo était un hôte courtois et ne me demanderait pas de partir. Si j'étais encore ici quand Sanau reviendrait, j'étais sûre qu'elle ne ferait pas tant de manières. Elle avait raison, plus longtemps je restais... plus longtemps je restais, quoi ? J'aurais préféré revenir en héros triomphant. Quelle explication donner à ma disparition ? Ma foi, je m'en inquiéterais plus tard. La question était que je ne voulais pas rentrer chez moi. Bien entendu, je rentrerais. Il y avait David, ma mère, mon propre univers. Je répétais ces phrases, mais, je ne sais pourquoi, elles tombaient à plat. Qu'est-ce que je désirais ? Demeurer ici ? Ça ne tenait pas debout. J'étais seulement partie trop longtemps. En attendant, j'apprendrais tout ce que je pourrais sur ces gens et peut-être que je relaterais cette aventure dans un livre, sous la forme d'un roman, naturellement. Le Yargo ne pouvait pas en prendre ombrage, n'est-ce pas ? Ce ne serait pas à proprement parler manquer à une promesse ? Et pourquoi était-il intouchable ? Que ferait-il si je lui posais une telle question ? Bon, je ne le ferais pas.

Mais je le fis.

Je soignais particulièrement mon aspect physique ce soir-là. En fait, j'avais quitté mon lit et j'étais assise dans un vaste fauteuil quand il entra. J'étais plutôt satisfaite de ma petite personne. C'était la première fois que je n'avais pas une conscience morbide de mon infériorité par rapport à cette race supérieure.

Peut-être était-ce parce que Sanau avait été si arrogante et si brutale, peut-être à cause de la proximité des étoiles au travers des fenêtres aux verres teintés, de la brise qui faisait bruire le feuillage à l'extérieur, mais je me sentis brusquement sûre de moi en tant que femme. Très féminine, petite et faible, mais une femme de chair et de sang, non une magnifique machine.

Lorsque le Yargo entra et me gratifia de son éclatant sourire, je lui rendis un sourire tout aussi éclatant et engageai immédiatement la conversation.

— Je me sens assez bien, Votre Grandeur, pour m'asseoir dans un fauteuil, mais pas suffisamment bien encore pour m'agenouiller devant vous.

D'une certaine façon, j'avais espéré qu'il dirait que c'était fort bien ainsi et que nous étions assez amis pour que je n'aie pas à me mettre à genoux. Ce qu'il répondit m'emplit des plus grands espoirs.

— Je ne m'attendais pas à ce que vous vous mettiez à genoux.

C'était parfait. Mon sourire s'épanouit.

Puis, il poursuivit :

— Seuls mes sujets, mes amis et mes parents s'agenouillent. Vous appartenez à une planète étrangère. Vous n'avez pas de raison de le faire. Il n'y a pas de contact entre nous.

Mon sourire se figea.

Il ne sembla pas le remarquer. Il avait l'air inquiet. Il ne tenta pas de tirer l'ottomane vers moi ni de s'asseoir dans le fauteuil que j'avais installé à proximité du mien. J'avais soigneusement mis au point ma mise en scène avant son entrée, mais d'une certaine façon ça ne marchait pas comme prévu.

— Je suis heureux que vous vous sentiez plus solide, lança-t-il.

Je ne répondis pas. Etait-ce une insinuation ? Sanau lui avait-elle parlé ?

— Je sais que vous avez eu de la chance de recevoir la visite de Sanau. Puisque aujourd'hui vous n'avez pas dû subir une longue journée de solitude, je ne m'attarderai pas ce soir.

Elle lui avait donc parlé et lui avait probablement dit, dans son courtois langage yargonien, de garder ses distances avec moi.

— Je vous souhaite une bonne nuit.

C'était la raison pour laquelle il était venu me voir... et non parce qu'il le désirait. Il avait senti que j'étais seule et que j'avais besoin de quelqu'un avec qui parler. Sa bonne éducation l'avait poussé à faire une apparition tous les soirs. Eh bien, maintenant, c'était fini. Je me lançai à l'eau.

— Votre Grandeur...

Il était arrivé à la porte. Il se retourna.

— Il y a une question que j'aimerais vous poser.

Il attendit près de la porte. Je n'étais pas une femme fatale, mais l'éclat et le charme dont je manquais, je les compensais par mon entêtement.

De mon ton le plus détaché, j'ajoutai :

— Pourquoi êtes-vous intouchable ?

Il me gratifia d'un sourire où se lisait sa patience.

— Pour le bien de mon peuple.

Je secouai la tête.

— Ce n'est pas que je veuille être indiscrète, mais je ne peux pas comprendre comment tout cela se passe. Tous les gens se prosternent comme des esclaves devant vous. C'est tellement médiéval pour un peuple si avancé. Quel avantage cela peut-il avoir pour vous ou vos sujets ?

A défaut d'autre chose, cela le fit au moins revenir dans la pièce.

— Il n'y a pas d'autre façon de s'approcher d'un souverain, expliqua-t-il. Nous avons déjà vécu l'expérience de ce que vous appelez une façon de vivre démocratique. Sur la Terre, vous n'avez même pas commencé à pressentir la véritable démocratie.

— Pour moi, une démocratie existe là où tous les êtres sont égaux, l'interrompis-je, et non là où les gens se laissent tomber face contre terre devant un homme.

Ses yeux lancèrent des éclairs, mais son visage demeura impassible.

— Jetons un coup d'œil sur votre histoire, dit-il d'une voix calme où l'on décelait une ironie cachée. Je me laissai retomber dans mon fauteuil. Il était absolument incapable de la moindre émotion. Je n'avais même pas su lui inspirer de la colère. Rien qu'une lueur de désapprobation devant mon ignorance. J'avais totalement échoué.

Avec une infinie patience, il poursuivit ses explications.

— Si vous voulez bien vous en souvenir, ma chère enfant, il y eut sur votre planète une période où les souverains étaient eux-mêmes la loi et où les gens s'agenouillaient en témoignage de respect et d'adoration. Cette coutume a peu à peu perdu du terrain et votre prétendue démocratie a fait son apparition. Les gens se sont choisi un chef, et vous avez appris à le respecter — jusqu'à un certain point. Vous avez insisté sur le fait qu'il n'était pas divin. Vous avez montré ses imperfections, vous n'avez cessé de déclarer à tout un chacun qu'il était fait de chair et de sang comme tout le monde, doté des mêmes défauts et des mêmes faiblesses.

— Et vous prétendez que ce n'est pas la démocratie ? demandai-je.

— C'est un manque de respect ! Dans votre recherche d'une authentique démocratie, vous êtes allés trop loin — erreur ô combien naturelle pour une race sans éducation. Vous en découvrirez les défauts en avançant, si vous ne vous détruisez pas vous-mêmes dans cette entreprise. Un jour, vous apprendrez que vous ne devez pas être gouvernés par quelqu'un qui a les mêmes faiblesses que vous. Vous vous choisirez alors un chef parce qu'il sera supérieur à tous les hommes qui vivront en ce temps-là sur Terre. Vous le choisirez parce qu'il ne sera *pas* comme les autres. Et parce qu'en plusieurs siècles, il ne sera pas né d'homme de sa valeur, vous adorerez et révérerez chaque année de son existence. Vous saurez qu'il en est digne à l'instant même où il se présentera devant vous, et, parce qu'il sera supérieur à vous à tous points de vue, vous le déclarerez intouchable. Serreriez-vous la main d'un saint s'il venait vous rendre visite sur la Terre ? Est-ce que les habitants de la Terre ne s'agenouillent pas devant le saint homme qui siège à Rome ? Il devrait en être ainsi d'un chef. Il devrait être un chef spirituel et politique, reconnu et adoré par tous. C'est ça, mon petit, la vraie démocratie.

Il s'inclina et quitta la pièce, et je ne fis aucun effort pour le retenir. Cette tirade m'avait totalement épuisée. Ma foi, il parlait comme s'il était Dieu ou une sorte de demi-dieu. Peut-être avait-il raison, peut-être connaîtrions-nous cette situation dans quelques milliers d'années ? J'étais trop lasse pour en discuter.

Cependant, je ne pouvais le haïr. Il ne s'était pas montré suffisant en me donnant ces explications. Il s'était contenté d'exposer les faits, aussi impersonnel et calme que s'il avait expliqué à un enfant pourquoi deux et deux font quatre. Au moment où j'allais m'endormir, tout commença à s'additionner pour moi. Deux et deux faisaient quatre, du moins lorsque c'était le Yargo qui m'expliquait le problème.

Chapitre 27

Il ne me rendit visite ni le lendemain soir ni le surlendemain. Si j'avais eu un sac ou une brosse à dents, j'aurais fait mes bagages, mais comme je n'avais ni l'un ni l'autre, j'attendais simplement qu'on me fît quitter la planète à coups de pied dans le derrière.

J'escomptais en être informée par un garde ou un domestique. Après deux longues journées de silence, je n'avais plus d'espoir de revoir Yargo ou Sanau.

Vous pouvez imaginer ma surprise lorsqu'il arriva d'un air dégagé le troisième soir. Il entra d'un pas tranquille comme s'il n'était ni un dieu ni le Yargo, comme s'il ne m'avait pas négligée pendant si longtemps.

Je ne dis pas un mot. Plus de questions sur la planète ou sur sa façon de vivre. C'était probablement sa dernière visite. J'essaierais de la rendre agréable.

C'était une soirée d'une douceur délicieuse.

— Je pense que notre malade pourrait prendre un peu l'air, dit-il avec l'ombre d'un sourire.

— Il y a l'air conditionné dans la pièce alors..., commençai-je, mais il avait déjà ouvert la porte et sortait sur la terrasse. Tout d'abord, je ne sus pas très bien que faire. Serait-ce faire preuve d'effronterie que de le suivre sur la terrasse ? Mais si je restais dans la pièce, ne pouvait-il interpréter cette attitude comme un manque d'intérêt ou une impolitesse ? Ma foi, il était certain que, quel que fût mon choix, il serait mauvais, alors je sortis gaiement sur ses pas.

Pour la première fois, j'eus raison ! Il se retourna et sourit. Je me mis à côté de lui en faisant bien attention de laisser un mètre entre nous. C'était un drôle de retournement de situation. Un homme se trouvait seul dans le boudoir d'une femme, et c'était elle qui s'efforçait de garder ses distances.

Il me désigna quelque chose qui ne ressemblait qu'à une

étoile de plus dans le ciel. Pour moi, ce n'était qu'une étoile comme les autres — peut-être un peu moins brillante. Elle venait d'apparaître, m'informa-t-il. On avait déjà chargé un vaisseau spatial de se renseigner sur son origine et de déterminer si c'était une nouvelle planète qui avait dévié de son orbite, un grand astéroïde errant ou une prénova.

— Elle a déjà été vue de votre Terre, expliqua-t-il.

— Comment le savez-vous ?

— Avez-vous oublié ? Nous gardons votre Terre sous surveillance constante. Il y a au moins trois vaisseaux spatiaux qui patrouillent en permanence au-dessus de votre planète. Mais les gens ne les voient que lorsqu'ils descendent très bas pour observer un endroit particulier.

— Nous sommes quand même tout à fait capables de vous repérer. Il est vrai que ça fait un drôle de boucan dans les journaux quand nous vous voyons.

— C'est intentionnel.

— Vous voulez dire que c'est délibérément que vous nous alarmez ?

— Non, ma petite amie. Nous voulons être vus des gens de votre planète. Nous voulons faire germer dans leur esprit l'idée qu'il existe d'autres mondes. Nous voulons qu'ils l'acceptent peu à peu et sans crainte, mais votre Pentagone et votre armée de l'air semblent décidés à vouloir troubler l'esprit de vos peuples par des rétractations, des démentis et des rapports inexacts. Cependant nous pouvons encore examiner votre planète à une distance de cent kilomètres sans être remarqués et, avec nos objectifs de télévision, nous avons une vision assez nette de la Terre pour... eh bien, pour vous repérer marchant sur une plage à Avalon. En interceptant vos émissions de radio et de télévision, nous sommes au courant de toutes vos dernières nouvelles. Tout cela m'est transmis par relais grâce à un émetteur installé sur le vaisseau spatial, ce qui me permet de voir la même image sur un grand écran dans l'observatoire de mon palais.

— Mais pourquoi n'avez-vous pas averti vos astronautes qu'ils ne devaient pas m'enlever, moi ? Vous avez certainement dû vous rendre compte que je n'étais pas l'individu que vous cherchiez.

— Vous vous trompez. Nous ne connaissions le Docteur Blount que de réputation, et nous n'avions aucun moyen de savoir si c'était un homme ou une femme. Ce n'est que lorsque le vaisseau était déjà en route que nous avons appris, en captant une autre émission que le Docteur Blount parlait à ce moment-là à l'université.

Je souris.

— Je parierais que ç'a fait un foin de tous les diables ici.

J'avais perdu toute ma bonne humeur. Il reporta son attention sur la mystérieuse étoile. Je l'étudiai aussi. Je m'étais approchée de la balustrade du balcon, brisant la règle de la distance réglementaire d'un mètre. J'étais très près de lui, plus près que ne s'était jamais trouvé aucun Yargonien. Que se passerait-il si je tendais la main et le touchais ?

Cette pensée m'emplit d'une véritable frayeur et me fit reculer. Mais je ne pouvais la chasser.

Que se passerait-il ?

Me blâmerait-il en hurlant ou se contenterait-il de sortir majestueusement de la pièce ?

Peut-être sentit-il que mon attention se relâchait ou eut-il conscience du cours de mes pensées car il tourna la tête et me fixa droit dans les yeux.

Pendant un long moment, nous nous dévisageâmes. Ses yeux étranges avaient sur moi un pouvoir presque hypnotique, mais je fis un effort pour ne pas détourner mon regard. Puis, sans changer d'expression, son regard soutenant toujours le mien, il dit calmement :

— Je vous prie de ne pas dire ce que vous avez en tête et qui vous brûle les lèvres. Cela détruirait tout.

La sueur perlait à mon front et je sentais mon cœur battre à se rompre, mais je ne détournai pas mes yeux de son visage. Il restait sans bouger, puis son expression changea comme s'il était sur le point de solliciter une faveur. Mais lorsqu'il parla, ce fut d'une voix affreusement monocorde.

— Je vous prie de ne rien dire.

Je savais que mon destin dépendait de cet instant. Je pouvais baisser les yeux et poser une question banale sur la nouvelle étoile. L'instant passerait. On pourrait même l'oublier. Mais cette minute-là me semblait être ma seule chance de bonheur, c'était si évident que j'avais l'impression qu'on me criait que c'était le moment ! que j'avais une occasion de crever l'abcès et de trouver ce que j'avais cherché. Ou bien je la laissais passer et j'en revenais à l'insécurité, à la confusion dans laquelle je vivais.

Presque comme si son regard m'avait aidée à voir clair et donné une force nouvelle, je fus soudain sûre de moi. Pour la première fois de ma vie, j'étais sûre de moi. Je savais ce que je voulais. Je n'avais pas à demander à ma mère, à David, à mes amis, à quiconque. Je savais !

Je dis :

— Je vous aime, Yargo.

Je le prononçai calmement, comme si jamais auparavant je ne l'avais dit, ou jamais sérieusement.

Il ne répondit pas. Il fit quelques pas et se détourna. Et lorsqu'il revint vers moi, il avait un air royal et fier. Dans ses yeux, je crus lire quelque chose qui ressemblait à de la pitié, et je sus que j'avais perdu. J'avais laissé passer ma chance, pour tout. Sa pitié m'était réservée.

Comme un animal qui s'accroche à sa cage, je poursuivis :

— M'avez-vous entendue ? Est-ce que vous comprenez ce que j'ai dit ?

Il opina de la tête. Cette fois, il y avait une indéniable pitié dans son regard.

Je me mis en colère. Je criai pour empêcher mes larmes de couler et de percer dans ma voix.

— N'avez-vous rien à répondre ? Ne trouvez-vous rien à dire ?

— Y a-t-il quelque chose à répondre ? demanda-t-il.

— Oui, hurlai-je. Il devrait y avoir quelque chose à répondre. Dites que vous me haïssez ! Dites que vous vous fichez bien de moi ! Mais ne restez pas planté là avec un air désolé !

— Mais je ne peux rien dire de tout cela.

— Mais vous ne m'aimez pas !

Je craignais de me bercer d'illusions.

— Bien sûr que je ne vous aime pas.

Son ton ne révélait aucune émotion. Le Yargo exposait un fait.

— Bon. (Je luttais pour que l'hystérie n'apparût pas dans ma voix.) Vous ne m'aimez pas. Nous partons de cette prémisse. Mais je vous en prie, oh ! je vous en prie, ne vous lancez pas dans une dissertation sur le fait que personne sur votre planète ne peut aimer un mortel. J'ai déjà tout entendu. J'ai vécu avec ça jusqu'à ce que ça me sorte par les yeux et les oreilles. Mais il est une chose que je sais bien : vous éprouvez des sentiments envers moi. Il est possible que vous n'en ayez pas conscience, mais c'est un fait !

Je m'arrêtai pour reprendre mon souffle. Comme il ne répondait pas, je m'approchai encore un peu de lui et j'insistai.

— Yargo, vous êtes magnifique, brillant et intouchable, mais vous m'aimez, c'est certain. Il est possible que vous ne l'admettiez pas, mais c'est évident, parce que je sais que je vous aime. Jusqu'à présent, je ne savais pas ce qu'était l'amour et, brusquement, c'est devenu tout à fait clair. Tout est évident et ça le serait aussi pour vous si seulement vous vous permettiez, si seulement vous essayiez...

— Janet ! (Il m'interrompit brutalement.) Il est impossible que je vous aime. Il serait aussi impossible pour moi de vous aimer qu'il le serait pour vous d'aimer les frondaisons qui poussent sur ma planète ou les œuvres qui ont été produites par ses habitants. Ce sont là les choses que j'aime. Je préfère un simple brin d'herbe à vous, car ce brin d'herbe pousse pour que tout le monde le voie et en profite. Je ne peux pas aimer un être humain. Je n'aime que les choses qu'on réalise pour le bonheur des autres.

Tandis que je l'écoutais, mon humiliation d'avoir été ainsi éconduite se dissipa. Lorsqu'il avait parlé de l'amour, il y avait eu dans ses yeux une expression que j'avais toujours espéré trouver dans les yeux de quelqu'un. David n'avait jamais eu cette expression-là, alors que cet homme en rayonnait quand il parlait d'un brin d'herbe, des progrès de sa planète, du bonheur de son peuple.

Un homme capable d'amour pour ces choses inanimées, et doué de la plus haute intelligence, devait pouvoir ressentir quelque chose. Il devait apprendre !

— Yargo, dis-je la voix lourde de désespoir, je vous en prie, Yargo, ouvrez votre brillant esprit. Vous qui êtes capable de tout comprendre, essayez de me comprendre. Essayez de vous comprendre vous-même. Vous pourriez éprouver des sentiments et ne pas même vous en rendre compte. Pour quelle autre raison avez-vous passé ces soirées avec moi ? Il n'est certainement rien que je puisse vous apprendre. Vous avez plus que satisfait votre curiosité en ce qui me concerne ainsi que les Terriens. Vous avez passé ces soirées avec moi parce que, au tréfonds de vous-même, vous le vouliez. Parce que vous preniez plaisir à être avec moi.

— Je crois avoir pris plaisir à votre compagnie, dit-il comme s'il pensait tout haut.

— Prendre plaisir à la compagnie de quelqu'un, c'est éprouver un sentiment, me hâtai-je de dire, je vous assure. Je ne peux être d'aucune utilité à votre planète ou à votre peuple, mais nous nous sommes apporté mutuellement quelque chose, Yargo, et c'est cela qui est à la base de l'amour.

Pour la première fois, il avait l'air incertain, mais quand il parla, il se comporta comme si tout ce qui se passait était une expérience impersonnelle.

— En vérité, ce serait étrange qu'un sentiment qui a disparu de notre planète depuis des milliers d'années se ranime brusquement en moi. Dites-moi, que devrais-je éprouver d'autre si je vous aimais ?

Devant le tour que prenaient soudain les événements, je me sentis vraiment malade et faible. L'espoir qui m'avait envahie me bouleversait. Si j'arrivais à le convaincre ! Brusquement je sus, sans l'ombre d'un doute, que je ne pourrais jamais plus vivre sans cet homme. Je ne pourrais jamais revenir à David, à ma Terre et à ses habitants. Avec eux, je ne savais plus où j'en étais. Je n'aimais pas David. J'aimais Yargo, et non seulement il me fallait lutter pour lui, mais aussi lutter pour le lui faire admettre. Certes il y avait une chance, infime, mais une chance quand même.

Je sentis mes cordes vocales se raidir lorsque je fis un effort pour parler. Je baissai la voix, sachant qu'au moindre signe d'hystérie, il s'écarterait de moi. J'enfonçai mes ongles dans mes paumes pour refréner mon émotion. Il me fallait être rationnelle, mon cerveau inférieur devant faire admettre ce que je savais à ce cerveau supérieur.

— Si vous m'aimiez, murmurai-je presque, vous voudriez être avec moi. Vous voudriez me montrer des choses. Exactement comme vous m'avez fait observer ce soir cette nouvelle étoile. Cela fait partie de l'amour que de partager quelque chose que vous avez découvert avec la personne qui vous est la plus proche. Il n'y a rien de tellement compliqué dans l'amour. C'est tout à fait simple. Simple, et pourtant difficile à comprendre par les plus intelligents des hommes, et alors...

— Alors ? (On décelait une interrogation dans sa voix et dans son regard.)

— Alors, vous voudriez me prendre dans vos bras, pour être proche de moi de toutes les manières.

— Que ferais-je avec vous dans mes bras ?

Je réprimai une folle envie de rire. Il était sérieux. Le souverain magnifique devenait presque enfantin dans son désir de comprendre, de se montrer absolument sincère et honnête. Je savais qu'il pensait vraiment qu'il voulait être honnête, car la déloyauté lui était inconnue.

Nous restâmes plantés là, chacun de nous essayant de comprendre l'autre.

Je vins à lui. Je voyais ses sourcils et mon image qui se

reflétait dans ses yeux. Je sentais le léger parfum de son eau de toilette. Je m'approchai si près que, pour ne pas le toucher, il m'aurait fallu cesser de respirer.

Il ne s'éloigna pas. Il resta là, son regard fouillant le mien, comme s'il avait pu y trouver la réponse.

Puis, avec le courage du désespoir et d'un espoir insensé, je le pris brusquement dans mes bras et pressai mes lèvres sur les siennes.

La crainte se transforma alors en espoir. Il ne me repoussait pas. Mais il ne faisait rien. Il était froid comme du marbre. L'espoir s'effondra pour faire place à une atroce déception.

Ayant totalement échoué, je m'écartai et me contraignis à le regarder. Son sourire était empreint de tristesse.

— Etait-ce une façon d'exprimer l'amour, Janet ?

Je répondis d'un signe de tête.

— Je n'ai pas aimé ça. Je n'aime pas qu'on me touche.

— Sauf quand vous cherchez une satisfaction sexuelle avec une femme de votre harem.

Je lui crachai littéralement ces mots à la figure.

— C'est différent. C'est un plaisir physique. Quand mon corps est affamé de plaisir, je le prends. Je ne suis pas affamé en ce moment. Quand je suis avide de plaisir, je ne pense pas du tout à l'amour, et pourtant vous affirmez qu'il s'agit d'amour. Non, je n'ai pas aimé ça du tout.

— C'est parce que vous n'avez jamais embrassé quelqu'un, insistai-je.

— C'est vrai, mais je saisis très vite les idées nouvelles si elles m'attirent. Vos lèvres sur les miennes m'ont donné une sensation très désagréable. (Il s'arrêta un instant, puis il ajouta, comme pour résumer l'ensemble de cet incident :) J'avais l'impression d'être coincé.

J'abandonnai. Mais pas tout à fait.

— D'accord, Yargo, peut-être que vous n'avez pas aimé mon baiser, mais cela vous intéresse. Je le sais. Il est possible qu'il faille du temps, beaucoup de temps avant que vous le compreniez. Sans doute est-ce ma faute, parce que j'ai essayé de vous l'imposer. Mais vous le découvrirez par vous-même, à votre façon, et je veux tenter cette chance. Je vous en prie, permettez-moi de rester ici, et je vous promets de ne plus soulever cette question. Je serai heureuse si je peux vous voir, vous parler. J'attendrai toute ma vie, s'il le faut.

Il secoua la tête.

— Vous dites cela maintenant, ma petite Janet, mais je sais

bien que vous ne le ferez pas. Non, vous ne pouvez pas rester ici. Vous êtes une créature de la Terre qui vit dans un état d'esprit que vous appelez les sentiments.

— Yargo, dis-je d'une voix vibrante d'énergie, me mettant alors à l'implorer. Oh ! Yargo, je sais que vous croyez que tout est motivé par la force de l'esprit. L'esprit est une chose merveilleuse. J'admire votre intelligence et celle des Yargoniens. Je ne peux m'empêcher de louer certains des progrès que vous avez accomplis. Là-bas, sur la Terre, nous estimons aussi les grands esprits, et nous en avons beaucoup, même si aucun ne vous égale. Mais il y a une chose que nous avons. Nous l'oublions la plupart du temps et nous n'y avons recours que lorsque tout le reste a échoué. Comme maintenant où j'ai échoué de toutes les manières, tant sur le plan de ma féminité que de mon attrait physique. J'ai même échoué sur celui de la pure logique. Alors, maintenant, je suis obligée de me rabattre sur cette chose unique — la foi. Je ne serai ni seule ni malheureuse. Il me restera la foi tandis que je vous attendrai.

Son regard se voila un certain temps.

— Je ne comprends pas. La foi en quoi ?

— En Dieu, répondis-je. Je prierai. Je prierai Dieu de vous faire comprendre. Nous venons de mondes et de systèmes solaires différents, mais il est une chose que nous partageons — le même Dieu. Et Il m'aidera. Il nous aidera tous les deux.

Sa réponse fut nette et choquante :

— C'est impossible. Je suis Dieu.

Je reculai, incapable de la moindre réaction devant un tel blasphème. Cette fois, son sourire était presque moqueur.

— Dites-moi, est-ce qu'il existe encore une religion sur votre planète ?

— Mais naturellement. Ne me dites pas que cela aussi vous l'avez aboli.

— Oh si, longtemps avant d'abolir d'autres sentiments. Dieu est une grande intelligence, une grande force, un grand chef. La religion est pour les faibles. Nous sommes maîtres de notre propre destin. Nous n'avons pas besoin de nous rabattre sur des fantasmes. Je suis Yargo. Je suis le plus puissant d'entre les puissants. Donc, je suis Dieu.

Mes sentiments se réduisaient maintenant à la seule colère qui m'envahissait.

— J'aurais dû savoir, criai-je. Vous ne voudriez croire en rien que vous ne pouvez toucher, voir ou prouver, mais Dieu est là, et vous n'êtes pas Lui. Dieu est très réel, même si vous êtes incapable de le mettre au point avec toutes vos fantastiques équations, car Il ne se montre qu'aux humbles, à ceux qui sont simples de cœur et d'esprit. Mais Il est là pour nous guider et nous aimer tous.

— Je ne crois en rien que je ne puisse voir, me répondit-il.

— Bien sûr, mais je peux prouver que vous avez tort. Si les chirurgiens les plus habiles que vous possédez m'ouvraient le corps et examinaient à l'instant même mon cœur et mon cerveau, que trouveraient-ils ? Un cœur et un cerveau, semblables à n'importe quel cœur et à n'importe quel cerveau. Pourraient-ils découvrir l'amour que j'éprouve pour vous dans l'un ou l'autre de ces organes ? Non, parce qu'il s'agit de quelque chose d'intangible. Mais il est là. Il est là si fort et si réel qu'en cet instant le sang m'en bat dans la tête et que j'en suis malade de tant vous aimer. Cet amour, cette chose intangible, peut provoquer en moi une douleur physique authentique parce qu'il est réel et fort, et Dieu est ainsi !

Je m'arrêtai un instant, puis je me tournai vers lui, implorante.

— Yargo, ne me renvoyez pas. J'ai admis sans discuter la supériorité de votre planète et de votre intelligence. Pour une fois, écoutez-moi. Essayez de croire et de comprendre quelque chose qui dépasse votre entendement pragmatique. Qui a créé la planète fantastique qui est la vôtre ? Ni vous ni aucun de ceux qui y vivent. Elle l'a été par Dieu, de même que toutes les planètes et tous les soleils — les vôtres comme les miens — exactement comme Il nous a tous créés à Son image.

Il rit, visiblement amusé.

Maintenant, j'étais carrément en colère. Je m'en pris à lui.

— Je n'avais pas l'intention de vous divertir. Je sais que j'ai été pour vous tous une source d'amusement, mais avant que je ne retourne à l'âge des ténèbres de ma planète, comme vous le prétendez, permettez-moi de vous donner un conseil. Abolissez l'amour, si vous le voulez, abolissez la naissance naturelle des enfants, tuez tous les sentiments, en vous-même et en votre peuple, mais ne privez pas les gens de leur foi.

— Les gens d'ici ont leur foi, répondit-il. Ils ont foi en moi.

— Et vous, vers qui vous tournez vous ? criai-je. Oh ! ne me répondez pas, je dois savoir. Vous vous tournez vers vous-même. Vous n'avez besoin de personne pour vous guider parce que vous êtes doté d'un vaste cerveau supérieur. Vous appelez ça le progrès ? C'est cela l'âge des ténèbres. Nous avons sur Terre un pays qui a également aboli la religion. Du moins, ils ont essayé, mais il y a encore chez eux des gens qui croient. C'est un pays triste. Eux aussi pensent qu'ils font des progrès. Ce n'est pas vrai. Ils se sont retranchés du reste du monde derrière un rideau de fer.

— C'est la stupidité de votre planète, m'interrompit-il. Pas de langage universel, des pays se faisant la guerre les uns aux autres...

— Nous avons bien des choses en notre défaveur, rétorquai-je. Mais il est une chose positive que nous avons en commun — Dieu. Il est possible qu'en l'occurrence nous n'allions pas tous dans la même voie, qu'il y ait divers chemins à prendre, mais tous conduisent à la même destination. C'est ce qui nous retiendra ensemble, qui nous empêchera de nous détruire, et fait que cet autre pays nous est étranger. A la longue, ils s'anéantiront eux-mêmes parce qu'ils n'ont pas la foi et que, sans elle, il n'y a ni amour, ni bonheur, ni vie.

Il rejeta la tête en arrière et éclata de rire, comme on peut rire d'un chaton fou de rage qui s'est emberlificoté dans une pelote de fil.

Je ne me souviens pas exactement du moment où je l'ai frappé. Mais je l'ai fait. Peut-être était-ce parce qu'il continuait à rire. Ou bien parce que je l'aimais tant que je voulais qu'il comprenne. Ou encore parce que je savais que, de toute façon, je l'avais perdu.

Ma main claqua sur sa joue. Il cessa de s'esclaffer. Il me regarda fixement pendant un moment et, de nouveau, son visage ne refléta plus le moindre sentiment. Pas même de la colère.

— Je pardonne et je comprends votre rage, me dit-il. Une évolution et des progrès portant sur trente mille années ou plus sont trop difficiles à supporter pour quelqu'un comme vous. Un esprit plus évolué que le vôtre craquerait sous un tel effort. Cependant, dans les temps à venir, vos descendants penseront et sentiront les mêmes choses que moi. Cela évoluera lentement, mais sûrement, si les gens de votre Terre ne se sont pas détruits eux-mêmes avant cette époque.

Je me détournais et me mis à sangloter, vaincue.

Il s'approcha de moi et me dit à voix basse :

— Et, maintenant, puis-je vous souhaiter une bonne nuit ?

Je levai lentement les yeux. Sa main était effectivement tendue vers moi. Muette de stupéfaction, je la pris.

Ses yeux merveilleux et si étranges se plissèrent un peu et, avec une solennité étudiée, il me serra la main, comme sur la Terre.

— Je vous souhaite une bonne nuit.

Il sourit et quitta la pièce.

Chapitre 28

Je ne fus pas surprise, le lendemain, lorsque la servante entra en portant ma vieille robe de toile rouge. Elle me la tendit sans un mot. Eh bien, ça y était. Je partais telle que j'étais venue.

Mais je n'étais pas la même. Je ne le serais plus jamais. Je fis craquer une couture en enfilant rapidement ma robe. Ce n'était pas le moment de s'effondrer.

Je n'étais même pas surprise que Sa Grandeur ne m'eût pas informée officiellement de mon départ. Plus tôt je quitterais la planète, mieux ce serait, présumai-je. La servante elle-même semblait préoccupée tandis qu'elle m'aidait à m'habiller.

Je fus escortée par un petit comité. Il n'y avait là personne que je connusse. On m'emmena à l'astroport dans le même véhicule en forme de cigare qui m'avait conduite à la ville le premier jour.

Je me sentais plongée dans une sorte de rêve. C'était ce que j'avais demandé à cor et à cri. Je rentrais chez moi.

Mais où était-ce « chez moi » ? Etait-ce sur Yargo ? Ou était-ce auprès de tout ce qui, jusque-là, m'avait été cher et familier ? Ma propre planète, David, ma mère. Je pensais à eux sans passion ni émotion. C'était étrange, mais Yargo et Sanau — insensibles et étrangers — avaient fait naître en moi des sentiments plus profonds que les deux personnes qui avaient été auparavant l'objet de toute mon attention et de tout mon amour.

Lorsque je me retrouvai à l'astroport, contemplant une dernière fois le paysage qui m'entourait, je fis un effort pour en fixer les moindres détails dans mon esprit, puis je montai résolument l'escalier du vaisseau spatial.

Arrivée à la porte, je me retournai une fois encore. C'était presque comme si la planète elle-même m'obligeait à rester, comme si elle criait : « Demeure auprès de nous, Janet, nous savons que tu appartiens à cette planète. Nous savons qu'Il t'aime ! »

Des larmes me vinrent aux yeux. Des larmes qui faisaient étinceler comme des diamants sous le pâle reflet de la lune les dômes qui luisaient dans le lointain. Semblables à de paisibles champignons, les vaisseaux qui sommeillaient d'un bout à l'autre de l'astroport me firent envie. Ces objets inanimés resteraient là, alors que je partirais.

J'allais pénétrer dans le vaisseau quand je vis une silhouette qui s'approchait rapidement de nous. Au clair de lune, je distinguai les couleurs brillantes du costume yargonien. Peut-être était-ce un messager, se dépêchant de m'apporter un mot. Peut-être avait-il changé d'avis !

Les pilotes remarquèrent aussi la silhouette qui venait vers nous et attendirent. On distingua bientôt une personne tirée à quatre épingles, avec une manche vide. C'était Sanau ! Elle était à bout de souffle quand elle atteignit le vaisseau.

— Je suis heureuse de ne pas vous avoir ratée, ma chère amie.

— Y a-t-il quelque chose qui ne va pas ?

— Je voulais seulement vous dire au revoir.

Elle dit cela très prosaïquement, mais ses yeux brillaient d'émotion.

Les pilotes, se rendant compte que tout allait bien, rentrèrent dans le vaisseau. Je restai là à contempler Sanau. Pendant un moment, nous nous sentîmes toutes deux très mal à l'aise.

Après une légère pause, elle ajouta :

— Faites bon voyage, ma petite Janet.

J'inclinai la tête, sans un mot. Je me demandais dans quelle mesure elle devinait, dans quelle mesure elle savait.

Elle m'entoura de son bras unique et me serra très fort, puis elle me repoussa avec une certaine brusquerie.

— Allez-vous-en vite, murmura-t-elle, allez-vous-en vite ou vous nous détruirez tous.

Mes yeux s'emplirent de larmes. Sanau, ma Sanau au cœur de pierre, était malheureuse parce que je partais. Pour la première fois dans sa vie bien réglée, je lui avais fait éprouver un sentiment, et elle en était troublée et désorientée. Elle aurait toujours l'impression d'avoir commis quelque crime mystérieux, d'avoir fait preuve de faiblesse. Il fallait que je lui fisse comprendre.

— Sanau. (Je tendis le bras et lui pris la main.) C'est de l'amitié, Sanau. C'est une bonne chose.

— Non, répondit-elle. Cela a provoqué en moi nombre de conflits. C'est la raison pour laquelle je ne suis pas restée auprès de vous quand vous étiez malade. Je me suis soudain aperçue que mon système de valeurs était bouleversé.

— Vous oublierez. Et je m'en vais.

Elle secoua la tête.

— Hélas ! le mal est fait. Comment pourrais-je en revenir à ma façon correcte de penser ? dit-elle d'un ton presque enfantin. Janet, lors de mes voyages, lors de ma tournée de conférences, savez-vous ce que je me suis surprise à faire ? J'ai cherché mes enfants. J'étais soudain obsédée par l'étrange désir de savoir s'ils se portaient bien, s'ils étaient heureux.

— C'est ça qui est normal, dis-je avec désespoir. Je disposais de si peu de temps. J'entendais le doux vrombissement des moteurs.

— Ce n'est pas du tout normal. Cela m'a empêchée d'accomplir ma tâche dans les plus brefs délais. J'ai vraiment perdu un temps fou en me rendant dans des villes où l'on ne m'attendait pas, et tout cela pour trouver un enfant.

Elle lança le mot « enfant » comme s'il s'agissait d'un objet de recherches du plus faible intérêt.

— En avez-vous rencontré un ?

— Oui, quelques-uns, dit-elle d'un ton plein de dégoût.

— Et cela ne vous a-t-il pas rendue heureuse ?

— Je ne connais de bonheur que dans le travail.

— Sanau, vous avez vraiment éprouvé quelque chose !

Elle soupira.

— Ce que j'ai éprouvé a-t-il de l'importance ? Je leur étais complètement indifférente. Ils ne s'intéressaient guère à nos rapports. Ils ne s'intéressaient qu'au voyage que j'avais fait et aux connaissances que je pouvais leur communiquer.

— Est-ce à dire qu'ils vous ont accueillie comme un leader important et non comme une mère ?

Elle opina de la tête.

— Mais à quoi vouliez-vous donc vous attendre ? C'est ainsi qu'on leur a appris à penser. Mais vous pouvez les instruire. Si moi, un être inférieur, j'ai été capable de vous apprendre à éprouver des sentiments, il est certain que vous, avec vos facultés intellectuelles, pouvez aller à l'encontre de ce qu'on leur a enseigné.

— Non, Janet. Qui peut dire que votre façon de penser est la bonne ? J'ai l'impression qu'elle est mauvaise. Ce qui rend malheureux ne vaut rien.

— On ne peut être heureux qu'en connaissant aussi le malheur, rétorquai-je. Les choses ne se produisent jamais sur un seul plan.

— Janet, croyez-moi, j'ai raison. (Elle s'exprima très vite, les disques argentés des soucoupes commençant à tourner.) Au cours de mon voyage, j'ai été malheureuse pour la première fois de ma vie. Je souffrais à la pensée de vous quitter alors que vous étiez malade. J'étais triste de voir mes enfants se désintéresser de moi en tant qu'être humain. Une pensée en amène une autre comme un vice en amène un autre. Des pensées aussi inutiles que celles-là inhibent le travail créateur. Non, ma petite Janet, c'est nous, sur Yargo, qui avons raison. Partez, partez immédiatement, et bonne chance.

— Vous me manquerez, Sanau.

— Je vous plains. C'est une triste vie que celle à laquelle vous retournez. Une existence brève, pleine de sentiments usés et pénibles. Cela est votre vie, ceci la mienne. Allez la retrouver. Au revoir.

Elle fit volte-face et se mit à courir, mais je suis presque sûre d'avoir vu des larmes dans ses yeux. C'était arrivé si vite que je ne pouvais être formelle. Mes propres yeux étaient embués lorsque je me retournai pour pénétrer dans le vaisseau spatial. Je quittais tout ce qui semblait compter pour moi, non seulement le Yargo et Sanau, mais aussi tous ces gens merveilleux encore plongés dans le sommeil. Un grand peuple qui n'avait besoin que d'une seule chose : qu'on le réveillât.

Sans doute cela n'arriverait-il jamais. Dans quelque jour lointain, c'était ce que l'avenir réservait à mon propre monde. Peut-être était-ce un avenir parfait, mais c'était à quelqu'un de plus intelligent que moi d'en décider.

Je m'effondrai, apathique, sur l'une des couchettes et m'y laissai attacher pour le décollage. Je sentis l'aiguille s'enfoncer dans mon bras et je sombrai presque immédiatement dans ce doux sommeil qui m'était devenu familier.

Je m'éveillai à temps pour voir notre vaisseau pénétrer dans l'atmosphère terrestre. C'était saisissant. Ma Terre flottait dans les cieux comme une grosse boule étrange. Elle semblait si lointaine. Il était impossible d'imaginer que c'était un monde de villes, de déserts et d'océans grouillants de vie. Une petite planète, bizarre et solitaire, peuplée de millions de gens qui croyaient que c'était le seul univers habité dans les cieux. Peuplée de gens qui brûlaient d'envie de la gouverner.

L'un des pilotes apparut et me fit signe de le suivre. Nous

quittâmes ma chambre pour descendre un petit escalier en colimaçon conduisant à une petite pièce vide. Il appuya sur un bouton et le mur d'acier nu commença à se séparer en deux.

Je m'agrippai au pilote. Le mur s'ouvrait et, au-delà, il y avait le ciel. M'avait-on trompée ? Allait-on tout simplement me lancer dans l'espace ? Me renvoyer sur Terre en morceaux ?

L'ouverture avait maintenant les dimensions d'une porte — une porte donnant sur la nuit.

— Prête ?

Je le regardai, stupéfaite.

— Vous parlez ma langue ?

Il sourit.

— Pas bien. Juste quelques rudiments. Sanau m'a appris. Vous êtes prête ?

Je m'exprimai par gestes.

— Prête ? !

Soudain, j'aperçus la lumière. Voilà, le rayon qui m'avait emportée dans les airs attendait pour me déposer sur terre, tel un escalier vers le monde que je connaissais.

— Allez-y, ordonna-t-il. La lumière vous déposera en toute sécurité.

J'hésitai. Je ne mettais pas en doute ce qu'il disait sur la sécurité du saut, mais ce pilote aux yeux verts était mon dernier lien avec le Yargo et le monde que je quittais.

— Dépêchez-vous, insista-t-il. Nous sommes bien au-dessus de la Terre. On peut être vu par hasard par vos aviateurs. Ils peuvent s'approcher, alors ils mourront.

— Vous voulez dire que vous leur tireriez dessus ?

— Non, le rayon émanant de notre vaisseau nous protège contre les météorites. Le même rayon dissoudra le métal de vos vaisseaux. Allons, dépêchez-vous, sautez !

Je sautai. Qu'avais-je à craindre ? Sans Yargo, que me restait-il ? Je ne le reverrais jamais, jamais, et soudain, j'accueillis avec gratitude l'obscurité miséricordieuse. Je glissais dans l'inconscience et peu m'importait de ne pas me réveiller ! Je ne le reverrais plus jamais, ni lui, ni Sanau, ni... et puis il n'y eut plus rien.

Chapitre 29

C'était le crépuscule, et la nuit qui tombait tôt en hiver donnait l'impression que la pièce était froide et impersonnelle. Le Dr Galens alluma les lampes et me donna un verre d'eau. La lumière électrique nous ramena tous deux rapidement à la réalité. A la Terre et donc une fois encore loin de Yargo.

J'étais épuisée nerveusement après avoir raconté mon histoire. Le Dr Galens semblait également troublé.

Il demeura silencieux pendant quelques minutes. Il alluma ma cigarette, vida le cendrier plein de mégots, puis il se rassit et me regarda avec une attention soutenue.

— Que s'est-il passé après que vous avez repris connaissance ? demanda-t-il doucement. Après le voyage jusqu'à la Terre sur le rayon ? Où vous ont-ils déposée ?

— Sur la dune d'Avalon. C'était presque l'aube. Je me suis traînée jusqu'au village. Je devais avoir un de ces airs. On aurait dit que je portais mes vêtements depuis un mois. Mes cheveux étaient emmêlés par le sable et la mer, mais je n'étais même pas contusionnée.

— Qu'avez-vous fait ?

— Tout d'abord rien. Je me suis contentée de m'asseoir et de regarder le ciel. Finalement, je me suis mise à marcher. Je crois que j'étais hébétée. Je marchais, je marchais. Dans mon souvenir, j'avais l'esprit éveillé, mais je ne savais pas où j'allais. Je n'étais pas très sûre du temps qui s'était écoulé depuis mon arrivée sur Yargo. Une semaine, trois semaines, un mois. Je pense que j'avais peur de réfléchir, peur de m'effondrer si je me rendais compte que je ne reverrais plus jamais Yargo. Je continuai donc à marcher. Je dois avoir atteint le village, mon subconscient j'imagine, m'ayant conduite dans cette direction. Un agent s'approcha de moi. Il me suivait depuis plusieurs pâtés de maisons. Vous savez, les gens n'arpentent pas les rues d'Avalon à l'aube. J'imagine qu'il crut que j'étais ivre ou malade mais, quand il me regarda, il me saisit par le bras, donna un coup de sifflet, et un autre agent apparut, surgi de nulle part. Je l'entendis dire : « Oui, c'est elle, » et puis...

Je me tus et enfouis mon visage dans mes mains. La voix du Dr Galens se fit doucement insistante.

— Et alors, Janet, qu'est-il arrivé ?

— On m'a emmenée à la prison municipale. Il semble que ma photo avait été publiée dans les journaux. Oh, j'étais devenue une célébrité à Avalon. Naturellement, ma famille et David avaient perdu la tête après ma brusque disparition. Toute la police du New Jersey avait travaillé sur cette affaire pendant des semaines. On avait même arrêté un pauvre voleur de poulailler parce qu'on m'avait vue en train de lui parler. Naturellement, on avait tout envisagé, depuis le viol jusqu'au cadavre découpé en morceaux dans une malle. Ils avaient fouillé la plage à la recherche de mon cadavre et même dragué la baie. Mais comme je n'étais personne de bien particulier et que ma famille n'était ni riche ni pauvre, l'affaire n'avait été connue que dans la région et encore fut-elle oubliée en quelques jours. Bien sûr, David, ma famille et la police locale d'Avalon ne l'avaient pas oubliée.

— Je suppose qu'on vous a longuement interrogée ?

J'opinai de la tête.

— J'ai pris un air solennel. Je n'avais pas l'intention de leur donner le moindre renseignement sur l'endroit où j'étais vraiment allée. J'imagine que j'avais l'air joliment incohérente. Je pense qu'au début ils ont cru que j'étais un peu folle. Mon dieu, je n'oublierai jamais cette matinée, dans cet affreux poste de police, avec tous ces gens qui me harcelaient ! Ils ont même fait appel au psychiatre de la ville. J'ai pris un air hébété et dit que j'étais fatiguée, que je voulais rentrer chez moi.

— Je ne me souviens pas avoir lu quoi que ce soit là-dessus dans les journaux d'ici, dit le Dr Galens. Y a-t-il eu un article ?

— Non. A Avalon, il y a eu de grosses manchettes : « Victime d'amnésie, on la retrouve errant dans les rues d'Avalon. » A les lire, leur police locale était un vrai FBI.

J'écrasai ma cigarette et me mis à arpenter la pièce.

— Ma famille et David ont immédiatement étouffé l'affaire. Ils sont venus me chercher, et tout le monde a été très gentil. Trop gentil. Au début, je leur ai laissé croire ce qu'ils voulaient. Cela m'épargnait leurs questions. Tout le monde essayait de se comporter comme si rien ne s'était passé. J'avais perdu un mois de ma vie, et ils étaient simplement contents que je fusse revenue. Puis, quand je me repris, eh bien, je décidai de ne jamais rien leur dire. Je tiendrais la promesse que j'avais faite à Yargo.

— L'avez-vous tenue ?

— J'ai essayé très sérieusement de me faire à l'idée que j'étais de retour pour de bon, que je ne reverrais plus jamais ni Yargo, ni Sanau, ni un vaisseau spatial. J'ai également essayé de combler la brèche qui s'était creusée entre David et moi. Je devrai dire « ma brèche » — David se sentait tout aussi proche de moi qu'avant — et un soir, j'ai décidé de lui parler. J'imaginais que ça irait peut-être mieux en disant la vérité. J'avais même l'intention de lui avouer que j'avais voulu rester et ce que j'éprouvais pour le Yargo. J'avais l'impression qu'il ne pouvait être jaloux d'un homme qui appartenait à un autre monde et, somme toute, je n'avais rien fait de mal. Je voulais avoir avec David des relations loyales. Un homme et une femme ne peuvent se lancer dans le mariage avec un gros secret entre eux.

Le Dr Galens hocha la tête.

— Mais vous ne lui avez pas parlé ?

— J'ai commencé. Je me souviens de cette soirée. C'était un mercredi, environ une semaine après mon retour. Nous étions allés dîner au Chandelier Room. Billy Sinns était au piano et jouait *These Foolish Things*. C'est la chanson préférée de David. J'ai décidé qu'il devait savoir. J'ai dit : « David, quand je n'étais pas là... je n'ai pas eu vraiment une crise d'amnésie. Je veux que tu saches la vérité. Personne d'autre ne le sait et personne ne le saura jamais sauf toi. J'ai fait un long voyage, David, sur une soucoupe volante, jusqu'à un autre monde... »

— Et il n'a pas voulu vous croire ?

— Pire que cela. Il s'est comporté comme si je n'étais pas saine d'esprit. Il m'a coupé la parole et m'a dit : « Chérie, il m'importe peu de savoir où tu es allée. Tu es revenue et c'est cela qui compte. Nous n'en parlerons plus jamais. Des choses de ce genre arrivent à des tas de gens et nous allons agir comme si cela ne t'était jamais arrivé. »

Comme vous vous en êtes probablement rendu compte, docteur Galens, je ne renonce pas facilement. J'ai donc fait une nouvelle tentative. J'ai dit : « David, c'est une chose dont nous devons parler. » et il a répondu : « Tu sais, mon petit chou, il existe un vieux proverbe qui dit : oublier est quelquefois plus important que de se souvenir. Si nous oublions complètement cette affaire, ce sera comme si elle n'était jamais arrivée, mais si nous continuons à la mettre sans cesse sur le tapis, à la ressasser, elle demeurera toujours un obstacle entre nous. A présent, je ne veux plus entendre un seul mot de cette histoire. Je t'aime. Je me moque bien que tu sois allée sur Mars, en Europe ou au Siam. Nous allons tous de temps en temps dans un autre monde. Tu es de retour, et voilà. » Alors, j'ai dit : « Je t'en prie, David, écoute-moi. », et il a froncé les sourcils. « Janet, m'a-t-il répondu, ma petite, j'ai été joliment patient. Je n'ai pas manifesté beaucoup d'exigences à ton égard, mais maintenant, je te demande quelque chose. Je ne veux pas plus parler de cette affaire. »

— Et ce fut tout ?

Le Dr Galens semblait surpris.

— Ma foi, Billy Sinns est venu à notre table à ce moment-là, et David a beaucoup insisté pour que Billy s'asseye et boive quelque chose avec nous. Le pianiste s'est installé et ils ont évoqué tous les deux des souvenirs de chansons. Nous n'avons plus jamais reparlé de Yargo.

— Et le mariage ? N'était-il pas prévu en septembre ?

— Je l'ai remis à plus tard. Comment pouvais-je épouser David ? J'étais amoureuse du Yargo. Il était la seule chose qui avait une réalité pour moi. David était comme un étranger. Je ressentais plus d'affection en évoquant le souvenir de Sanau qu'en fréquentant mes plus vieux amis. David se montra gentil. Il accepta qu'on reportât la date du mariage. Il sentit que j'étais sérieusement secouée et que j'avais besoin de repos.

— Et maintenant, le jour fixé est tout proche ?

— Dans trois jours, mais je ne peux pas... (Je m'assis et me mis à sangloter. Tout cela était sans issue.) Dr Galens, j'ai essayé ! J'ai essayé d'oublier. Ce n'est pas comme si j'étais restée là à entretenir ce souvenir. A chaque fois que l'image du Yargo me venait à l'esprit, je la repoussais. J'étais tout le temps occupée. Je pensais sans cesse des choses merveilleuses sur David. Je me suis même mise à écrire toutes les choses merveilleuses qui m'attendaient. Mais ça n'a rien donné. C'est la raison pour laquelle je suis venue vous voir. Je ne peux pas épouser David. Que dois-je faire ? Dois-je l'épouser en espérant qu'un jour ou l'autre j'oublierai le Yargo ? Ou dois-je repousser David et rejeter ma seule et mince chance de bonheur ?

— Janet, dit le docteur d'une voix douce et presque suppliante, les gens vont effectivement dans d'autres mondes lorsqu'ils souffrent de troubles émotifs. Ces autres mondes leur semblent souvent plus réels que celui qu'ils habitent vraiment et, parfois, il leur est impossible de revenir à la réalité. Vous avez réussi à...

Je me levai. Ma voix vibrait de colère et de désespoir.

— Si vous continuez à me considérer comme une malade mentale, comme quelqu'un qui a l'esprit dérangé, nous perdons tous les deux notre temps. Je ne nie pas que j'ai été bouleversée émotionnellement, mais uniquement à cause de l'aventure que j'ai vécue. Je n'ai pas vécu cette aventure parce que j'avais des troubles émotifs !

Je m'assis. Les choses continuaient à ne pas avoir de sens. Il fallait que je tienne bon.

— Docteur Galens, je n'ai pas l'intention de m'énerver, mais il faut que vous me croyiez. Il faut que je réfléchisse calmement et froidement, comme le Yargo voudrait que je le fasse, tout cela doit trouver une solution. Peut-être alors serai-je un être supérieur, d'une supériorité trop grande pour ce monde, mais insuffisante pour...

Ma voix se brisa. Cette fois, le Dr Galens était presque en colère.

— Janet ! Cessez de parler ainsi. Vous commencez à ressembler à cet impossible super-souverain qui est le fruit de votre imagination.

Le ton de sa voix me contraignit à l'écouter.

— Allons... (Il s'arrêta. Il avait repris le ton du conseiller plein de sympathie.) Avez-vous une preuve tangible de votre voyage dans un tel monde ? Avez-vous ramené un témoignage quelconque ? Un petit morceau de métal, un bout de tissu, un objet susceptible de prouver que cette civilisation existe ?

Je secouai la tête.

— Vous savez dans quel état d'esprit j'étais quand je suis partie. Prouver que j'avais fait ce voyage était le cadet de mes soucis.

— Vous voulez dire qu'il ne vous est pas une seule fois venu à l'esprit de ramener une preuve concrète de ce voyage ? Même pas comme souvenir ?

— Docteur Galens, je vous ai parlé de ma dernière soirée sur la planète dans le palais de Yargo. Nous avons eu cette scène épouvantable. Je me suis endormie en pleurant. Je le quittais. Savez-vous ce que cela signifie de quitter la seule personne qu'on aimera jamais ? De savoir qu'il n'y a aucune possibilité de le revoir. C'est pire que la mort parce que la mort, telle que nous la connaissons, offre au moins la promesse d'une autre vie, de l'âme éternelle. Mais Yargo ne le croit pas, peut-être n'a-t-il pas d'âme. C'était pour moi la fin de tout. Non, Docteur Galens, un souvenir était le cadet de mes soucis.

Pendant un moment, nous restâmes tous deux silencieux, chacun luttant contre ses propres doutes. Puis, soudain, ses yeux s'animèrent comme s'il avait trouvé la solution.

— Votre appendicectomie !

— Et alors ?

— La cicatrice. C'est une preuve, cette cicatrice. A coup sûr, si l'un de nos grands médecins...

Je secouai la tête.

— Il n'y a pas la moindre trace de cicatrice. Je vous l'ai dit. Ils n'ont jamais fait de points de sutures. Ils referment avec une espèce de truc. Il n'y a pas de cicatrice.

En répétant ces mots, j'avais l'impression de sonner le glas.

— Mais vous dites qu'il y a eu une incision ?

— Oui, pendant à peu près une semaine, il y a eu comme un fin trait de crayon qui ressemblait à une égratignure. Puis, ça a complètement disparu.

— Mais on vous a enlevé votre appendice.

J'acquiesçais d'un air las. Je n'étais pas ici pour prouver que c'était arrivé. J'étais venue pour savoir comment continuer à vivre en paix. Il se leva, tout en souriant, comme s'il venait de découvrir la pénicilline.

— Supposez que nous vous fassions une radio.

— Si vous voulez, dis-je d'une voix morne. Je sais que mon voyage n'était pas une hallucination. Quand vous aurez fait la radio, quand vous aurez vérifié auprès de mon médecin de famille pour vous assurer que deux mois avant mon voyage j'avais un appendice, et que maintenant je n'en ai plus, sans porter pourtant de cicatrice, vous le saurez aussi. Où cela nous amènera-t-il ?

— Commençons par le commencement, dit-il presque gaiement, et il passa un coup de téléphone.

Je devais aller au laboratoire de radiologie en quittant son bureau. Il aurait les résultats dans la matinée.

Je me levai avec soumission. J'étais aussi triste que la pluie de ce début de soirée qui avait commencé à fouetter les vitres. La radio ne prouverait rien d'autre que l'authenticité de mon histoire. On n'avait rien résolu, et demain, mon mariage serait plus proche d'une journée.

Je sortis dans la nuit humide et pris un taxi pour me rendre au laboratoire. Un homme y fit une série de clichés. Je lui donnai le nom de mon médecin de famille afin qu'il pût comparer le résultat à l'état antérieur de mes viscères, et je rentrai chez moi.

Encore une nuit sans espoir, sans sommeil, sans Yargo.

Chapitre 30

Je retournai le lendemain chez le Dr Galens.

Il m'accueillit avec un sourire. Son bureau était couvert de grands clichés. Il m'offrit une cigarette et attendit que je fusse bien installée.

Le médecin savait choisir son moment avec un sens de la mise en scène digne d'un comédien. J'attendis patiemment. Je sentais qu'il avait des nouvelles importantes à m'annoncer.

Il s'éclaircit la gorge comme s'il s'adressait à un vaste auditoire.

— Janet, ce problème sera facile à résoudre, je veux dire si vous êtes coopérative et si vous acceptez certains faits.

J'inclinai la tête en me demandant ce qui allait suivre.

— Janet, voici vos radios, des radios prises sous plusieurs angles. Janet, je voudrais que vous sachiez que votre appendice est absolument intact.

Pendant un instant, l'énormité de ce qu'il affirmait ne m'atteignit pas.

Il le répéta.

— Janet, votre appendice est intact. Il est en bonne santé et à sa place. Dans votre corps.

Plus rien n'avait de sens. J'avais subi l'opération. Mais mon appendice était encore là. Etais-je folle ? Etais-je vraiment folle ? Peut-être, mais alors le Yargo n'était pas réel... Je dus m'évanouir.

Je gisais sur le canapé de cuir glacé quand j'ouvris les yeux. L'infirmière m'offrit quelque chose à boire. J'en pris une bonne gorgée et m'étranglai. C'était du cognac. Je m'assis et repoussai les cheveux que j'avais dans les yeux. Il fallait que je réfléchisse. Il fallait à présent que j'écoute le Dr Galens ou tout était perdu. Il fallait qu'il m'aide ou je me retrouverais dans un asile d'aliénés.

Il se mit à me bombarder de questions. Des questions qu'on

pose à un déséquilibré, j'imagine, parce que j'étais vraiment malade.

J'essayais de ne pas réfléchir, de répondre honnêtement aux questions. Avais-je toujours eu de l'imagination ? Avais-je lu beaucoup de choses sur les soucoupes volantes ? En avais-je peur ? Excitaient-elles ma curiosité ? Avais-je déjà été victime d'une crise d'amnésie ? Avais-je jamais été amoureuse d'un homme qui, d'une certaine façon était inaccessible ? D'une intelligence supérieure ? Mon père ressemblait-il par certains côtés à cet homme ?

J'essayais de répondre sensément et logiquement. Oui, j'avais une vive imagination. Les soucoupes volantes ? Je n'avais manifesté ni plus ni moins d'intérêt que le lecteur moyen. Un scepticisme mitigé au début, puis le vague sentiment qu'il s'agissait peut-être d'une arme secrète. Non, je n'avais jamais été amoureuse de quelqu'un qui ressemblât, même vaguement, au Yargo. Un professeur à l'école, autrefois, mon professeur d'histoire. Oui, il était grand, d'une intelligence supérieure, mais il n'était pas chauve et n'avait pas des yeux d'aigue-marine. Non, je n'avais jamais eu de crise d'amnésie, et mon père ne ressemblait en aucune façon au Yargo.

Mais je ne pouvais croire que ça n'était pas arrivé. Tandis que je répondais à ses questions, je savais que tout cela était vrai.

Le Dr Galens fut merveilleux. Il remit tous ses rendez-vous, et pendant deux jours nous restâmes enfermés dans son cabinet. Peut-être mon cas l'intéressait-il, ou peut-être éprouvait-il une véritable compassion à mon égard ? Pendant deux jours, nous travaillâmes sans répit, essayant de raccorder les fragments de ma vie. Pendant deux jours, j'acceptai et rejetai ce qu'il me proposait pour mon salut, sachant qu'il comprenait intuitivement.

Il expliqua que peut-être, à un niveau très profond, je ne voulais pas épouser David. Mon amour pour lui était sincère, mais je luttais contre l'idée même du mariage. Cette lutte inconsciente venait de la frustration d'avoir renoncé à la carrière théâtrale que j'avais ardemment désiré embrasser. Le fait d'avoir triomphé de mon impulsion n'avait servi qu'à donner, au niveau de mon subconscient, plus d'importance que jamais à mon désir. J'en avais parlé constamment tout au long de mon voyage chimérique, lors de mes discussions imaginaires avec le souverain désormais mythique. Sur ma planète de rêve, j'avais veillé à ce que personne ne fût frustré comme je l'avais été. Tout le monde avait le droit de faire exactement ce qu'il souhaitait. Il était évident que j'avais peur de l'amour et que je l'avais banni sur ma nouvelle planète afin que personne ne pût en jouir si je n'y participais pas.

Le mariage avec David soulevait un autre problème, expliqua-t-il : il signifiait renoncer à jamais à mes rêves d'enfance. Mon ardent désir d'aller à Avalon, de revoir l'endroit que j'avais aimé étant enfant, était une tentative pour retrouver les jours heureux et insouciants de l'enfance, lorsque mes rêves pouvaient encore être réalisés. Cette attitude prouvait que je me soustrayais tout simplement au présent pour me réfugier dans le passé.

Sanau représentait ma mère dont je recherchais constamment l'assentiment et que je désirais ardemment aimer. Sa supériorité représentait la désapprobation que je sentais constamment chez ma mère. Le Yargo était né pour montrer à ma mère que j'étais vraiment une grande personne. Il fallait qu'il fût un homme supérieur pour que je l'aimasse, un homme différent de tous les autres. Que je fusse capable d'abattre les obstacles et d'attirer cet homme supérieur signifiait que j'étais quelqu'un avec qui il fallait compter. Mais, même dans mes hallucinations, j'essuyais une défaite. Mon problème, expliqua le Dr Galens, résidait dans mon sentiment d'infériorité et dans l'approbation que je cherchais dans le regard de mes parents. J'avais de la répugnance à accepter David parce que c'était ma mère qui l'avait choisi pour moi. On me casait avec un merveilleux homme moyen, un homme que, selon ma mère, je méritais. Si elle pensait que je le méritais, j'avais l'impression qu'il n'était pas assez bien, parce que je sentais qu'elle me tenait en piètre estime. Je devinais qu'elle était contente que j'eusse trouvé un mari.

Avalon avait simplement amené ces pensées au niveau du conscient. C'était mon dernier espoir d'accomplissement. Lorsqu'Avalon s'était révélé décevant, j'y étais restée, espérant contre toute attente qu'on pouvait ressusciter un rêve. En cette dernière nuit, je n'étais même pas parvenue à recréer le sentiment de terreur délicieuse que j'éprouvais dans mon enfance en cherchant des étoiles filantes. Revinrent alors des lambeaux de rêves brisés, d'espoirs oubliés et la vision d'un avenir incertain qui ne répondait pas à mes désirs. Ainsi, mon conscient et mon subconscient se trouvèrent probablement tout d'un coup en situation conflictuelle. C'est alors que se déclencha ma dépression.

La personne qui erre à l'aventure, victime d'amnésie, *est* dans un autre monde, expliqua le Dr Galens, mais elle se souvient rarement des pensées et des fantasmes qu'elle a eus dans cette autre vie. Mon cas était très rare, et le problème pour moi venait du fait que les trois étapes restaient intactes dans mon souvenir.

Maintenant, il fallait que je rende au réel sa réalité et au fantasme son irréalité. Le Dr Galens insista là-dessus. Plus je penserais au Yargo, plus je me réfugierais dans un monde de rêve. Et c'était là que résidait le danger qui me menaçait.

Il me fallut un bon bout de temps pour croire, même sans enthousiasme, que je n'étais partie qu'en esprit. Lorsque mes propres doutes devenaient trop criants et le souvenir de Yargo trop réel, il me suffisait de regarder mes radios. Comment pouvais-je trouver une preuve plus flagrante des assertions du médecin que cette opération qui n'avait jamais eu lieu ?

Alors, où étais-je allée pendant un mois ? Où avais-je mangé, dormi...

Le Dr Galens poursuivit en m'expliquant que les amnésiques menaient souvent une double vie. Ils travaillaient dans d'autres villes. On avait même entendu parler en ce qui les concernait de cas de bigamie.

Nous revînmes au présent et à ses très réelles complications. Il m'obligea à me demander si le mariage avec David était une chose que je ne désirais pas. Je n'avais rien contre David, ni contre le mariage en général, mais j'aimais le Yargo. Or il n'y avait pas de Yargo, et il y avait un David. Nous disposions de trop peu de temps pour aboutir à une solution définitive. Le Dr Galens dit que j'avais besoin de deux années d'analyse sérieuse au cours desquelles je pénétrerais peu à peu dans mon subconscient et découvrirais la source de mon sentiment d'insécurité et d'injustice.

Il me conseilla finalement de demander que fût repoussée une seconde fois la date de mon mariage. Lorsque je viendrais à bout de mon obsession et que nous aurions commencé mon analyse, il ne faisait aucun doute que je pourrais enfin trouver le bonheur avec David.

Je quittai le cabinet du Dr Galens en fin d'après-midi avec un léger espoir. Après tout, c'était un homme brillant. Il pouvait m'aider. Je retarderais le mariage et reprendrais mon ancien travail. D'une façon ou d'une autre, il me fallait trouver de l'argent pour ma psychanalyse. Bientôt, tout rentrerait dans l'ordre : David reprendrait le premier rôle dans ma vie, et le Yargo s'éloignerait pour disparaître dans un rêve.

Chapitre 31

Mais ce ne fut pas aussi facile que ça.

Je fis part à David de mon intention de remettre le mariage à plus tard, le soir même, lors d'un dîner paisible. Comme je ne fis allusion ni au Dr Galens ni à la raison qui m'avait poussée à lui rendre visite, David s'y révéla obstinément opposé.

Encore une remise à une date ultérieure, déclara-t-il. Ne l'aimais-je pas ? Que penseraient les gens ? Il serait la risée de la ville.

Je prétextai que je n'étais pas encore très en forme ni prête pour le mariage. Il me réduisit au silence. J'allais très bien, et, lorsque je serais devenue sa femme, tous mes ennuis disparaîtraient.

Le chagrin et le doute qui commençaient à se refléter sur son visage accrurent mon propre sentiment d'insécurité. Ma mère se présenta comme une puissante alliée... dans le camp de David. Remettre les noces, vraiment ! On avait déjà fait bien trop de préparatifs. Toute la vie du pauvre David s'était organisée autour de ce mariage. Même M. Finley, son patron, y assisterait. Ses vacances étaient fixées et on avait acheté les billets de bateau pour notre voyage aux Bermudes. On avait activé plusieurs affaires qui devaient passer devant le tribunal civil pour qu'il disposât de plus de temps pour son mariage et sa lune de miel.

Et cela continua ainsi jusqu'à ce qu'il eût recours à l'ultime arme masculine.

— Que se passe-t-il, ma chérie ? Tu ne m'aimes pas ? Qu'ai-je fait ?

Je me mordis plusieurs fois les lèvres pour ne pas crier la triste vérité, mais un instinct secret de conservation me fit reculer. Si je disais toute la vérité, David annulerait indubitablement le mariage une fois pour toutes. Il avait trop peu d'imagination pour comprendre quoi que ce fût au subconscient et au monde de l'inconscient. Il estimerait que j'étais folle. Ça serait bien, vraiment bien. Ça ferait le tour de la ville : cette pauvre Janet Cooper, et ce gentil David qui avait attendu si longtemps. Ça ne vaudrait guère mieux pour ma famille. Ils auraient plutôt hâte d'étouffer l'affaire. Je serais cataloguée comme l'idiote du village. Je ne trouverais plus jamais de travail. Comment pourrais-je alors aller chez le Dr Galens ? Ma situation serait pire qu'avant, je serais plus malade que jamais, sans travail, sans amis, sans David.

Et comme je ne voyais pas d'autre solution, j'acceptai de ne pas reculer le mariage. Il aurait lieu le lendemain comme prévu.

J'étais entourée de gens que j'aimais — David et ma famille — à la veille de mon mariage, pensant à ceux qui étaient si loin, si loin qu'ils n'avaient jamais existé.

Je m'arrachai à de telles pensées et retrouvai même assez de courage pour porter un toast à notre avenir. En fait, je revins si bien à mon état normal que David partit débordant d'un mâle optimisme : ma brusque crise d'hystérie — ou presque — n'était rien d'autre que la nervosité due à l'approche des noces.

Jamais future mariée ne fut plus inconsolable que moi après le départ de David. Ma gaieté qui n'était qu'un masque disparut et je restai plongée dans une mélancolie dont j'étais le seul artisan. Ma mère et ma tante allaient et venaient d'un air affairé, avec l'excitation traditionnelle de la « famille de la mariée », bien trop occupées pour seulement faire attention à moi. Je les regardais ranger et emballer mes sous-vêtements transparents avec des soupirs d'admiration. Elles répandaient leurs larmes avec prodigalité sur la robe de mariée, le trousseau et moi-même. Finalement, tout fut prêt, les vêtements neufs pour les Bermudes soigneusement emballés dans une grande valise et un petit sac de voyage, le tout n'attendant plus que moi.

Je les regardais tout en essayant de retrouver cette bonne humeur d'un instant que j'avais affecté d'éprouver devant David. Je parvins même à sourire en regardant ma mère passer sans cesse de l'excitation aux pleurnicheries alors qu'elle bavardait et évoquait des souvenirs avec ma tante. Je m'amusai de leur coiffure trop apprêtée qui montrait qu'elles sortaient de l'institut de beauté. Je n'avais pensé ni à mes cheveux ni à mes ongles. Je me dirigeai vers ma chambre.

Je me lavai les cheveux et les frictionnai avec une grande serviette pour les sécher. Ils perdaient de leur éclat ; ils n'avaient plus ce merveilleux brillant qu'ils avaient acquis sur Yargo, mais comme je n'y étais pas allée, alors naturellement mes cheveux n'avaient pas changé. Je me fis les ongles. Ils étaient cassants. Sur Yargo, même mes ongles... Mais il n'y avait pas de Yargo. Le calme revint enfin dans la maison. Il était minuit, heure d'aller se coucher. Demain, à cette heure, je serais mariée...

J'éteignis la lumière et me mis au lit.

Je descendais la rue en courant et j'avais froid. Je m'arrêtais. Il était tard. Quand étais-je sortie de mon lit ? J'étais vêtue d'une veste de sport et de la robe de toile rouge. Redevenais-je folle ? Il fallait que je m'arrête de courir. Quand m'étais-je habillée ? Je ne pouvais m'en souvenir. Peut-être ne courais-je pas du tout. Peut-être ai-je perdu l'esprit ? Peut-être suis-je vraiment folle, peut-être suis-je encore chez moi dans mon lit ? Mais c'est réel. Je sens le froid et je halète. Je peux même voir la jolie buée que fait mon souffle chaud dans l'air de la nuit. Je cours.

Je continuais de courir.

Peut-être est-ce le début d'une nouvelle crise d'amnésie, et vais-je m'effondrer en rêvant que je suis de retour sur Yargo ? Je suis encore dans ce monde, dans une rue de la ville, une rue que je connais bien et pourtant je continue de courir. Où vais-je ? Je ne suis même pas capable d'y répondre moi-même. D'une certaine façon, on dirait que je sais où je vais... peut-être est-ce mon subconscient qui me dirige ? Mes pieds semblent me conduire : je descends la rue, je traverse des avenues, ça n'en finit pas... le parc !

Le parc ! Où je jouais lorsque j'étais petite ! Le Dr Galens avait raison. J'essaie de revenir en arrière, à la recherche de mes souvenirs. Oui, voilà la colline. Nous l'appelions la Colline des Vœux. On court jusqu'au sommet et on fait un vœu, puis on crache dans le vent et il est exaucé. Oh, oui ! le Dr Galens a raison. Il faut que je fasse demi-tour, que je revienne à David. J'ai besoin d'aide, j'ai tellement besoin d'aide. Mais suis-je vraiment sur cette colline dans la nuit glaciale, ou suis-je encore dans mon lit ? Il y a du danger à être dans le parc la nuit, c'est dangereux pour une fille de s'y trouver seule. On lit des tas de choses là-dessus dans le journal.

Mais je continuais de courir, de grimper vers le sommet de la colline. Je m'y arrêtais, haletante et sanglotante. Peut-être était-ce de la folie, peut-être ne suis-je pas vraiment ici, me dis-je. Peut-être suis-je réellement en train de devenir folle ? Mais alors ? Pour le moment, je suis ici. Fais un vœu ! Fais-en un ! Quel mal y a-t-il à cela ?

Je lève les yeux vers le ciel. Les étoiles sont si basses qu'elles me crient littéralement quelque chose.

— Yargo ! Yargo !

Je criais, mais ça m'était égal.

— Oh ! Yargo, sanglotai-je. Vous avez dit que vos vaisseaux spatiaux observaient continuellement notre Terre. S'il y en a un, qu'il transmette mon message. Yargo, venez me chercher. Venez me chercher !!!

Je m'effondrai sur le sol, épuisée. Les tiges brunes de l'herbe morte m'égratignaient la figure. Je restai là un certain temps. Rien ne se produisit. Bien sûr que rien ne se produisait. J'étais folle, malade...

Puis je me souvins qu'il fallait aussi cracher. Mais oui, il fallait cracher dans le vent, il le fallait pour que le vœu fût exaucé. Tout en sanglotant, je me soulevai péniblement et me mis face au vent. Je crachai dans la nuit. Le vent me renvoya ma salive en pleine figure.

Pendant un moment encore, je restai seule en haut de cette colline dénudée, les mains tendues vers le ciel comme si j'espérais un miracle, baignée dans la lumière hivernale de la lune et des étoiles pâles et froides.

Oh ! Yargo, Yargo ! Je tombai à genoux et priai Dieu, Yargo, mais seules les étoiles semblaient m'entendre. Elles avaient l'air de danser, comme si elles riaient, se moquaient de moi.

Et puis, je vis le disque !

Elle était là ! Là, dans le ciel, petite et ronde, la boule de platine qui m'était familière ! Elle était là, décrivant des cercles pour se rapprocher de moi, grossissant, grossissant... elle arrivait !

Ou bien ils m'avaient entendue ou bien j'étais vraiment folle. Peut-être était-ce ça. J'étais folle, folle à lier. Mais peu m'importait.

Je restai pétrifiée, regardant fixement l'objet dans le ciel. Il était présent au-dessus de moi, rond et immobile. Le vent tomba, la terre sembla s'immobiliser. Le rayon. Oh, je vous en prie, envoyez-moi le rayon. *Oui* ! Il n'était plus étrange et effrayant, mais chaleureux. Un chemin vers les étoiles, le ciel, Yargo !

— Oh ! mon Dieu, je suis vraiment folle, sanglotai-je. Je sais que je le suis, je sais...

Puis le rayon me souleva.

Plus haut... plus haut... encore plus haut... et enfin la bienheureuse obscurité.

Lorsque j'ouvris les yeux, il était à côté de moi, souriant.

— Oh ! Yargo, dis-je, les larmes inondant mes joues. Yargo, je sais que vous n'êtes pas vraiment là, mais peu m'importe. Si c'est cela la folie, je ne veux plus jamais être saine d'esprit.

Il ne parlait pas, mais son regard ne quittait pas mon visage.

— Je sais que ce n'est pas vrai, à cause de mon appendice, murmurai-je. Yargo, vous comprenez, j'ai encore mon appendice, alors je sais que vous n'êtes pas réel...

Il me prit dans ses bras.

— Je vous ai cherchée, Janet, dit-il d'une voix douce. J'ai survolé la Terre pendant des mois, sans cesser de chercher. Je vous aime.

— Maintenant, je sais que je suis vraiment folle, répondis-je, nageant dans le bonheur.

— Non, Janet, vous n'êtes pas folle. Il faut que vous reveniez sur ma planète. Il faut que vous nous sauviez, mon peuple et moi.

— Sauver votre peuple ? Mais vous avez des milliers d'années d'avance sur nous ?

Il opina de la tête et se mit à parler, sans cesser de me tenir serrée contre lui.

— Nous sommes la plus évoluée des planètes. Mais quelle est la planète qui possède la plus grande sagesse ? Je ne sais pas. Que nous ayons remporté les plus grands succès sur le plan des sciences et du progrès, c'est indiscutable. Mais comme êtres humains, peut-être que nous avons rétrogradé car, comparés à vous, Janet, nous ne sommes pas des individus. Comme je comprends désormais ce que vous essayiez de nous dire. Peut-être est-il un temps où la science doit s'arrêter et où doivent naître les sentiments, l'espoir et la foi. Qui possède la plus grande sagesse ? Vous qui disposez d'un temps bref émaillé de maladies et de difficultés, mais qui éprouvez de l'amour et de la haine, qui connaissez la foi et qui donnez le jour à vos enfants ? Ou nous qui avons vaincu toutes les catastrophes universelles et, ce faisant, nous sommes placés en dehors de l'empire des vivants ?

Je comprenais et j'étais heureuse que ce fût lui qui maintenant plaidât sa cause.

— Revenez sur ma planète. Aidez-nous à conserver tout ce qui est bon et apprenez-nous ce que nous avons oublié. Apprenez-nous à nous aimer les uns les autres, à comprendre que même les petits défauts qui vont de pair avec les sentiments valent mieux que l'absence de sentiments. Apprenez-nous la signification de la foi telle que vous la connaissez. C'est votre foi qui a fait ce miracle. Elle a soulevé un univers. Apprenez-nous à connaître le Dieu que nous avons depuis longtemps abandonné, un Dieu qui a amené nos intelligences supérieures à commettre l'erreur de vous capturer à la place d'un homme de science pour que vous puissiez nous montrer la voie.

— Vous êtes un grand homme, Yargo, lui dis-je. Il faut en être un pour avoir conscience d'une telle faiblesse, et j'essaierai. Nous essaierons...

Il me prit dans ses bras et, en cet instant, je découvris la véritable perfection. La sensation de son corps puissant contre le mien, le vrombissement du moteur, l'obscurité de la nuit au dehors.

Il brisa le silence et me regarda en souriant. Puis, d'une voix où perçait aussi ce sourire, il dit :

— Et puis, Janet, nous ne vous avons jamais opérée de l'appendice. Je crains que notre très savant chirurgien n'ait simplement eu très envie de voir un tel organe. Car, après avoir pratiqué une incision et satisfait sa curiosité, il a changé de diagnostic et proclamé que vous ne souffriez que d'un bon vieux mal d'estomac de type terrien.

Je ris. Nous rîmes ensemble, je m'accrochai à lui et je me dis qu'il m'importait peu de savoir si c'était arrivé ou non, dans la mesure où ça ne prendrait jamais fin.

— Peut-être n'est-ce pas réel, Yargo, peut-être ai-je perdu la tête, mais ne me laissez jamais sortir de cet état. Ne me laissez jamais retourner sur la Terre !

Il répondit sérieusement.

— Non, Janet, un jour, vous reviendrez sur votre Terre. Quand les gens de chez vous auront plus de discernement, quand ils pourront accepter l'idée qu'il existe d'autres mondes. Alors, il faudra que vous y retourniez pour leur dire qu'il est certaines choses que l'homme ne peut et ne doit maîtriser. Qu'il y a une limite au progrès, mais qu'il ne doit jamais y avoir de limite à la foi et à l'amour. Si la Terre devient un monde qui ne connaît plus cela, il ne pourra exister aucune autre Janet venue d'une autre planète pour leur montrer la voie. Oui, un jour, il faudra que vous reveniez, mais pour une simple visite.

Puis il me prit dans ses bras et m'embrassa, et ses lèvres n'étaient pas de marbre !

Le lendemain, les journaux publièrent un bref article sur le futur marié qu'on avait laissé attendre à l'église. La fiancée avait eu une crise d'amnésie l'été précédent et — comme le craignaient sa famille et son médecin — elle avait dû être de nouveau victime d'un semblable accident. Les journaux des régions voisines demandaient à leurs lecteurs de signaler sa présence, particulièrement aux environs d'Avalon, dans le New Jersey.

Achevé d'imprimer le 4 novembre 1980
sur les presses de l'Imprimerie Delmas
à Artigues-près-Bordeaux

Dépôt légal : 4e trimestre 1980
N° d'impression : 31897
N° d'édition : 4308